BORIS VIAN

Werke

in Einzelausgaben

Herausgegeben von
Klaus Völker

BORIS VIAN

Faule Zeiten

Sämtliche Erzählungen
Band 1

Deutsch von Frank Heibert, Irmgard Hartig
und Klaus Völker

Verlag Klaus Wagenbach Berlin

Inhalt

Die Ameisen

Faule Zeiten

Die Ameisen

Die Ameisen

1 Heute morgen sind wir angekommen, und man empfing uns nicht gut, denn es war niemand am Strand außer einem Haufen Toter und Stücke von Toten, Tanks und demolierten Lastwagen. Aus allen Ecken Kugeln, und ich mag das nicht, diese Unordnung zum Spaß. Wir sind ins Wasser gehüpft, aber war es tiefer, als es aussah, und ich bin auf einer Konservenbüchse ausgerutscht. Dem Vogel, der genau hinter mir war, hat eine Kugel dreiviertel seines Gesichts weggerissen, und ich habe die Konservenbüchse zur Erinnerung behalten. Die Stücke von seinem Gesicht habe ich in meinen Helm getan, ihm gegeben, und er ist weggegangen, um sich behandeln zu lassen, aber offenbar den falschen Weg, denn er ist ins Wasser gegangen, bis er nicht mehr stehen konnte, und ich glaube nicht, daß er unter Wasser genug sah, um sich nicht zu verlaufen.

Danach bin ich in der richtigen Richtung weitergegangen und kam gerade zurecht, um ein Bein mitten ins Gesicht zu kriegen. Ich habe versucht, den Kerl anzuschnauzen, aber die Mine hatte nicht sehr handliche Stücke von ihm übriggelassen, so daß ich seine Geste ignorierte, und ich bin weiter.

Nach zehn Metern bin ich auf drei andere Vögel gestoßen, die hinter einem Betonblock standen und auf ein Stück Mauer schossen, etwas höher. Sie schwitzten und trieften vor Nässe, mir ging es wohl nicht anders, da habe ich mich hingekniet und auch geschossen. Der Oberleutnant ist zurückgekommen, er hielt seinen Kopf mit den Händen, und es lief rot aus seinem Mund. Er schien sauer zu sein und hat sich schnell in den Sand gelegt, mit offenem Mund und ausgestreckten Armen. Er muß den Sand ziemlich verdreckt haben. Eine der wenigen Stellen, die noch sauber waren.

Von da aus sah unser gestrandetes Boot zuerst ganz idiotisch aus, später, als die beiden Granaten darauf gefallen sind, nicht einmal mehr wie ein Boot. Das hat mir überhaupt nicht gefallen, weil noch zwei Freunde drin waren, die Kugeln abbekommen hatten, als sie zum Springen hoch wollten. Ich habe den dreien, die mit mir schossen, auf die Schulter geklopft und gesagt: »Los«. Natürlich habe ich ihnen den Vortritt gelassen, und ich habe einen guten Riecher gehabt, denn der erste und der zweite sind von den beiden andern, die aus dem Hinterhalt auf uns schossen, abgeknallt worden, und es blieb nur noch einer vor mir, der arme Hund, er hatte kein Glück, kaum hatte er den Schlimmsten geschafft, hatte der andere gerade noch genug Zeit, ihn umzulegen, bevor ich mich mit ihm beschäftigte.

Diese beiden Säue, hinter dem Mauervorsprung hatten sie ein Maschinengewehr und einen Haufen Patronen. Ich habe es in die andere Richtung gedreht und losgefeuert, aber ich habe gleich wieder aufgehört, weil es mir die Ohren vollgeheult hat, und außerdem kriegte es eine Ladehemmung. Die Dinger müssen richtig eingestellt sein, sonst schießen sie in die falsche Richtung.

Dort war ich einigermaßen sicher. Oberhalb des Strandes hatte man gute Sicht. Auf dem Meer rauchte es an allen Ekken, und das Wasser spritzte hoch. Man sah auch die Blitze von den Salven der dicken Schlachtschiffe, und ihre Granaten flogen einem mit komisch dumpfem Lärm über den Kopf, ein durch die Luft getriebenes zylindrisches Stück Geräusch.

Der Hauptmann ist angekommen. Wir waren noch elf. Er hat gesagt, daß das nicht viel ist, aber wir würden es auch so schaffen. Später sind wir aufgefüllt worden. Für den Augenblick hat er uns Löcher graben lassen; zum Schlafen, dachte ich, aber nein, wir mußten rein und weiterschießen.

Zum Glück klärte es sich auf. Aus den Booten kam jetzt haufenweise Nachschub an Land, aber die Fische schwammen ihnen zwischen die Beine, um sich für das Durcheinander zu rächen, und die meisten fielen ins Wasser, und beim Aufstehen röchelten sie, als gingen sie hinüber. Einige standen nicht wieder auf und trieben mit den Wellen weg, und der Hauptmann hat uns sofort befohlen, das Maschinengewehrnest auszuheben, das hinter dem vorrückenden Tank wieder zu hämmern begonnen hatte.

Wir sind hinter dem Tank gegangen. Ich als letzter, weil ich kein Vertrauen in die Bremsen dieser Apparate habe. Hinter einem Panzer hergehen ist jedenfalls bequemer, weil man sich nicht mehr im Stacheldraht zu verhaspeln braucht, und die Pfähle fallen von selbst. Aber mir gefiel nicht, wie er die Leichen zermanschte, mit einem Geräusch, an das man sich schlecht erinnern kann – für den Moment ist es ziemlich charakteristisch.

Nach drei Minuten ist er auf einer Mine hochgegangen und fing an zu brennen. Zwei Kerle konnten nicht raus, und der dritte konnte, aber einer seiner Füße ist im Tank geblieben, und ich weiß nicht, ob er es gemerkt hat, bevor er gestorben ist. Jedenfalls waren schon zwei seiner Granaten auf das Maschinengewehrnest gefallen und hatten sowohl die Eier als auch die Vögel kaputtgemacht. Die an Land kamen, hatten es jetzt leichter, aber dann hat wieder eine Panzerabwehr angefangen, und mindestens zwanzig von ihnen sind ins Wasser gefallen. Ich habe mich flach auf den Bauch geworfen. Von meinem Platz aus konnte ich sie schießen sehen, wenn ich mich ein bißchen vorbeugte. Der Rumpf des ausbrennenden Tanks gab mir etwas Deckung, und ich habe sorgfältig gezielt. Der Richtkanonier krümmte sich im Fallen, ich mußte ein wenig zu tief getroffen haben, aber ich konnte ihm nicht den Rest geben, weil ich erst die drei andern umlegen mußte. Es fiel mir nicht leicht, zum Glück hörte ich durch den Lärm des brennenden Tanks nicht ihr Brüllen – auch den dritten hatte ich schlecht getötet. Im übrigen ging die Knallerei weiter, und es brannte überall. Ich habe meine Augen kräftig gerieben, um besser zu sehen, denn der Schweiß hinderte mich am Sehen, und der Hauptmann ist zurückgekommen.

Er benutzte nur seinen linken Arm. »Können Sie mir den rechten ganz fest an den Körper binden?« Ich habe ja gesagt und angefangen, ihn mit Verbänden zu umwickeln, und dann hat er mit beiden Füßen gleichzeitig den Boden fahren lassen und ist auf mich gefallen, weil eine Granate hinten angekommen war. Er ist sofort steif geworden, das soll vorkommen, wenn man sehr erschöpft stirbt, jedenfalls konnte ich ihn so bequemer von mir runternehmen. Dann muß ich eingeschlafen sein, und als ich aufwachte, kam der Lärm von weiter her, und einer von den Kerlen mit roten Kreuzen um den Helm goß mir Kaffee ein.

2

Danach sind wir ins Landesinnere aufgebrochen und haben versucht, die Ratschläge unserer Ausbilder und die Sachen, die man bei Manövern lernt, anzuwenden. Der Jeep von Mike ist vorhin zurückgekommen. Fred fuhr, und Mike war zweigeteilt; mit Mike waren sie auf einen Eisendraht gestoßen. Man montiert jetzt vorn an die anderen Kisten Stahlschneider, denn es ist zu heiß, um mit aufgerichteter Windschutzscheibe herumzufahren. Es ballert noch an allen Ecken, und wir machten Patrouille auf Patrouille. Ich glaube, wir sind ein bißchen zu schnell vorgerückt, und wir haben Mühe, die Verbindung mit dem Nachschub aufrechtzuerhalten. Sie haben uns heute morgen mindestens neun Panzer kaputtgemacht, und es ist eine komische Geschichte passiert: Einem Kerl ist die Bazooka losgegangen, und er ist hinten mit seinem Gurt hängengeblieben. Er hat gewartet, bis er auf vierzig Meter war, dann ist er mit dem Fallschirm abgesprungen. Ich glaube, wir werden Verstärkung anfordern müssen, denn ich höre gerade etwas wie ein großes Scherengeräusch, sie müssen uns von unserer Einheit abgeschnitten haben ...

3 ...Das erinnert mich daran, wie sie uns vor sechs Monaten von unserer Einheit abgeschnitten haben. Wir müssen völlig eingekesselt sein, aber jetzt ist der Sommer vorbei. Zum Glück haben wir noch was zu essen, und Munition ist da. Alle zwei Stunden müssen wir uns beim Wachestehen ablösen, es wird anstrengend. Die andern fangen an, sich die Sachen unserer Leute, die sie gefangennehmen, anzuziehen, und wir müssen ungeheuer aufpassen. Elektrisches Licht haben wir auch nicht mehr, und aus allen vier Richtungen fliegen einem Granaten um die Ohren. Im Augenblick versuchen wir, wieder Verbindung mit der Einheit aufzunehmen; sie müssen Flugzeuge schicken, die Zigaretten gehen allmählich aus. Draußen ist Krach, irgendwas tut sich, man kommt schon nicht mehr dazu, seinen Helm abzusetzen.

4 Es tat sich schon was. Vier Panzer sind fast bis hierher gekommen. Den ersten habe ich zum Vorschein kommen gesehen, er ist sofort stehengeblieben. Eine Granate hatte eine seiner Ketten gesprengt, sie ist mit dem fürchterlichen Krach, den Eisen machen kann, geplatzt, aber wegen so was hörte die Panzerkanone noch lange nicht auf zu schießen. Wir haben einen Flammenwerfer genommen; das Blöde an dem System ist, daß man erst den Turm des Panzers aufschlitzen muß, bevor man den Flammenwerfer benutzt, sonst platzt er (wie die Kastanien), und die Kerls drin werden schlecht geröstet. Zu dritt wollten wir den Turm mit einer Metallsäge aufschlitzen, aber zwei andere Panzer kamen, und wir mußten ihn wohl oder übel ohne Aufschlitzen hochgehen lassen. Der zweite ist auch hochgegangen, und der dritte hat kehrtgemacht, aber das war eine Finte, denn er war im Rückwärtsgang angekommen; es hatte uns auch ein bißchen gewundert, daß er auf die Kerle zielte, die ihm folgten. Als Geburtstagsgeschenk hat er uns zwölf achtundachtziger

Granaten geschickt; wir müssen das Haus wieder aufbauen, wenn wir es noch mal benutzen wollen, aber es wird schneller gehen, wenn wir ein neues nehmen. Wir sind diesen dritten Panzer schließlich losgeworden, weil wir eine Bazooka mit Niespulver geladen haben, und die da drin haben sich die Schädel dermaßen an den Panzerwänden gerieben, daß wir nur Leichen herausgeholt haben. Bloß der Fahrer lebte noch ein bißchen, aber sein Kopf hatte sich im Steuer verfangen, ohne daß er ihn herausziehen konnte, da haben wir lieber, um den Panzer, dem nichts fehlte, nicht zu beschädigen, dem Kerl den Kopf abgeschnitten. Hinter dem Panzer sind Motorradfahrer mit leichten Maschinengewehren aufgetaucht, die wie die Irren drauflos mähten, aber wir haben es geschafft, sie mit einem alten Dreschautomaten fertigzumachen. Zwischendurch fielen uns auch einige Bomben auf den Kopf und sogar ein Flugzeug, das unsere Flak aus Versehen abgeschossen hatte, denn eigentlich schoß sie auf Panzer. Wir haben in der Kompanie Simon, Morton, Buck und P.C. verloren, es bleiben uns die andern und ein Arm von Slim.

5 Immer noch eingekesselt. Jetzt regnet es seit zwei Tagen. Auf dem Dach liegt nur noch jeder zweite Ziegel, aber die Tropfen fallen genau an der richtigen Stelle, und wir sind nicht wirklich naß. Keinen Schimmer, wie lange das noch dauern wird. Ewig Patrouillen, aber es ist ziemlich schwer, ohne Übung durch ein Scherenfernrohr zu sehen, und anstrengend, länger als eine Viertelstunde bis über den Kopf im Schlamm zu stehen. Gestern sind wir auf eine andere Patrouille gestoßen. Wir wußten nicht, ob es eigene Leute waren oder welche von drüben, aber unter dem Schlamm konnte man ruhig schießen, denn man kann sich da unmöglich weh tun, nur die Zünder gehen los. Wir haben alles versucht, um den Schlamm loszuwerden. Wir haben Benzin dar-

über gekippt; es brennt ihn trocken, aber hinterher verbrennt man sich beim Drüberlaufen die Füße. Das beste wäre, wegbaggern bis auf den festen Boden, aber auf festem Boden sind Patrouillen noch schwieriger als im Schlamm. Man könnte sich wohl oder übel darin einrichten. Lästig ist nur, daß es inzwischen so weit ist, daß er anfängt, Gezeiten zu haben. Im Augenblick geht es, er steht in Zaunhöhe, leider steigt er nachher wieder bis zur ersten Etage, und das, das ist unangenehm.

6 Heute morgen ist mir eine blöde Sache passiert. Unter dem Schutzdach hinter der Baracke wollte ich was Lustiges für die beiden Kerle aushecken, die man durch das Fernrohr sehr gut beobachten kann, wie sie uns beobachten. Ich hatte einen kleinen 81er Mörser und verstaute ihn in einem Kinderwagen, und Johnny sollte sich als Bäuerin verkleiden und ihn spazierenfahren, aber zuerst ist mir der Mörser auf den Fuß gefallen; so was passiert mir jetzt öfters, und dann, während ich mich langlegte und mir den Fuß hielt, ist er losgegangen und hat im zweiten Stock eins dieser Flügeldinger in die Luft gejagt, genau ins Klavier des Hauptmanns, der gerade Jada spielte. Das hat einen Höllenlärm gemacht, das Klavier ist futsch, aber das unangenehmste war, daß dem Hauptmann nichts fehlte, jedenfalls nicht genug, um ihn davon abzuhalten, brutal zu werden. Zum Glück hat kurz darauf ein 88er das gleiche Zimmer getroffen. Der Hauptmann hat nicht daran gedacht, daß sie sich am Rauch der ersten Detonation orientiert hatten, und sich bei mir bedankt, indem er erklärte, ich hätte ihm das Leben gerettet, weil er meinetwegen heruntergekommen sei; mir war das jetzt völlig gleichgültig, wegen meiner beiden eingeschlagenen Zähne und auch, weil alle seine Flaschen genau unter dem Klavier gestanden hatten. Wir werden immer enger eingekesselt, ununterbrochen prasselt es auf uns. Zum Glück fängt das

Wetter an, sich zu beruhigen, es regnet nur noch neun von zwölf Stunden, in einem Monat können wir auf Verstärkung aus der Luft rechnen. Proviant ist da für drei Tage.

7 Die Flugzeuge fangen an, uns per Fallschirm Zeug runterzuwerfen. Ich erlebte eine Enttäuschung, als ich das erste Ding öffnete, es war ein Haufen Medikamente drin. Ich habe sie beim Doktor gegen zwei Tafeln Haselnußschokolade eingetauscht, von der guten Sorte, nicht der Mist aus den Rationen, und gegen eine halbe Flasche Kognak, aber der Doktor hat sich revanchiert, indem er mir meinen zerquetschten Fuß geflickt hat. Ich mußte ihm den Kognak zurückgeben, sonst hätte ich jetzt nur noch einen Fuß. Oben fängts wieder an zu brummen, der Himmel hat sich ein bißchen aufgehellt, und sie schicken wieder Fallschirme, aber es sieht so aus, als wären es diesmal Kerle.

8 Es waren wirklich Kerle. Zwei Spinner waren dabei. Sie sollen den ganzen Flug über Judogriffe geübt, sich mit Kastanien beschmissen und unter die Sitze geschubst haben. Sie sind gleichzeitig abgesprungen und haben Sich-mit-dem-Messer-die-Fallschirmleine-Zerschneiden gespielt. Leider hat der Wind sie getrennt, so daß sie mit Gewehrschüssen weitermachen mußten. Ich habe selten so gute Schützen gesehen. Wir begraben sie gleich, weil sie ein bißchen von zu hoch runtergefallen sind.

9 Wir sind eingekesselt. Unsere Panzer sind zurückgekommen, aber die andern haben auch nicht durchgehalten. Ich konnte nicht richtig loslegen, wegen meines Fußes, aber ich habe den Kameraden Mut gemacht. Es war sehr aufregend. Vom Fenster aus konnte ich gut sehen, und die gestern eingetroffenen Fallschirmjäger führten sich auf wie die Teufel. Ich habe jetzt ein Halstuch aus Fallschirmseide, gelb und grün auf braun, paßt gut zu meiner Bartfarbe, aber morgen werde ich mich für den Erholungsurlaub rasieren. Ich war so aufgeregt, daß ich einen Ziegel über Johnnys Kopf geschwungen habe, der gerade einen Kerl verfehlt hatte, und jetzt fehlen mir noch zwei Zähne. Dieser Krieg schadet den Zähnen.

10 Gewohnheit stumpft die Gefühle ab. Das habe ich zu Huguette gesagt – Namen haben die –, als ich mit ihr im Kasino vom Roten Kreuz tanzte, und sie hat geantwortet: »Sie sind ein Held«, aber ich hatte keine Zeit, mir eine geistreiche Antwort einfallen zu lassen, denn Mac tippte mir auf die Schulter, da mußte ich sie ihm lassen. Mit den andern war kaum zu reden, und dieses Orchester spielte viel zu schnell. Mein Fuß macht noch ein bißchen Ärger, aber in vierzehn Tagen ist Schluß, dann fahren wir zurück. Ich habe mich einem von unseren Mädchen an den Hals geworfen, aber der Uniformstoff ist zu dick, stumpft auch die Gefühle ab. Hier gibt es viele Mädchen, die verstehen sogar, was man ihnen sagt, und da bin ich rot geworden, aber man kann nicht viel mit ihnen anfangen. Ich bin rausgegangen, ich habe gleich eine Menge anderer gefunden, nicht dieselbe Sorte, sondern schneller von Begriff, aber es kostet mindestens 500 Francs, und auch nur, weil ich verwundet bin. Komisch, die haben einen deutschen Akzent.
Danach habe ich Mac verloren und viel Kognak getrunken. Heute morgen habe ich ungeheure Kopfschmerzen an der

Stelle, wo eine M.P. draufgehauen wurde. Ich habe kein Geld mehr, weil ich schließlich einem englischen Offizier französische Zigaretten abgekauft habe, sie haben im Rachen gekratzt. Ich habe sie eben weggeworfen, miserables Zeug, er hatte seine Gründe, sie loszuwerden.

11 Wenn man aus den Läden vom Roten Kreuz mit einem Karton voll Zigaretten, Seife, Süßigkeiten und Zeitungen rauskommt, verfolgen sie einen mit den Augen die Straße runter, und ich verstehe nicht warum, denn sie verkaufen ihren Kognak bestimmt teuer genug, um sich auch mit dem Zeug eindecken zu können, und ihre Frauen machen es auch nicht umsonst. Mein Fuß ist fast wieder in Ordnung. Ich glaube nicht, daß ich hier noch lange bleibe. Ich habe die Zigaretten verkauft, um ein bißchen auszugehen, und dann habe ich Mac angehauen, aber der rückt so leicht keine raus. Es wird langsam langweilig. Heute abend gehe ich mit Jacqueline ins Kino, die habe ich gestern abend im Club kennengelernt, aber ich glaube, sie ist schwer von Begriff, denn sie nimmt meine Hand jedesmal weg, und beim Tanzen bewegt sie sich überhaupt nicht. Die Soldaten hier machen einen gruseln, völlig verlumpt, und nicht zwei tragen die gleiche Uniform. Man kann eigentlich nichts anderes tun, als auf den Abend warten.

12 Wieder zurück. Die Stadt ist doch weniger langweilig. Wir rücken sehr langsam vor. Jedesmal, wenn die Artillerie reinen Tisch gemacht hat, wird eine Patrouille losgeschickt, und jedesmal kommt einer der Patrouillenkerle von Einzelschützen erledigt zurück. Dann fängt wieder die Artillerie an, Flugzeuge werden geschickt, die alles zusam-

menhauen, und zwei Minuten später fangen die Einzelschützen wieder an zu schießen. Gerade kommen wieder die Flugzeuge, ich zähle 72. Keine sehr großen Flugzeuge, aber das Dorf ist klein. Von hier aus sieht man, wie die Bomben spiralförmig runtergehen, das macht ein etwas dumpfes Geräusch, mit schönen Staubsäulen. Wir werden wieder angreifen, aber erst muß eine Patrouille geschickt werden. Das sieht mir ähnlich, ich bin dabei. Etwa anderthalb Kilometer müssen wir zu Fuß, und ich laufe nicht gern so lange, aber in diesem Krieg hat man keine Wahl. Wir hocken uns hinter den Schutt der ersten Häuser, und ich glaube, in dem Dorf steht von vorn bis hinten sowieso keins mehr. Es scheinen auch nicht viel Einwohner übriggeblieben zu sein, und die, die wir sehen, machen ein komisches Gesicht, sofern sie noch eins haben, aber sie müßten verstehen, daß wir es nicht riskieren können, Leute zu verlieren, um sie und ihre Häuse zu retten; dreiviertel der Häuser sind sowieso sehr alt und wertlos. Und außerdem ist es ihr einziges Mittel, die andern loszuwerden. Das verstehen sie übrigens meistens, obwohl einige meinen, daß es nicht das einzige Mittel ist. Im Grunde geht es ja nur sie etwas an, und vielleicht haben sie an ihren Häusern gehangen, aber sicher nicht in dem Zustand, in dem sie jetzt sind.
Ich mache weiter Patrouille. Ich gehe wieder als letzter, das ist klüger, und der erste ist gerade in einen Bombentrichter voll Wasser gefallen. Er kommt mit lauter Blutegeln auf dem Helm heraus. Er hat auch einen großen, völlig verdutzten Fisch mitgebracht. Auf dem Rückweg hat Mac ihm beigebracht, Männchen zu machen, Kaugummi mag er nicht.

13 Ich habe gerade einen Brief von Jacqueline bekommen, sie muß einen anderen gebeten haben, ihn auf die Post zu bringen, denn er war in einem von unsern Kuverts. Bestimmt, das ist ein komisches Mädchen, aber wahrscheinlich haben alle Mädchen keine gewöhnlichen Gedanken. Seit gestern haben wir wieder ein bißchen zurückgehen müssen, aber morgen rücken wir wieder vor. Immer die gleichen, völlig zerstörten Dörfer, das macht einen ganz trübselig. Wir haben ein fabrikneues Radio gefunden. Sie probieren es gerade aus, aber ich bin nicht so sicher, ob man wirklich eine Röhre durch ein Stück Kerze ersetzen kann. Doch: ich höre, wie sie *Chattanooga* spielen, kurz vor der Abreise von da habe ich das mit Jacqueline getanzt. Wenn noch Zeit ist, werde ich ihr doch antworten. Jetzt ist es Spike Jones; diese Musik mag ich auch, und ich wünschte, es wäre alles vorbei, um endlich eine Zivilkrawatte mit blauen und gelben Streifen zu kaufen.

14 Gleich gehts los. Wir sind wieder ganz dicht an der Front, und es kommen schon Granaten. Es regnet, ist nicht sehr kalt, der Jeep fährt gut. Wir werden aussteigen und zu Fuß weiterlaufen.
Es scheint aufs Ende zuzugehen. Ich weiß nicht, woran man das sieht, aber ich möchte jedenfalls so heil wie möglich herauskommen. Es gibt noch Stellen, wo hart gekämpft wird. Nicht abzusehen, wie das ausgeht.
In vierzehn Tagen habe ich wieder Urlaub, und ich habe Jacqueline geschrieben, daß sie auf mich warten soll. Das war wahrscheinlich verkehrt, man soll sich nicht fangen lassen.

15 Ich stehe immer noch auf der Mine. Heute morgen sind wir auf Patrouille gegangen, und wie immer ging ich als letzter, sie sind alle daran vorbeigelaufen, aber ich habe das Klicken unter meinem Fuß gehört und bin sofort stehengeblieben. Die Dinger gehen erst los, wenn man seinen Fuß wegnimmt. Ich habe den anderen zugeworfen, was ich eingesteckt hatte und habe ihnen gesagt, sie sollen weggehen. Ich bin ganz allein. Ich soll warten, bis sie wiederkommen, aber ich habe ihnen gesagt, sie sollen nicht wiederkommen, und ich könnte versuchen, mich flach auf den Bauch zu werfen, aber ich habe Angst, dann vielleicht ohne Beine leben zu müssen. Ich habe nur mein Notizbuch und den Bleistift behalten. Ich werde sie wegwerfen, bevor ich mich auf das andere Bein stelle, und das muß ich, weil ich den Krieg satt habe und weil mir die Ameisen kommen.

Die guten Schüler

1 Mond und Knoppel liefen die Treppe der Polypenschule hinunter. Sie kamen aus der Vorlesung über Steuerzahleranatomie und wollten mittagessen, ehe sie wieder ihren Posten vor dem Gebäude der Konformistischen Partei bezogen, deren Schaukästen kürzlich von radikalen Elementen mit Knotenstöcken eingeschlagen worden waren. Sie schwenkten fröhlich ihre blauen Pelerinen und pfiffen den Polypenmarsch, der bei jedem dritten Takt von einem kräftigen Schlag mit dem weißen Knüppel auf den Schenkel des Nebenmanns begleitet wird und deshalb vorzugsweise von einer geraden Anzahl Polypen auszuführen ist. Unten machten sie kehrt und bogen in den gewölbten Gang zur Kantine ein. In dem alten Gemäuer hallte der Marsch komisch wider, denn die Luft wurde durch das As, das nicht weniger als dreihundertsechsunddreißigmal im gesamten Thema vorkam, in Schwingungen versetzt. Links, im langgestreckten und mit gekalkten Bäumen bestandenen Hof machten andere Polypenanwärter Lockerungsübungen, spielten Bullensackhüpfen und probten bei Geigenspiel den Einsatzwalzer, dabei droschen sie mit ihren Übungsknüppeln auf Kürbisse, die mit einem einzigen Hieb zu spalten waren. Mond und Knoppel gönnten diesem Schauspiel, an dem sie jeden Tag, ausgenommen Donnerstag, dem Polypenruhetag, aktiv teilnahmen, nicht die geringste Aufmerksamkeit.

Mond stieß die große Kantinentür auf und trat zuerst ein. Knoppel wartete eine Minute, um den Polypenmarsch zu Ende zu bringen, denn er pfiff langsamer als Mond. Durch andere Türen kamen Schüler in Gruppen zu zweit oder zu dritt, sehr angeregt, denn am Tag zuvor und am Morgen waren Prüfungen gewesen.

Mond und Knoppel setzten sich an Tisch Nr. 7 zu Arrelent und Poland, zwei der einfältigsten Polypen der Schule, was

sie durch ungewöhnlichen Mumm wettmachten. Sie setzten sich auf ächzende kaputte Stühle.
»Hats geklappt?« fragte Mond Arrelent.
»Verfluchte Hurenscheiße!« antwortete Arrelent. »Mir haben sie eine Versuchsoma verpaßt, die gut ihre siebzig Jahre auf dem Kasten hatte, aber zäh wie ein Roß, die alte Schlampe!«
»Meiner habe ich ihre neuen Zähne auf einmal herausgehauen«, sagte Poland. »Der Prüfer hat mir direkt gratuliert.«
»Ich habe Pech gehabt«, fuhr Arrelent fort, »es hat mich ziemlich gefuchst, daß ich zu spät zur Bleipelerine übergegangen bin.«
»Ich weiß warum«, sagte Knoppel. »Sie finden jetzt nicht mehr genug in den Armenvierteln, deshalb geben sie uns welche aus besser ernährten Stadtteilen. Die halten vielleicht was aus. Bei den Frauen gehts noch, aber heute morgen konnte ich doch meinem Kerl kaum den Knüppel ins Auge stoßen...«
»Ja«, sagte Arrelent, »das habe ich kommen sehen. Ich habe meinen Knüppel schon präpariert.«
Er zeigte ihn. Mit Geschick hatte er das Ende angespitzt.
»Wie in Butter«, sagte er. »Ich habe mich furchtbar angestrengt und mir die zwei Punkte wiedergeholt. Das hat mich von gestern rausgerissen...«
»Die Kinder sind dies Jahr aber auch zäh«, sagte Mond.
»Dem von gestern früh mußte ich die Hände einzeln knakken. Die Knöchel schaffte ich nur mit Fußtritten. Zum Kotzen.«
»Immer dasselbe«, sagte Arrelent. »Die von der Fürsorge kriegen wir nicht mehr. Das sind jetzt Kinder aus der Pfandleihe, bei denen weiß man nicht. Es kann einem ein gutes oder ein schlechtes unter die Finger kommen. Glückssache. Die gutgenährten kriegt man kaum kaputt. So was hat ein dickes Fell.«
»Bei mir«, sagte Poland, »waren die Bleikugeln von der Pelerine abgesprungen, von sechzehn hatte ich nur noch sieben,

da mußte ich doppelt so schnell zuhauen, ich war geschafft, Ehrenwort!... Aber der Sergeant hat ein Auge zugedrückt, wie er das sah. Er hat bloß gesagt, ich soll sie das nächste Mal fester annähen. Es hat keinen Strafpunkt gegeben.«
Sie hörten auf zu reden, denn die Suppe kam. Mond tauchte die Kelle in die Terrine. Es gab Achselklappensuppe mit Fettaugen. Sie nahmen sich jeder reichlich.

2

Mond stand Wache vor dem Gebäude der Konformistischen Partei. Er besah sich die Bücher, aber die Titel machten ihm Kopfschmerzen. Er las nichts außer seinem Polypenbrevier mit den viertausend Delikten, die er auswendig wissen mußte, von PipiaufderStraße bis EinenPolypenzunahanreden. Die Lektüre des Breviers brachte ihn regelmäßig in Wut, wenn er auf Seite 50 an die Abbildung des Mannes kam, der beim Überqueren einer breiten Straße nicht den Fußgängerstreifen benutzte. Jedesmal spuckte er angeekelt aus und blätterte voller Zorn weiter, um sich durch die darauffolgende Abbildung des »Guten Polypen« mit blinkenden Knöpfen beschwichtigen zu lassen. Merkwürdiger Zufall, der »Gute Polyp« ähnelte seinem Kameraden Knoppel, der an der Rückseite des Gebäudes auf Kundschaft lauerte.
Von weitem kam ein großes Auto die Straße herunter, beladen mit Ennuyal-Eisenträgern. Auf dem Ende des längsten, der freitragend hin und her pendelte, hockte ein kleiner Lehrling. Er schwenkte ein rotes Tuch, um den Leuten Angst zu machen, lockte aber nur die Frösche an, die von allen Seiten auf ihn hüpften, so daß der unglückliche Junge sich ihres nassen Ansturms kaum erwehren konnte. Der Lastwagen hopste auf seinen vier harten, schwarzen Reifen, und der Junge tanzte wie auf einem Tennisschläger. Als der Lastwagen an dem Gebäude vorbeifuhr, machte er einen heftigeren Satz,

und im gleichen Moment rutschte dem Jungen ein dicker spinatgrüner Laubfrosch durch den Hemdkragen bis unter die Achselhöhle. Aufheulend ließ er los, beschrieb einen exakten Looping und setzte durchs Glas zu einer sauberen Landung im Bücherfenster an. Mond gab sich besonders mutig, pfiff mit aller Kraft und stürzte sich auf den Jungen. Er zog ihn an den Füßen aus dem Loch und beeilte sich, ihm an der nächsten Laterne ein bißchen den Kopf einzuklopfen. Ein großer Glassplitter im Rücken des Kindes reflektierte das Sonnenlicht, und der Lichtfleck tanzte auf dem ausgetrockneten Trottoir.
»Noch ein Faschist«, sagte Knoppel, der dazu kam.
Ein Angestellter der Buchhandlung mischte sich ein.
»Vielleicht war es ein Unfall«, sagte er. »Für einen Faschisten sieht er etwas jung aus.«
»Denken Sie«, sagte Mond. »Ich habs gesehen!... Er hat es absichtlich gemacht...«
»Hm«, sagte der Angestellte.
Wütend ließ Mond das Kind los.
»Wollen Sie mir mein Handwerk beibringen?... Wenn Sie so weitermachen, geb ich Ihnen eine Einführung!«
»Bitte«, sagte der Angestellte.
Er hob den Jungen auf und ging in die Buchhandlung.
»So eine Sau!« sagte Knoppel. »Das kommt ihn teuer.«
»Und ob!« sagte Mond mit Befriedigung. »Gibt Aussicht auf Beförderung... Und vielleicht können wir uns den Faschisten für die Schule besorgen...«

3

»Stinklangweilig heute«, sagte Knoppel.
»Ja«, sagte Mond. »Weißt du noch, vorige Woche?«
»Man müßte etwas machen«, sagte Mond. »Wenigstens einmal in der Woche müßte was los sein, das wäre klasse!«
»Ja«, sagte Knoppel. »Ah!... Sieh mal!«

Zwei sehr hübsche Mädchen saßen in der Kneipe nebenan.
»Wie spät?« sagte Mond.
»Noch zehn Minuten, dann ist Feierabend«, sagte Knoppel.
»Prima!« sagte Mond. Er betrachtete die Mädchen.
»Trinken wir einen?«
»Ja«, sagte Knoppel.

4

»Siehst du sie heute wieder?« fragte Knoppel.
»Nein. Sie konnte nicht. Beschissen heute...«
Sie standen Wache vor dem Eingang des Ministeriums für Profite und Pleiten.
»Hier kommt niemand vorbei«, sagte Mond. »Es ist...«
Er unterbrach sich, weil ihn eine alte Dame ansprach.
»Verzeihen Sie, Monsieur, zur rue Dézécole?«
»Los«, sagte Mond.
Und Knoppel schlug der Dame einmal kräftig mit dem Knüppel über den Kopf. Sie legten sie an die Mauer.
»Alte Schlampe!« sagte Mond. »Kann sie mich nicht von links ansprechen, wie alle? Immerhin ... mal ne Abwechslung«, schloß er.
Knoppel rieb seinen Knüppel mit einem karierten Taschentuch trocken.
»Was macht dein Mädchen?« sagte Knoppel.
»Weiß nicht«, sagte Mond. »Aber sie ist nett, weißt du...«
»Fickt sie gut?« fragte Knoppel.
Mond wurde rot.
»Du bist widerlich. Du hast keine Ahnung von Gefühlen.«
»Heute abend siehst du sie also nicht?« sagte Knoppel.
»Nein«, sagte Mond. »Womit soll ich den Abend rumkriegen?«
»Wir können zum Kaufhof gehen«, sagte Knoppel. »Es gibt immer Leute, die was zum Essen klauen.«
»Wir sind nicht im Dienst«, sagte Mond.
»Gehn wir trotzdem«, sagte Knoppel. »Is' doch ganz lustig,

vielleicht finden wir jemand zum Festnehmen. Aber wenn es dir lieber ist, gehen wir eben in den Puff.«
»Knoppel«, sagte Mond, »ich wußte ja, daß du ein Schwein bist, aber du hast wirklich keine Ahnung. Ich könnte das jetzt nicht machen.«
»Du bist bescheuert«, sagte Knoppel. »Los jetzt, ich hör ja schon auf. Gehen wir also meinetwegen zum Kaufhof. Nimm aber deinen Gleichmacher mit, vielleicht können wir doch einen Volltreffer landen.«
»Und ob«, sagte Mond ganz erregt. »Wir legen mindestens zwei Dutzend um...«
»Du scheinst diesmal richtig verliebt zu sein«, sagte Knoppel.

5

Knoppel ging als erster. Mond hielt sich dicht hinter ihm. Sie liefen an der Ziegelmauer entlang und erreichten die Lücke, die ein Wächter extra offenhielt, um zu verhindern, daß die Mauer von Dieben beim Überklettern beschädigt würde. Sie traten ein. Von der Lücke führte ein enger Pfad weiter, auf beiden Seiten mit Stacheldraht eingefaßt, damit die Diebe ihn auch benutzten. Hier und da hatte man Erdlöcher für die Polypen ausgehoben, damit sie sich verbergen und in Ruhe zielen konnten. Mond und Knoppel wählten ein Zweierloch. Sie machten es sich bequem und kaum zwei Minuten später hörten sie schon den Motor des Omnibusses, der die DiebezuFuß heranschaffte. Sie hörten das Warnsignal, und die ersten Diebe erschienen in der Lücke. Um sie nicht zu sehen, hielten sich Mond und Knoppel die Augen zu. Es war lustiger, sie auf dem Rückweg umzulegen. Sie gingen vorbei. Sie liefen alle barfuß, wegen des Geräuschs und weil Schuhe teuer sind. Weg waren sie.
»Gib zu, daß du lieber bei ihr wärst«, sagte Knoppel.
»Ja«, antwortete Mond. »Ich weiß nicht, was mit mir ist. Ich muß verliebt sein.«

»Ich habs dir ja gesagt«, antwortete Knoppel. »Du machst ihr schon Geschenke.«
»Ja«, sagte Mond. »Ich habe ihr ein Armband aus Blauharz geschenkt. Sie hat sich sehr gefreut.«
»Die ist aber mit wenig zufrieden. So was trägt doch kein Mensch mehr.«
»Wer hat dir das erzählt?« fragte Mond.
»Geht dich doch nichts an«, sagte Knoppel. »Läßt sie sich knutschen, wenn ihr zusammen seid?«
»Sei still«, sagte Mond. »Man soll über so was keine Witze machen.«
»Du hast schon immer eine Schwäche für Blondinen gehabt«, sagte Knoppel. »Aber das geht vorbei, wie bei den anderen. Sie ist mager.«
»Sprich von was anderem«, sagte Mond. »Es paßt mir nicht, wenn du so redest.«
»Du kannst mich«, sagte Knoppel. »Wenn du immer nur an so was denkst, fliegst du noch von der Schule.«
»Nein«, sagte Mond. »Paß auf! Sie kommen zurück...«
Sie ließen den ersten vorbei, einen Kahlkopf mit einem Sack kandierter Mäuse. Und dann schoß Knoppel. Ein großer Magerer machte im Fallen »Kwik«, und seine Pakete flogen zu Boden. Knoppel hatte gezeigt, was er konnte, und jetzt war Mond dran. Er legte zwei um, aber sie standen wieder auf und schafften es bis zur Lücke. Mond war fuchsteufelswild, und Knoppels Pistole hatte eine Ladehemmung. Drei andere gingen ihnen vor der Nase durch. Zuletzt kam eine Frau. Mond leerte wütend sein Magazin auf sie, während Knoppel aus dem Loch kroch, um letzte Hand anzulegen; aber sie war mausetot. Eine hübsche Blondine. Blut von den nackten Füßen lackierte ihre Nägel rot, und am linken Handgelenk trug sie ein neues Armband aus Blauharz. Sie war mager. Sie hatte nüchtern sterben müssen, das ist gesünder.

Die Reise nach Khonostrov

1 Die Lokomotive stieß einen schrillen Pfiff aus. Der Mechaniker begriff, daß ihr die Bremse zu stark zusetzte und drehte die Kurbel in die richtige Richtung. Ein Mann mit weißer Mütze pfiff seinerseits, weil er das letzte Wort haben wollte. Der Zug setzte sich langsam in Bewegung. Der Bahnhof war feucht und finster, und es gefiel ihm da nicht.
Sechs Personen saßen im Abteil, vier Männer und zwei Frauen. Fünf von ihnen wechselten Worte und der sechste nicht. Demzufolge saßen auf der Bank in Fahrtrichtung, vom Fenster von links nach rechts, Jacques, Raymond, Brice und eine junge blonde, sehr hübsche Frau, Corinne. Ihr gegenüber saß ein Mann, dessen Name man nicht kannte, Saturne Lamiel, und gegenüber von Raymond eine andere dunkelhaarige Frau, nicht sehr hübsch, aber sie zeigte ihre Beine. Sie hieß Garamuche.
»Der Zug fährt ab«, sagte Jacques.
»Es ist kalt«, sagte Garamuche.
»Spielen wir Karten?« sagte Raymond.
»Verflucht, nein!« sagte Brice.
»Sie sind nicht gerade liebenswürdig«, sagte Corinne.
»Möchten Sie sich zwischen Raymond und mich setzen?« sagte Jacques.
»Ja, gern«, sagte Raymond.
»Guter Vorschlag«, sagte Brice, der nicht liebenswürdig war.
»Dann sitzt sie mir gegenüber«, sagte Garamuche.
»Ich werde mich neben Sie setzen«, sagte Brice.
»Bleiben Sie sitzen«, sagte Raymond.
»Kommen Sie endlich«, sagte Jacques.
»Ich komme«, sagte Corinne.
Alle standen gleichzeitig auf und mischten sich, und es mußte wieder von vorn angefangen werden. Nur Saturne

Lamiel war sitzen geblieben und schwieg weiter. Jetzt saßen auf der anderen Bank vom Fenster links nach rechts, Brice und Garamuche, daneben ein freier Platz, und Saturne Lamiel. Gegenüber von Saturne Lamiel ein freier Platz. Und dann Jacques, Corinne und Raymond.

»So sitzen wir besser«, sagte Raymond.

Er warf Saturne Lamiel einen Blick zu, der ihm voll ins Auge ging; der blinzelte, sagte aber nichts.

»Jedenfalls sitzen wir nicht schlechter«, sagte Brice.

Garamuche brachte ihren Rock in Ordnung. Man konnte die Nickelhalter sehen, mit denen sie ihre Strümpfe festmachte... Sie richtete es so ein, daß sie von beiden Seiten gleich gut sichtbar waren.

»Mögen Sie meine Beine nicht?« sagte sie zu Brice.

»Hören Sie«, sagte Corinne, »Sie benehmen sich unmöglich. So etwas fragt man nicht.«

»Sie sind gut«, sagte Jacques zu Corinne, »wenn Sie deren Visage hätten, würden Sie auch die Beine zeigen.«

Er sah Saturne Lamiel an, der wandte den Kopf nicht ab, fixierte aber etwas ziemlich Entferntes.

»Spielen wir doch Karten?« sagte Raymond.

»Blödsinn!« sagte Corinne. »Macht mir keinen Spaß. Ich würde mich lieber unterhalten.«

Peinliches Schweigen, jeder wußte warum. Brice wurde deutlich.

»Gäbe es in Ihrem Abteil nicht Leute, die keine Antwort geben wollen, wenn sie angesprochen werden, wäre das kein schlechter Vorschlag.«

»Unverschämtheit!« sagte Garamuche. »Weshalb haben Sie mich angesehen, bevor Sie das gesagt haben? Antworte ich Ihnen vielleicht nicht?«

»Von Ihnen ist doch nicht die Rede«, sagte Jacques.

Er hatte dunkle Haare und blaue Augen und eine schöne Baßstimme. Er war glatt rasiert, aber seine Wangenhaut war blau wie der Rücken einer ungekochten Makrele.

»Sollte Brice mich meinen«, sagte Raymond, »kann er sich vielleicht klarer ausdrücken.«
Er blickte Saturne Lamiel zum zweiten Mal an. Saturne Lamiel schien in Gedanken versunken.
»Früher«, sagte Corinne, »kannte man Mittel, um Leute zum Sprechen zu bringen. Zu Zeiten der Inquisition. Ich habe was darüber gelesen.«
Der Zug fuhr jetzt schnell, aber das hinderte ihn nicht, mit seinen Rädern pro halbe Sekunde die gleiche Überlegung zu machen. Die Nacht draußen war dreckig, der Steppensand spiegelte ein paar Sterne. Von Zeit zu Zeit ohrfeigte ein Baum mit seinen Blattspitzen den großen, kalten Spiegel.
»Wann kommen wir an?« sagte Garamuche.
»Nicht vor morgen früh«, sagte Raymond.
»Zeit genug, sich auf die Nerven zu fallen«, sagte Brice.
»Wenn die Leute wenigstens antworten würden«, sagte Jacques.
»Gilt das mir?« sagte Corinne.
»Aber nein!« sagte Raymond. »Er ist gemeint!«
Sie schwiegen plötzlich. Raymonds ausgestreckter Finger wies auf Saturne Lamiel. Der rührte sich nicht, aber die vier anderen sprangen auf.
»Er hat recht«, sagte Brice. »Keine Ausflüchte. Er muß sprechen.«
»Fahren Sie auch nach Khonostrov?« sagte Jacques.
»Fahren Sie diese Strecke gern?« sagte Garamuche.
Sie setzte sich auf den freien Platz neben Saturne Lamiel und ließ Brice allein am Fenster. Ihre Bewegung enthüllte den oberen Teil ihrer Strümpfe und die rosafarbenen Bänder ihrer Nickelhalter. Auch ein Stück ihrer Schenkel, gebräunt und weich, wie nach Wunsch.
»Spielen Sie Karten?« sagte Raymond.
»Haben Sie von der Inquisition gehört?« sagte Corinne.
Saturne Lamiel rührte sich nicht und wickelte seine Füße in die blaugrün karierte Schottendecke, die über seinen Knien

lag. Sein Gesicht war sehr jung, und seine akkurat durch einen Mittelscheitel geteilten Haare fielen gleichmäßig über die Schläfen.
»Unverschämtheit!« sagte Brice. »Er provoziert.«
Diese Worte fanden kein Echo, was ganz natürlich war, wenn man bedenkt, daß die Wände eines Eisenbahnabteils, so wie sie beschaffen sind, als schalldämpfendes Material reagieren; und im übrigen muß man sich vor Augen halten, daß eine gewisse Länge von siebzehn Metern eine Rolle spielt.
Peinliches Schweigen.
»Spielen wir doch Karten!« sagte darauf Raymond.
»Ach, Sie mir Ihren Karten!« sagte Garamuche.
Sie war offensichtlich darauf aus, daß man sich mit ihr beschäftigte.
»Lassen Sie uns in Ruhe!« sagte Jacques.
»Unter der Inquisition«, sagte Corinne, »hat man den Leuten die Füße angesengt, um sie zum Sprechen zu bringen. Mit Brenneisen oder sonstwas. Man hat ihnen auch die Fingernägel ausgerissen oder die Augen ausgestochen. Man…«
»Das genügt«, sagte Brice. »Damit können wir uns schon die Zeit vertreiben!«
Sie standen alle gleichzeitig auf, bis auf Saturne Lamiel. Der Zug fuhr mit schroffem Heulen und dem Geräusch aneinandergeriebener Steine in einen Tunnel.
Als er aus dem Tunnel kam, saßen sich Corinne und Garamuche am Fenster gegenüber. Neben Saturne Lamiel saß Raymond. Zwischen ihm und Corinne war ein freier Platz. Gegenüber von Saturne saßen Jacques, Brice, daneben ein freier Platz, dann Garamuche.
Brice hatte auf den Knien einen kleinen Koffer aus ganz neuem gelbem Leder, mit vernickelten Ringen für den Griff und den Initialen von jemand anders, der auch Brice hieß, aber dessen Name mit zwei P geschrieben wurde.
»Fahren Sie nach Khonostrov?« sagte Jacques.

Er wandte sich direkt an Saturne Lamiel. Der hatte die Augen zu und atmete leise, um nicht wach zu werden.
Raymond rückte seine Brille zurecht. Er war ein großer, kräftiger Mann, mit starken Brillengläsern, einem Seitenscheitel und etwas unordentlichen Haaren.
»Was machen wir?« sagte er.
»Die Zehen«, sagte Brice.
Er öffnete seinen kleinen gelben Lederkoffer.
»Ziehen wir ihm die Schuhe aus«, schlug Corinne vor.
»Bei ihm würde ich lieber die chinesische Methode anwenden«, sagte Garamuche.
Sie verstummte und wurde rot, denn alle sahen sie wütend an.
»Lassen Sie das!« sagte Jacques.
»Heiliger Bimbam, die Sau!« sagte Brice.
»Sie übertreiben«, sagte Corinne.
»Chinesische Methode, was ist das?« fragte Raymond.
Diesmal entstand wahre Totenstille, vor allem weil der Zug jetzt über den gerade fertiggestellten Streckenabschnitt aus Gummi zwischen Considermetrov und Smogogolets fuhr.
Das weckte Saturne Lamiel. Mit einem Mal öffneten sich seine hübschen Haselnußaugen, und er zog die Schottendecke, die von seinen Knien rutschte, wieder herauf. Und dann machte er die Augen wieder zu und schien von neuem einzuschlafen.
Raymond wurde puterrot, mitten im Bremsenkreischen und fragte nicht weiter. Garamuche murrte in ihrer Ecke und suchte ihren Lippenstift und drehte ihn schnell zwei- oder dreimal heimlich heraus und wieder hinein, um sich Raymond verständlich zu machen. Er wurde noch röter.
Brice und Jacques hatten sich über das Köfferchen gebeugt, und Corinne betrachtete angeekelt Garamuche.
»Die Füße«, sagte Jacques. »Ziehen Sie ihm die Schuhe aus«, schlug er Raymond vor.
Glücklich, daß er sich nützlich machen konnte, kniete er neben Saturne Lamiel und versuchte, ihm die Schnürsenkel

zu lösen, die beim Näherkommen zischten und sich in alle Richtungen wanden. Als er nicht zu Rande kam, fauchte er sie an wie eine wütende Katze.
»Los«, sagte Brice. »Sie halten uns auf.«
»Ich tue mein Bestes«, sagte Raymond. »Aber sie gehen nicht auf.«
»Hier«, sagte Brice.
Er reichte Raymond eine kleine glänzende Kneifzange. Raymond schnitt in das Schuhleder rund um die Schnürsenkel, um sie nicht zu beschädigen, und wickelte sie nach gelungener Operation um seine Finger.
»Das genügt«, sagte Brice. »Jetzt brauchen wir ihm nur noch die Schuhe auszuziehen.«
Das übernahm Jacques.
Saturne Lamiel schlief immer noch. Jacques legte sie ins Gepäcknetz.
»Ihr laßt ihm doch die Socken an?« schlug Corinne vor. »Das hält die Hitze und verschmutzt die Wunde. Fördert die Infektion.«
»Guter Vorschlag«, sagte Jacques.
»Prima!« sagte Brice.
Raymond hatte sich wieder neben Saturne gesetzt und spielte mit den Schnürsenkeln.
Brice nahm aus dem gelben Koffer eine hübsche Miniaturlötlampe und eine kleine Flasche und goß Benzin in die Öffnung. Jacques zündete ein Streichholz an und brachte das Benzin zum Brennen. Die schöne gelbe Flamme, blau und rauchig, wurde größer und versengte die Augenbrauen von Brice, der zu fluchen begann.
In diesem Augenblick öffnete Saturne Lamiel die Augen, machte sie aber sofort wieder zu. Seine schönen langen und gepflegten Hände ruhten auf der Schottendecke, so umständlich ineinander verschränkt, daß Raymond seit fünf Minuten vom Begreifenwollen Kopfschmerzen hatte.
Corinne öffnete ihre Handtasche und nahm ihren Kamm.

Siefrisierte sich vor dem Fenster, denn der schwarze Nachthintergrund erlaubte ihr, sich darin zu sehen. Draußen pfiff der Wind sehr stark, und die Wölfe rannten, um warm zu werden. Der Zug überholte einen Reisenden, der mit letzter Kraft über den Sand radelte. Briskipotolsk war nicht weit. So zog sich die Steppe bis Cornopoutchik, zweieinhalb Werst von Brantchotcharnovnia. Im allgemeinen konnte niemand die Namen dieser Städte aussprechen, und man hatte sich angewöhnt, sie durch Urville, Mâcon, Le Puy und Sankt Dingsbums zu ersetzen.

Die Lötlampe begann mit brutalem Spucken zu funktionieren, und Brice drehte so lange am Regler, bis die Flamme kurz und blau wurde. Er gab sie Raymond und stellte seinen gelben Koffer auf den Boden.

»Versuchen wir es zum letzten Mal?« schlug Raymond vor.

»Ja«, sagte Jacques.

Er beugte sich über Saturne.

»Fahren Sie bis Khonostrov?«

Saturne öffnete ein Auge und machte es wieder zu.

»Blöde Sau«, sagte Brice wütend.

Er kniete vor Saturne und hob einen seiner Füße hoch, welchen ist gleichgültig.

»Wenn Sie ihm zuerst die Nägel anbrennen«, erklärte Corinne, »ist es schmerzhafter und die Heilung dauert länger.«

»Her mit der Lampe«, sagte Brice zu Raymond.

Raymond reichte ihm die Lampe, und Brice richtete die Flamme auf die Abteiltür, um zu sehen, ob sie heiß genug war. Der Lack begann zu schmelzen, und das stank ziemlich. Die Socken von Saturne stanken noch mehr, als sie brannten, woran Garamuche erkannte, daß es reine Wolle war. Corinne sah nicht hin, sie las in einem Buch. Raymond und Jacques warteten. Saturnes Fuß qualmte, starkes Knistern und Geruch von verbrannter Hornhaut, und schwarze Tropfen auf dem Boden. Saturnes Fuß schrumpfte in der feuchten Hand von Brice, der Mühe hatte, ihn festzuhalten. Corinne legte

das Buch weg und kurbelte das Fenster etwas herunter, um den Geruch herauszulassen.
»Hören Sie auf«, sagte Jacques, »wir versuchen es noch einmal.«
»Spielen Sie Karten?« schlug Raymond freundlich vor, indem er sich Saturne zuwandte.
Saturne drückte sich in die Ecke des Abteils. Sein Mund war leicht verkrampft und seine Stirn kräuselte sich. Es gelang ihm zu lächeln, und er schloß die Augen noch fester.
»Es nutzt nichts«, sagte Jacques, »er will nicht reden.«
»Was für eine blöde Sau!« sagte Brice.
»Einfach schlecht erzogen«, sagte Raymond. »Wenn man zu sechst in einem Eisenbahnabteil ist, unterhält man sich.«
»Oder man amüsiert sich«, sagte Garamuche.
»Halten Sie Ihr Maul!« sagte Brice. »Wir wissen, was Sie wollen.«
»Sie könnten es mit Ihren Zangen versuchen«, warf Corinne in diesem Augenblick ein.
Sie hob ihr hübsches Gesicht, und ihre Lider schlugen wie Schmetterlingsflügel.
»In den Handflächen werden Sie die betreffenden empfindlichen Ansatzpunkte finden.«
»Hören wir mit der Lötlampe auf?« sagte Brice.
»Warum denn, machen Sie mit beidem weiter«, sagte Corinne.
»Wer hetzt Sie? Khonostrov ist weit.«
»Irgendwann muß er doch reden«, sagte Jacques.
»Unverschämtheit!« sagte Garamuche. »Ein Muffel ist er in jedem Fall.«
Über das ovale Gesicht von Saturne Lamiel ging ein flüchtiges Lächeln. Brice nahm wieder die Lötlampe und hielt sie an den anderen Fuß, genau in die Mitte der Fußsohle, während Raymond im Koffer wühlte.
Die blaue Flamme der Lampe durchdrang schließlich Saturnes Fuß, genau in dem Moment, in dem Raymond den Nerv traf. Jacques ermunterte ihn.

»Versuchen Sie es danach unter dem Knie«, schlug Corinne vor.
Um bequemer arbeiten zu können, streckten sie Saturnes Körper auf einer der beiden Bänke aus.
Saturnes Gesicht war ganz weiß, und seine Augen bewegten sich nicht mehr unter den Lidern. Heftige Zugluft wehte jetzt durchs Abteil, denn der Geruch von verbranntem Fleisch war unerträglich geworden, und Corinne fand das nicht angenehm.
Brice löschte die Lötlampe. Von Saturnes Füßen floß schwarzer Saft auf die beschmutzte Bank.
»Hören wir eine Minute auf?« sagte Jacques.
Er fuhr sich mit dem Handrücken übers Gesicht. Raymond führte eine Hand zum Mund. Er hatte Lust zu singen.
Saturnes rechte Hand ähnelte einer geplatzten Feige. Fleischstücke und Sehnen hingen heraus.
»Er ist zäh«, sagte Raymond.
Und sprang auf, als er Saturnes Hand von selbst auf die Bank zurückfallen sah.
Sie konnten nicht alle fünf auf der anderen Bank sitzen, aber Raymond begab sich auf den Gang, nachdem er ein Blatt Sandpapier und eine Feile aus dem gelben Koffer genommen hatte, um sich damit die Beine wieder gelenkig zu machen.
Vom Fenster zur Tür sah man jetzt Corinne, Garamuche, Jacques und Brice.
»Was für ein Muffel!« sagte Jacques.
»Will nicht reden«, sagte Garamuche.
»Das werden wir ja sehen!« sagte Brice.
»Ich weiß noch etwas anderes«, sagte Corinne.

2 Der Zug rollte weiter über die kahle Steppe und begegnete Scharen von Bettlern, die vom unterirdischen Markt in Goldzine zurückkamen.
Es war jetzt heller Tag, und Corinne betrachtete die Landschaft, die es merkte und sich bescheiden in einem Hasenbau versteckte. Saturne Lamiel blieben nur ein Fuß und anderthalb Arme, aber da er wieder eingeschlafen war, konnte man vernünftigerweise nicht erwarten, daß er sprechen würde. Goldzine war vorbei. Noch sechs Werst bis Khonostrov.
Brice, Jacques und Raymond waren erschöpft, aber ihr Selbstbewußtsein hing noch an den drei christlichen Fäden, einer für jeden.
Vom Gang her schepperte der Theologalgong, und Saturne fuhr hoch. Brice ließ seine Nadel los, und Jacques hätte sich beinahe am Bügeleisen, das er in der Hand hielt, verbrannt. Raymond bemühte sich noch eifrig weiter, den genauen Sitz der Leber festzustellen, aber der Steinschleuder von Brice fehlte es an Präzision.
Saturne hob die Lider. Er setzte sich mit großer Mühe auf, denn ohne seine linke Hinterbacke schien er nur schwer das Gleichgewicht halten zu können, und zog die Schottendecke über sein zerfetztes Bein. Die andern trommelten mit den Schuhen auf den Boden, und in allen Ecken war Blut.
Da schüttelte Saturne seine blonden Haare und schenkte ihnen ein breites Lächeln.
»Nicht gerade geschwätzig, wie?« sagte er.
In diesem Augenblick fuhr der Zug in den Bahnhof von Khonostrov ein. Dort stiegen alle aus.

Der Krebs

1 Jacques Théjardin lag krank im Bett. Beim Trübsalblasen hatte er in tückischem Gegenzug gestanden und sich die Schneebezeh geholt. Das Kammermusikorchester, dem er angehörte, hatte sich nämlich bereit gefunden – die Zeiten waren schwer, in einem einfachen Korridor aufzutreten; wollte es den Musikern derart auch gelingen, den unfreundlichen Zeiten zum Trotz zu überleben, so war doch ihre Gesundheit häufig gefährdet. Jacques Théjardin fühlte sich nicht wohl. Sein Kopf hatte sich einseitig verformt, und sein Gehirn machte die Bewegung nicht mit; so drangen in die entstehende Leere nach und nach Fremdkörper ein, parasitäre Gedanken und, schlimmer, scharfe Schmerzsplitter, die ihn überfluteten wie Flüssiges, etwa angespitzte Borsäure. Manchmal hustete Jacques Théjardin, die Fremdkörper prallten gegen seine Schädeldecke und schlugen plötzlich wie Badewannenwellen an der Wölbung hoch, um mit dem Knirschen zertretener Heuschrecken wieder zurückzufallen. Hier und da platzte eine Blase, und kleine weißliche Emanationen, weich wie das Innere einer Spinne, schmückten das Knochengewölbe mit Sternen, die aber von der Strömung sofort wieder davongetragen wurden. Nach jedem Anfall lauerte Jacques Théjardin ängstlich auf den Moment, wo er von neuem husten müßte, und zu diesem Zweck zählte er die Sekunden nach einer Sanduhr mit Gradmesser auf dem Nachttisch. Der Gedanke, nicht wie sonst Flötse üben zu können, quälte ihn: seine Lippen würden weich werden, die Finger nicht platt bleiben, und er würde von vorn anfangen müssen. Die Trübsalflötse fordert von ihren Adepten fürchterliche Entschlossenheit, denn sie lernt sich äußerst schwer, aber das wenige, was man gelernt hat, vergißt man sehr schnell. In seinem Kopf repetierte er den Rhythmus der 18. sinfonischen Folgen in B-Dur, die er gerade einstudierte, und die Triller des 56. und 57. Taktes verstärkten seinen Schmerz. Er fühlte den Hustenanfall kommen und hielt die Hand vor den Mund, um seinen Teil zurückzuhalten. Der Husten würgte, blähte sich in der Luftröhre und schoß in dickem Strahl heraus. Jacques Théjardins Gesicht wurde puterrot, und seine Augen füllten sich mit Blut. Er wischte sie mit dem Taschentuchzipfel, einem roten, damit es keine Flecken gab.

2 Die Treppe gab Laut. Das Geländer vibrierte als Gong auf seinen metallenen Pfosten: es war sicher die Wirtin, die ihm Lindenblütentee brachte. Auf die Dauer verstopft Lindenblütentee die Prostata, aber Jacques Théjardin trank ihn nicht oft, und er würde wohl um die Operation herumkommen. Noch eine Etage. Eine schöne, dicke Fünfunddreißigerin, deren Mann sich sofort nach der Rückkehr aus mehrmonatiger deutscher Kriegsgefangenschaft als Stacheldrahtsetzer niedergelassen hatte, denn jetzt war doch er an der Reihe, die anderen einzusperren. Er zäunte von morgens bis abends in der Provinz Kühe ein und gab selten ein Lebenszeichen von sich. Ohne zu klopfen, kam sie herein und lächelte Jacques groß an. Sie hielt einen blauen Keramiktopf und eine Tasse, die sie auf den Nachttisch stellte. Als sie sich bückte, um die Kopfkissen in Ordnung zu bringen, klaffte ihr Morgenrock über dem Moosschatten, und Jacques nahm die heftige Witterung ihres bärtigen Mysteriums auf. Er blinzelte, denn der Geruch schlug ihm ins Gesicht, und deutete mit dem Finger auf die beanstandete Stelle.

»Entschuldigen Sie«, sagte er, »aber...«

Er unterbrach sich, von einem heftigen Hustenanfall geschüttelt. Verständnislos rieb sich die Wirtin den Unterleib.

»Ihr ... Ihr ... Ding«, sagte er schließlich.

Um Jacques zum Lachen zu bringen, faßte sie die heitere Sache mit beiden Händen und imitierte das Geräusch einer

Ente im Modder; schloß aber, um Jacques nicht zum Husten zu reizen, schnell wieder den Morgenrock. Ein schwaches Lächeln entspannte das Gesicht des Jungen.

»Normalerweise«, erklärte er zu seiner Entschuldigung, »mag ich das ganz gerne, aber ich habe den Kopf schon voll von Geräuschen, Tönen und Gerüchen ...«

»Soll ich Ihnen Tee eingießen?« schlug sie mütterlich vor.

Als sie die Hände vom Morgenrock nahm, um ihm zu trinken zu geben, ging er von neuem auf: Jacques neckte das Tierchen mit dem Löffel, und schwupp, war der letztere geschnappt. Er lachte so laut, daß es ihm die Brust zerriß. Zusammengekrümmt, am Ersticken, spürte er nicht einmal die sanften und schnellen Schläge, die ihm die Wirtin auf den Rücken verabfolgte, damit er zu husten aufhöre.

»Ich bin ein Vieh«, sagte sie und haderte mit sich, weil sie ihn zum Lachen gebracht hatte. »Ich sollte daran denken, daß Ihnen nicht zum Scherzen ist.«

Sie gab ihm den Löffel zurück und hielt ihm die Tasse, während er in kleinen Schlucken den Lindenblütentee mit Wildgeschmack trank und gleichzeitig umrührte, um schneller den Zucker zu lösen. Er nahm zwei Aspirintabletten.

»Danke«, sagte er, »ich werde jetzt versuchen zu schlafen.«

»Ich bringe Ihnen noch mehr Lindenblütentee hoch«, sagte die Wirtin und stülpte Tasse und Keramiktopf ineinander, um sie bequemer forttragen zu können.

3

Er fuhr aus dem Schlaf. Das Aspirin hatte schweißtreibend gewirkt: da er auf Grund des archimedischen Prinzips ein dem Volumen des verdrängten Schweißes entsprechendes Gewicht verloren hatte, schwebte sein Körper samt Decke und Laken über der Matratze, und der so entstandene Luftzug kräuselte die Schweißlache, auf der er schwamm; kleine Wellen schlugen an seine Hüften. Er zog den Stöpsel aus der Matratze, und der Schweiß floß in den Bettkasten. Sein Körper senkte sich langsam und legte sich wieder auf das wie ein Dampfpferd rauchende Laken. Der Schweiß hinterließ einen klebrigen Bodensatz, auf dem er bei seinen Versuchen, sich aufzurichten und aufs Kopfkissen zu stützen, ausrutschte. Sein Kopf fing wieder ganz leise an zu vibrieren, Mühlsteine bildeten sich hinter dem Gehirn und begannen, die Substanzen zu mahlen, die noch immer im Leeren seines Schädels herumgingen. Er hob sachte die Hände und betastete vorsichtig seinen Kopf. Er fühlte die Verformung. Seine Finger tasteten sich vom Hinterkopf zu den geschwollenen Scheitelbeinen, berührten die Stirn, folgten der scharfen Kante der Augenhöhlen und gelangten an die Schläfen, kehrten am Ende zu den Kieferknochen zurück, die unter dem Druck gleich nachgaben. Jacques Théjardin hätte gerne die genaue Form seines Schädels gekannt.

Manche sind im Profil so hübsch, so ausgeglichen, so rund. Während seiner Krankheit im vorigen Jahr hatte er sich röntgen lassen, und alle Frauen, denen er die Aufnahme gezeigt hatte, hatte er mühelos zu Geliebten machen können. Diese Dehnung nach hinten und diese Schwellung der Scheitelbeine beunruhigten ihn freilich. Ob vielleicht die Trübsalflötse… Seine Hände kehrten zum Hinterkopf zurück, rasteten ein auf dem Halswirbel, dessen Kugelgelenk geräuschlos, aber nicht ohne Beschwernis funktionierte. Mit einem Seufzer ließ er erschöpft seine Arme zurückfallen und baute sich, indem er den Hintern schnell nach rechts und links schob, eine kleine bequeme Kuhle in der zarten, gerade erstarrenden Kruste. Er wagte kaum, sich zu rühren, denn wenn er sich auf seinen rechten Arm stützte, schwappte der Schweiß im Bettkasten sofort von links nach rechts, brachte das Bett aus dem Gleichgewicht und zwang ihn, den breiten, ungebleichten Leinengurt, der seiner Aufgabe kaum gerecht werden konnte, um die Lenden zu schnallen. Stützte er sich auf den

anderen Arm, kippte das Bett ganz um, und der Mieter unter ihm klopfte an die Decke, mit dem Stiel einer Hammelkeule, deren Geruch dann durch die Fußbodenritzen drang und Théjardins Kopf in Wallung brachte. Er wollte den Bettkasten nicht auf den Fußboden auslaufen lassen. Der Bäcker an der Ecke zahlte ihm einen anständigen Preis für seinen Schweiß: er würde ihn in Flaschen abfüllen, ein Etikett mit »Schweiß deines Angesichts« draufkleben, und die Leute würden ihn kaufen, um dieses zu 99% aus Senatsbeständen verbrannte Brot essen zu können.
»Ich huste weniger«, dachte er.
Seine Brust ging gleichmäßig, und das Geräusch seiner Lungen war nicht mehr zu hören. Vorsichtig streckte er den linken Arm aus und nahm die Flötse, die auf dem Stuhl neben dem Bett lag. Er bettete sie neben sich, dann fuhren seine Hände wieder zum Kopf, tasteten vom Hinterkopf zu den geschwollenen Scheitelbeinen, berührten die Stirn und folgten der scharfen Kante seiner Augenhöhlen.

4

»Es waren elf Liter«, sagte der Bäcker.
»Ich habe einige Liter verloren«, entschuldigte sich Théjardin.
»Der Bettkasten ist nicht sehr dicht.«
»Er ist nicht rein«, fügte der Bäcker hinzu. »Es wäre reeller, nur zehn Liter anzurechnen.«
»Sie werden allemal elf Liter verkaufen«, sagte Jacques.
»Natürlich«, sagte der Bäcker. »Aber ich werde ein schlechtes Gewissen dabei haben. Das zählt auch.«
»Ich brauche Geld«, sagte Jacques. »Seit drei Tagen spiele ich nicht.«
»Ich habe auch nicht viel Geld«, sagte der Bäcker. »Ein Auto mit 29 PS kostet was, und das Personal ruiniert mich.«
»Was können Sie mir geben?« fragte Jacques.

»In Gottes Namen«, sagte der Bäcker, »ich biete Ihnen drei Francs pro Liter, und für die elf Liter rechne ich zehn an.«
»Tun sie was«, sagte Jacques. »Das ist zu wenig.«
»Schön«, sagte der Bäcker. »Ich gehe bis 33 Francs, aber es ist Gaunerei.«
»Geben Sie her«, sagte Jacques.
Der Bäcker zog sechs Siebenfrancsscheine aus der Brieftasche. »Geben Sie mir neun Francs heraus«, sagte er.
»Ich habe nur zehn Francs«, sagte Jacques.
»Die tun es auch«, sagte der Bäcker.
Er steckte das Geld ein, nahm den Eimer und ging zur Tür.
»Versuchen Sie, noch mehr zu machen«, sagte er.
»Nein«, sagte Jacques. »Ich habe kein Fieber mehr.«
»Macht nix«, sagte der Bäcker und verschwand.
Jacques' Hände fuhren zum Kopf zurück, und er fing wieder an, seine deformierten Knochen zu streicheln. Er versuchte, seinen Schädel aufzurichten: er hätte gern dessen genaues Gewicht gewußt, aber er mußte bis zur völligen Genesung warten, und außerdem störte sein Hals.

5

Mühsam warf er die Decken zurück. Seine mageren, durch fünf Tage Bettruhe wellig gewordenen Beine lagen der Länge nach vor ihm. Er betrachtete sie ohne Begeisterung, versuchte, sie mit dem Handrücken glatt zu streichen, gab es auf, setzte sich auf die Bettkante und erhob sich unter großer Anstrengung. Durch seine Beine war er gut fünf Zentimeter kleiner geworden. Er wölbte seinen Oberkörper, und die Rippen knackten. Der Schneebezeh hinterließ Spuren.
Der Morgenrock fiel in langen, schlaffen Falten über seinen ausgemergelten Hintern. Die weichen Lippen und geschwollenen Finger erlaubten kein Trübsalblasen mehr, das war ihm sofort klar.

Er ließ sich niedergeschlagen auf einen Stuhl fallen, den Kopf in den Händen. Seine Finger betasteten die Schläfen und die schwere Stirn.

6 Der Chef des Orchesters, in dem Jacques spielte, kam die Treppe herauf; er wartete eine Minute vor der Tür, las das Schild und trat ein.
»Tag«, sagte er. »Na, gehts dir besser?«
»Ich steh gleich auf«, sagte Jacques. »Mir ist mau.«
»Im Treppenhaus riecht es komisch«, sagte der Chef.
»Das ist die Wirtin«, sagte Jacques. »Sie macht nie ihren Morgenrock zu.«
»Es riecht gut«, sagte der Chef. »Nach Wildkaninchen.«
»Ja«, sagte Jacques.
»Wann spielst du wieder mit uns?« fragte der Chef.
»Habt ihr viel zu tun?« fragte Jacques. »Ich möchte nicht mehr im Korridor spielen. Kammermusik ist schließlich Kammermusik ...«
»Du willst hoffentlich nicht sagen, daß ich schuld bin, wenn du die Schneebezeh gekriegt hast«, sagte der Chef. »Schließlich haben wir alle in diesem Korridor gespielt ...«
»Ich weiß«, sagte Jacques. »Aber ich habe den ganzen Zug abbekommen und deswegen habt ihr nichts gekriegt.«
»Geschwätz«, sagte der Chef. »Aber du hattest schon immer einen fiesen Charakter.«
»Nein«, sagte Jacques. »Aber ich will nicht krank werden. Das ist mein gutes Recht.«
»Ich sollte dich ersetzen«, sagte der Chef. »Man kann nicht mit einem Kerl zusammenspielen, der sich über jeden Dreck aufregt.«
»Immerhin«, sagte Jacques, »ich bin fast draufgegangen.«
»Du gehst mir auf die Nerven«, sagte der Chef. »Ist doch nicht meine Sache. Wann kannst du wieder spielen?«

»Ich weiß nicht«, sagte Jacques. »Mir ist weich.«
»Du übertreibst allmählich«, sagte der Chef. »Das nenn ich nicht arbeiten. Ich werde Albert bitten, für dich einzuspringen.«
»Zahl mir die zwei ausstehenden Gagen«, sagte Jacques. »Ich muß der Wirtin Geld geben.«
»Ich hab nichts bei mir«, sagte der Chef. »Auf Wiedersehen. Ich gehe zu Albert. Du hast eben einen fiesen Charakter.«
»Wann zahlst du?« fragte Jacques.
»Eh! Ich werde schon zahlen«, sagte der Chef.
Jacques Finger irrten über die Stirn, und seine Augen waren halbgeschlossen. Vielleicht vier Kilo...?

7

Der kleine Spirituskocher summte tapfer, und das Geräusch reizte das Wasser derart, daß es im Aluminiumtopf zu zittern anfing. Viel Wasser für einen so kleinen Kocher, aber er würde es schon zum Kochen bringen.
Jacques wartete auf einem Stuhl. Um sich zu beschäftigen, übte er ein bißchen Flötse. Er verfehlte das Bemollha jedesmal um zwei Zentimeter, aber am Ende kriegte er es zu fassen und zerdrückte es, zufrieden mit dem Sieg, zwischen zwei Fingern. Es kam wieder.
Er hörte auf, denn der Schmerz in seinem Kopf kam auch wieder. Und das Wasser begann zu kochen.
»Vielleicht mehr als vier Kilo«, sagte er sich. »Wird sich zeigen...«
Also, er nahm ein großes Messer und schnitt sich den Kopf ab. Legte ihn mit ein paar Kristallen ins kochende Wasser, um ihn zu säubern und sein Gewicht nicht zu verfälschen. Und dann starb er, ohne zu Ende zu kommen, denn das geschah 1945, und die Medizin war noch nicht so vollkommen wie heute. In einer dicken runden Wolke stieg er gen Himmel. Wo hätte er auch sonst hingehen sollen.

Der Klempner

1 Es war nicht das Klingelzeichen Jasmins, die in Begleitung ihres Geliebten in einem zwielichtigen Kontor einkaufte. Es war auch nicht mein Onkel, weil ihn vor zwei Jahren der Tod ereilt hatte. Der Hund schlug zweimal an, und ich, ich holte meinen Schlüssel. Also laß dir was anderes einfallen. Es war ein charakteristisches Klingeln: schwer…, plump, vielleicht… nein, eher gewichtig… ein langsames und teures Klingeln.

Folglich der Klempner. Er kam herein, mit einer quer über Schulter und Brust hängenden unechten Sacktasche aus glanzlosem kräuterfressenden Leder, voll mit klapperndem Eisenkram.

»Zum Badezimmer hier lang«, sagte er mit einer pfeilähnlichen Geste zu mir hin.

Er stellte die Frage gar nicht. Durch ihn erfuhr ich endlich, wo sich in dieser Wohnung das Badezimmer befand, das ich, ohne seine Bemerkung mit der durch seinen kurzen Satz ausgedrückten Genauigkeit auf Anhieb zu lokalisieren, noch eine gute Weile hätte verfehlen können.

Um diese Tageszeit waren, weil Jasmin nicht da war, weil mein Onkel gestorben war und weil der Hund zweimal klingelte (meistens), nur meine elf Neffen und Nichten zu Hause, die damit beschäftigt waren, in der Küche mit dem Gaskessel zu spielen, und man hörte keinen Laut.

Als er nach einem langen Umweg im Salon ankam, an seine Geste geklammert, zeigte ich dem Klempner den rechten Weg und führte ihn so bis zum Badezimmer. Als ich mit ihm hineingehen wollte, schob er mich sanft, doch mit der Entschiedenheit, die nur Spezialisten eigen ist, beiseite.

»Ich brauche Sie nicht«, sagte er zu mir, »und zudem würden Sie riskieren, Ihren schönen *neuen* Anzug schmutzig zu machen.«

Er betonte *neu*.
Ich erwiderte nichts, denn obendrein grinste er heimtückisch, und ich ging, mein baumelndes Preisschild abzuschneiden. Noch eine Nachlässigkeit Jasmins. Aber schließlich können Sie von einer Frau, die Sie nicht kennt, die nie Ihren Namen aussprechen gehört hat, die nicht einmal weiß, daß es Sie gibt, die es vielleicht selbst nur zum Teil oder gar nicht gibt, wahrlich nicht erwarten, daß sie Ihnen die Dienste einer englischen Gouvernante, Alice Marshall, geboren zu Bridgeport in Wilshire, erweist; und ich tadelte Alice wegen ihrer chronischen Unaufmerksamkeit. Sie gab mir zu bedenken, daß man nicht gleichzeitig darauf verzichten kann, die Neffen zu beaufsichtigen und die Preisschilder zu entfernen, und ich mußte mich beugen, denn ich passierte in diesem Moment die Tür, die zum Vorplatz ins Eßzimmer führte, eine bekanntermaßen sehr niedrige Tür, worauf ich auch mehrere Male den tauben Architekten hingewiesen habe, der von meinem Hauseigentümer bezahlt wird.
Nachdem ich also meine Toilette wieder in Ordnung gebracht hatte, tastete ich mich im Finstern, um keinen Lärm zu machen, zum Zimmer der Mutter Jasmins vor, der ich eins der schönsten Appartements der Wohnung zugeteilt habe, eins von denen, die zur Straße gehen und die auf der anderen Seite wieder anfangen, wenn niemand sie erblickt, und das nur, um ihr Gleichgewicht zu bewahren.
Es ist vielleicht an der Zeit, Ihnen ein Portrait Jasmins zu entwerfen; doch im Dunkeln (denn die Fenster werden nie geöffnet, da es nun einmal Jasmin nicht gibt und sie folglich auch keine Mutter haben kann, was unbestreitbar ist, wie Ihnen die Fortsetzung der Geschichte beweisen wird), im Dunkeln also wäre ihre Beschreibung nicht genau.
Ich durchquerte das Zimmer der Mutter Jasmins und öffnete vorsichtig die Tür, die von da zum Billardzimmer führt, dessen eine Wand ans Badezimmer grenzt. Das Kommen des Klempners voraussehend, hatte ich schon vor langer

Zeit hier in der Wand ein quadratisches Loch anbringen lassen, was erklärt, warum ich von diesem Standort aus mit Muße das Tun und Lassen des Mannes beobachten könnte, während er mit den Leitungen zu tun hatte. Als er den Kopf hob, sah er mich und bedeutete mir, zu ihm zu kommen.

Ich beeilte mich, noch einmal in umgekehrter Richtung die Strecke zurückzulegen, die ich gerade gegangen war. Im Vorübergehen bemerkte ich, daß meine Neffen sich weiterhin nahe beim Gaskessel tummelten, und mich erfaßte (aber nur kurz, denn der Klempner erwartete mich und ich wünschte, daß er meine Verspätung nicht etwa für Dünkel hielt, dem man mein ernstes Auftreten oft zuschreibt) eine vollkommene und unbegründete Verachtung in bezug auf diese unvollkommenen Geräte, wie Gaskessel es sind. Ich erreichte rasch die Speisekammer, öffnete die Verbindungstür, die auf einen Vorplatz mit vier Türen ging, von denen die erste zum Billardzimmer führen würde, wenn sie nicht zugemauert wäre, die zweite, ebenfalls zugemauert, zum Zimmer der Mutter von Jasmin und die vierte zum Badezimmer. Ich schloß die dritte und trat endlich ein.

Auf dem Badewannenrand sitzend, betrachtete der Klempner melancholisch die dicken Bretter, die die Rohre in der Vergangenheit abdeckten, denn er hatte sie mit der Spitze des Stichels losgemacht.

»Eine derartige Installation«, versicherte er mir, »habe ich noch nie gesehen.«

»Sie ist alt«, sagte ich.

»Das sieht man«, sagte er.

»Deshalb sage ich es ja«, sagte ich.

Denn ich kann unmöglich das Alter einer Installation bestimmen, wenn sie nicht jedermann auffällt.

»Es gibt welche, die sich darüber auslassen«, bemerkte er, »und wohin führt sie das? ... Aber der war kein Fachmann, der das hier installiert hat.«

»Die Installation hat Ihre Firma gemacht«, sagte ich. »Ich erinnere mich ganz deutlich daran.«
»Damals war ich bei ihr nicht angestellt«, sagte er. »Sonst hätte ich gekündigt.«
»Nun denn«, sagte ich, »das kommt auf eins heraus, wenn Sie gekündigt hätten; es ist, als ob Sie dagewesen wären, während Sie nicht da waren.«
»Jedenfalls«, sagte er, »wenn ich diesen Ausbund von Hurensohn mit fetter Känguruhfresse erwische, der diese gottverdammte Scheißinstallation auf eine so kotzblöde Weise vergurkt hat ... nun ... wie sagt man, an dem werde ich kein gutes Haar lassen.«
Dann begann er zu fluchen, und die Adern seines Halses spannten sich wie Seile. Er änderte seine Stellung, als er seine Stimme zum Boden der Badewanne richtete, um eine tiefe Resonanz zu erhalten, der er sich während der folgenden Stunde widmete.
»Gut«, sagte er schließlich völlig außer Atem. »Nun brauche ich nur noch anzufangen.«
Ich hielt bereits Ausschau nach einem bequemen Platz, um ihm beim Arbeiten zuzusehen, als er aus seiner Ledertasche eine große Lötlampe nahm. Dann zog er ein Fläschchen aus seiner Tasche und schüttete den Inhalt geschickt in die vom geschäftigen Hersteller angebrachte Vertiefung am Fuße des Gasleitungsrohrs. Ein Streichholz ließ eine große Flamme zur Decke hin aufschießen.
Vom blauen Licht erleuchtet, bückte sich der Klempner und betrachtete mit verächtlicher Miene die beiden Heiß- und Kaltwasserrohre, das Gasrohr, die Zentralheizungsleitung und einige andere Stutzen, deren Nützlichkeit ich nicht kannte.
»Das beste ist«, sagte er, »alles rausreißen und wieder bei Null anfangen. Aber das wird Sie sehr teuer zu stehen kommen.«
»Da es nun einmal sein muß«, sagte ich.
Weil ich das Massaker nicht miterleben wollte, machte ich

mich auf Zehenspitzen davon. Er drehte den Docht seiner Lötlampe in dem Moment an, als ich die Tür wieder schloß, und das Aufheulen des in Gas verwandelten Benzins übertönte das leichte Klappern des Schlaglots, das eben in seine Behausung gelangt war.

Ich ging an der Tür von Jasmins Zimmer vorbei, die anfangs zugemauert worden war, deren Hinderlichkeit aber schon erwähnt wurde, durchquerte den Salon und zweigte zum Eßzimmer ab, von wo ich wieder zu meinem Zimmer gelangen konnte.

Ich habe mich in der Wohnung schon mehr als einmal verirrt, und Jasmin will unter allen Umständen, daß wir eine andere suchen, aber sie wird sie selbst finden müssen, da sie sich nun einmal darauf versteift wiederzukommen, ohne daß ich es von ihr verlange.

Übrigens versteife ich mich darauf, Ihnen von Jasmin zu erzählen und zwar ganz einfach deshalb, weil ich sie liebe; sie spielt überhaupt keine Rolle in dieser Geschichte und wird wahrscheinlich nie eine darin spielen, außer natürlich, ich besinne mich eines andern, doch das kann niemand vorhersehen; da die Bekanntgabe des Ergebnisses nicht auf sich warten lassen wird, ist es unnötig, sich über eine sowieso wenig interessante Angelegenheit auszulassen; noch weniger als über sonst irgendeine andere; ich denke insbesondere an die Züchtung von Tiroler Rauhputz und die Ausfuhr der Wollblattläuse.

Einmal in meinem Zimmer angelangt, ließ ich mich neben dem furnierten Eichenmöbel nieder, das ich in ein Elektrogerät verwandelt habe, und zwar schon vor langer Zeit, ohne Übertreibung. Und indem ich den Schalter betätigte, der die Einheit der Stromkreise unterbricht, deren Sperrung dem Gerät zu funktionieren erlaubt, löste ich die Bewegung der Drehscheibe aus, auf die sich eine Platte senkte, um sich fügsam die Melodie entreißen zu lassen, die durch die Vermittlung einer spitzen Nadel adsorbiert wurde.

Die schwärzlichen Töne der *Deep South Suite* hatten mich bald in meine bevorzugte Lethargie getaucht, und die aus der Bewegung der Pendel resultierende Beschleunigung brachte das Sonnensystem in eine verstärkte Kreisbewegung, wobei es die Dauer der Welt um fast einen Tag verkürzte; so sehr, daß es halb neun Uhr morgens war, und ich erwachte; unruhig darüber, nicht mit meinen Beinen die verführerischen Beine Jasmins streicheln zu können; leider kannte mich Jasmin nicht. Und ich erwartete sie unaufhörlich; sie hat Haare aus Wasser unter der Sonne, und ich möchte ihre Taille mit meinen festen Armen umfassen und sie mit blutsaugerischen Küssen ersticken; aber nicht an den Tagen, wo sie Claude Farrère ähnlich zu werden beginnt.

»Halb neun«, sagte ich mir. »Und der Klempner, der muß vor Hunger sterben!«

Ich zog mich rasch an, orientierte mich und machte mich auf den Weg zum Badezimmer. Die Zugänge erschienen mir weitgehend verändert, wie beim Verlauf einiger grundlegender Sintfluten; ich erkannte schnell, daß der Unterschied nur das Fehlen der gewöhnlichen Rohre war, und ich schickte mich drein.

Der Klempner lag ausgestreckt neben der Badewanne, er atmete noch. Ich flößte ihm Brühe durch die Nasenlöcher ein, denn seine Zähne hielten einen Lötstab aus Zinn umschlossen. Sobald wieder Leben in ihn kam, machte er sich frisch an die Arbeit.

»Es zeigt sich«, sagte er zu mir, »daß ich die gröbste Arbeit hinter mir habe; alles ist bis auf die Mauern kahl, und ich fange wieder bei Null an. Sie haben die Wahl.«

»Tun Sie Ihr Bestes«, sagte ich. »Ich verlasse mich auf Ihre Fachkenntnisse, und um nichts auf der Welt möchte ich, daß auch nur der geringste meiner Vorschläge Ihrer Unternehmungslust in die Quere kommt ... dieser Unternehmungslust, die, sollte ich sagen, das exklusive Erbteil der Klempnergilde ist.«

»Tragen Sie nicht zu dick auf«, riet er mir. »Im Prinzip habe ich verstanden, aber meine Meisterprüfung liegt weit zurück, und wenn Sie mir auf die Nerven gehen, werde ich nicht mehr mit Ihnen reden. Es ist zu komisch, wie Leute, die sich für gebildet halten, das Bedürfnis haben, der Welt auf den Wecker zu fallen!«

»Ich versichere Ihnen«, sagte ich, »daß ich die geringste Ihrer Taten sehr hoch bewerte, und zweifeln Sie nicht an meiner Demut.«

»Gut«, sagte er. »Ich bin kein Spielverderber. Ich werde also etwas tun. Ich werde wieder alles genau so anbringen, wie es installiert war. Weil es trotz allem ein Kollege ist, der damit beschäftigt war, und ein Klempner hat immer seine Gründe. Oft sagt man sich: ›Das ist ein Rohr, das ist nicht gerade!‹ Und man fragt sich weshalb, und natürlich neigt man dazu, dafür den Klempner haftbar zu machen; aber wenn man der Sache auf den Grund gehen will, kann man meistens keinen Grund angeben, und man zieht es vor, glauben zu machen, das Rohr sei nicht gerade. Aber es liegt an der Wand. Um auf unsere Angelegenheit zurückzukommen, ich mache alles wieder so, wie es war; und ich bin sicher, daß es hinterher funktionieren wird.«

Ich unterdrückte eine Bemerkung: es funktionierte, bevor er kam. Doch vielleicht verstand ich wirklich nichts davon. Das Gleichnis vom geraden Rohr blieb mir in Erinnerung, und ich schwieg.

Es gelang mir, zu meinem Bett zurückzufinden. Ungeduldige Fußtrittgeräusche ertönten im Stockwerk darüber. Die Leute sind ärgerlich; können sie sich nicht nervös hinlegen, anstatt nervös den Boden ihres Zimmers abzuschreiten? Ich kam zu dem klaren Ergebnis: nein.

Das Bild Jasmins suchte mich bis zur tatsächlichen Erscheinung heim, und ich verfluchte ihre Mutter, daß sie sie mit einem schlechten Gewissen, das durch nichts gerechtfertigt war, von mir fernhielt. Jasmin ist neunzehn Jahre alt, und ich weiß, daß sie andere Männer außer mir gekannt hat; ein Grund mehr, nicht zu zögern, mich in ihre Intimsphäre einzulassen; das ist ihre Mutter und die Eifersucht. Ich zwang mich, an eine ganz andere Sache zu denken, eine grundlose Boshaftigkeit, und ich hatte sehr große Mühe, mir dessen genaue Form vorzustellen, verkörpert vermittels roter und weißer Baumwollfäden, daß ich meinerseits während einer langen Zeit ohnmächtig wurde. Das Brummen der Lötlampe im Badezimmer färbte den Rand meines Traums mit unregelmäßig oxydierten Fransen ins Bläuliche.

2

Der Klempner blieb neunundvierzig Stunden ununterbrochen bei mir. Die Arbeit war weit davon entfernt, fertig zu sein, und ich ging gerade durch den Vorplatz, um mich in die Küche zu begeben, als ich Klopfen an der Tür hörte. »Öffnen Sie!« sagte man zu mir. »Es ist dringend!«

Ich öffnete, und ich sah die Bewohnerin von oben, die in großer Trauer vor mir stand. Ihr Gesicht trug die Spuren kürzlichen Kummers, und sie rieselte auf meinen Teppich. Sie schien aus der Seine zu kommen.

»Sind Sie ins Wasser gefallen?« fragte ich mit Interesse.

»Entschuldigen Sie die Störung, Monsieur«, sagte sie. »Bei mir ist eine Überschwemmung... Ich habe den Klempner herbestellt, und er hätte schon vor drei Tagen da sein müssen...«

»Ich habe einen hier«, sagte ich. »Vielleicht ist das Ihrer?«

»Meine sieben Kinder sind ertrunken«, sagte sie zu mir. »Nur die beiden ältesten atmen noch, weil ihnen das Wasser nur bis zum Kinn reicht. Aber wenn der Klempner noch bei Ihnen zu tun hat... Ich will Ihnen keine Ungelegenheiten bereiten...«

»Vermutlich hat er sich geirrt«, sagte ich«. »Ich werde gleich gehen und ihn fragen, um sicherzugehen. In Wirklichkeit funktionierte mein Badezimmer nämlich in zufriedenstellender Weise.«

3 Als ich ins Badezimmer kam, legte er letzte Hand an eine Lötstelle in Form einer Iris, die ein nacktes Stück Wand zieren sollte.

»So kann man es durchgehen lassen«, sagte er zu mir. »Ich habe alles wieder so hergerichtet, wie es war; ich habe einige Lötstellen hinzugefügt, weil ich das am besten kann, und ich liebe gut ausgeführte Arbeit.«

»Eine Dame verlangt Sie«, sagte ich. »Hätten Sie nicht einen Stock höher gehen müssen?«

»Hier ist der vierte?«

»Der dritte«, sagte ich.

»Nun, dann habe ich mich geirrt«, sagte er abschließend. »Ich werde diese Dame aufsuchen. Die Firma wird Ihnen die Rechnung schicken. Aber bereuen Sie nichts... Für einen Klempner gibt es immer Arbeit in einem Badezimmer.«

Die verlassene Straße

1 Ein junger Mann wollte bald heiraten. Er beendete gerade das Studium der Marmorgrabmalkunst und anderer Steinmetzarbeiten. Er stammte aus guter Familie, sein Vater leitete die Sektion K der Röhrenkesselwerke, und seine Mutter wog siebenundsechzig Kilo. Sie wohnten rue des Deux-Frères 15, die Tapete des Speisezimmers war leider seit 1926 nicht erneuert worden und mit orangefarbenen Orangen auf preußischblauem Grund gemustert, einfach scheußlich. Heutzutage nähme man sie ungemustert, und das auf andersfarbigem Grund, zum Beispiel einem helleren. Er hieß Fidèle und sein Vater Juste. Auch seine Mutter hatte einen Namen. Wie jeden Abend fuhr er mit der Metro zum Institut, einen Grabstein unterm Arm, sein Handwerkszeug in einem Köfferchen. Wegen des Steins leistete er sich Liegewagenplätze, um zu vermeiden, daß die feine Politur des Kalksteins durch die oft beißenden Bemerkungen beschädigt würde, die man in den gewöhnlichen, überfüllten Wagen zu hören bekommt.

An der Station Denfert-Rochereau stieg ein anderer Schüler des Instituts, aus der Klasse über ihm, ins Abteil. Er trug einen weit größeren Grabstein unterm Arm, und in einem Korb hatte er außerdem ein schönes Kreuz aus lila Perlen. Fidèle grüßte ihn. Die Disziplin des Instituts war streng, sie mußten alle schwarz tragen und zweimal in der Woche die Wäsche wechseln. Sie waren gehalten, unschickliches Auftreten, wie ohne Hut auf die Straße gehen oder auf der Straße rauchen, zu vermeiden. Fidèle war auf das lila Kreuz neidisch, aber das Jahr ging voran, und in zwei Monaten würde auch er versetzt werden. Dann bekäme er Zugang zu den großen Grabsteinen, solchen mit zwei Perlenkreuzen und einem aus Granit, die man nicht zur Hausarbeit mitnehmen durfte. Weil es teuer war, wurde das Werkzeug mit dem Namen des Institutsdirektors gestempelt, aber es war den Schülern erlaubt, zu Hause an einigen ästhetischen Kompositionen zu arbeiten, um den im Institut erteilten Unterricht restlos auszuschöpfen. In der ersten Klasse studierte man Marmorsteine für Kinder bis zu dreizehn Jahren, dann die R.I.P. 3, und in der dritten Klasse endlich arbeitete man an Grabmälern für Erwachsene, den interessantesten und abwechslungsreichsten. Wohlgemerkt, es handelte sich um theoretischen Unterricht: die erworbenen Kenntnisse richteten sich auf Entwurf und Anordnung der Steine; die Ausführung des Schnitts und die endgültige Grabsteingestaltung war Aufgabe der Schüler der Abteilung Gestaltung. Die Schule hatte eine Stellenvermittlung und empfahl im allgemeinen paarweise die Schüler, die die Abschlußprüfungen erfolgreich bestanden hatten, je einen Grabplaner und einen Grabgestalter, ausgewählt aufgrund ihrer jeweiligen Affinität und aufgrund einer Testreihe nach den Methoden der Pariser Verkehrsbetriebe. Der Planer erlernte gleichzeitig die kommerzielle Seite des Berufs und den Umgang mit Kunden, was die Notwendigkeit absoluter Korrektheit in Kleidung und Auftreten rechtfertigte.

Die beiden Schüler stiegen zusammen an der Station Saint-Michel aus und gingen den Boulevard hoch. Mit besonderer Erlaubnis der Äbte von Cluny war der Gesellschaftssitz des Instituts in die Ruinen der Thermen des Julian Apostata gelegt worden, und ein Teil des Unterrichts fand nachts im Freien statt, inmitten der Ruinen, um die Schüler in jenen Zustand von Empfänglichkeit zu versetzen, der die Entfaltung einer modernen und verfeinerten Grabästhetik befördert.

Als sie sich den Ruinen näherten, läutete die Totenglocke, und sie beeilten sich, es war höchste Zeit.

2 Um Mitternacht wurde der Unterricht etwa eine Stunde unterbrochen, und die Schüler nutzten die Zeit zum Atmen der frischen Ruinenluft und vergnügten sich mit dem Entziffern hebräischer Grabinschriften, die in den Thermen des Julian in bedeutender Zahl vertreten sind.

Es war ihnen auch gestattet, in dieser sechzigminütigen Erholungspause irgendeinen Drink zu nehmen in der Bar der Äbte von Cluny, Lazare Weil und Joseph Simonowitch, im angrenzenden Museum. Die Unterhaltung der beiden Männer, fruchtbar an Wissenswertem über die Steinmetzkunst und gespickt mit allerlei originellen Einfällen, begeisterte in höchstem Grade den strebsamen Fidèle, dessen Gedanken sich von den Steinen nur abwandten, um sich mit den Umrissen eines anmutigen Bildes zu beschäftigen: seiner Verlobten Noemi.

Noemi, deren Vater Inspektor und deren Mutter noch gut erhalten war, lebte bescheiden in einer 12-Zimmer-Wohnung auf dem Boulevard Saint-Germain; sie hatte zwei gleichaltrige Schwestern und drei Brüder, von denen einer ein Jahr älter war, weshalb man ihn den Ältesten nannte. Manchmal kam Noemi auf einen Sprung zu ihrem Verlobten in die Museumsbar, wo die beiden jugen Leute unter der väterlichen Obhut Joseph Simonowitchs süße Schwüre tauschten, während sie Grave's Ghost tranken, Josephs Meisterstück. Eigentlich durften die Schüler nur schwarzen Kaffee mit einer Silberträne trinken, aber das Gebot duldete kleine Verstöße ohne schwere Folgen für das Seelenheil der Schüler, welchselbe stets vollkommene Würde bewahrten.

An diesem Abend kam Noemi nicht zu Fidèle. Er hatte sich mit Laurent verabredet, einem ehemaligen Schulfreund, Assistenzarzt im Hôtel-Dieu. Laurent hatte häufig Nachtdienst und entwischte aus dem Schlafsaal, wenn ihn der Dienst nicht allzu sehr in Anspruch nahm.

Laurent kam etwa zwanzig vor eins. Er hatte sich verspätet. Ein Betrunkener war ins Hôtel-Dieu eingeliefert worden, wie

üblich von fünf oder sechs Polizisten begleitet. Zunächst hatte niemand gemerkt, daß es sich um einen Betrunkenen handelte; schließlich konnte man nicht am guten Glauben der Polizisten, die ihn zusammengeschlagen hatten, zweifeln, und da er im Koma lag, mußte man ohnehin auf seine Aussage verzichten.
»Er schrie ›Es lebe die Freiheit!‹« sagte ein Polizist. »Und er ist nicht an der Ampel über die Straße gegangen.«
»Da haben wir ihm eine reingehauen«, sagte ein anderer. »Es ist einfach unzumutbar, daß trunkene Individuen in einem Studentenviertel der Jugend ein schlechtes Beispiel geben.«
Beschämt starb der Kerl vor der Operation, unter Chloroform, und dadurch hatte sich Laurent verspätet. Zum Glück hatte sich ein Kollege Peter Gna mit dem Kerl abgegeben und ihn abgelöst.
»Und wann heiratest du?« sagte Laurent.
»Nächste Woche...«
»Und wann willst du den Abschied vom Junggesellenleben begießen? Langsam müßtest du dich auf den Sport vorbereiten.«
»Liebergott!« feixte Fidèle, »ich nehme an, das werde ich auch nächste Woche tun.«
»Du solltest anfangen, dich ernsthaft darum zu kümmern«, sagte Laurent.
»Ich kümmere mich ernsthaft darum.«
»Wen wirst du einladen?«
»Dich, Pierre und den Major.«
»Wer ist der Major?«
»Ein Freund von Pierre. Pierre besteht darauf, ihn mir vorzustellen.«
»Ist er denn was Besonderes?«
»Er soll einen Haufen Friedhöfe kennen, und er kann mir für meine Karriere nützlich sein, und außerdem ist er ein lustiger Vogel.«
»Gut, lad ihn ein«, sagte Laurent. »Und Mädchen?«

»Was?« sagte Fidèle schockiert, »keine Mädchen!... Immerhin heirate ich drei Tage später.«
»Und warum, meinst du, begießt man sein Junggesellenleben?«
»Weil ein Abschied etwas Ernstes ist«, sagte Fidèle. »Ich will meiner Verlobten das geben, was ich von ihr verlange.«
»Quasi tadellose Jungfräulichkeit?« wollte Laurent wissen.
»Zumindest eine jüngere«, sagte Fidèle bescheiden.
»Gut«, sagte Laurent, »es wird also ein Junggesellenessen?«
»Natürlich«, versicherte Fidèle. »Mittwoch abend sieben Uhr bei mir.«
Als es ein Uhr schlug, verließen sie die Bar. Laurent drückte seinem Freund die Hand und grüßte Joseph im Gehen. Fidèle schloß sich seinen Mitschülern in der Südkrypta an, wo der Unterricht stattfand. Sie wurde auch als Ausstellungssaal für die Abschlußarbeiten benutzt. Der Unterricht begann, es ging darum, ob es vorteilhaft sei, die Kiesel zwischen den Zwergbuchsbäumen der Pflanzengarnitur Modell Nr. 28 aus Granit, Typ mit Halbreliefkreuz, schwarz zu färben.
Fidèle zog sein Kollegheft heraus und setzte sich auf einen phantasieroten Marmorblock.

3

Um vier Uhr legte Fidèle mit einem Mitschüler eine halbstündige Pause in den Ruinen ein.
Er sah fast alle Sterne außer dem Beteigeuze, der sich im letzten Monat so sehr verausgabt hatte, daß er vorübergehend erloschen war. Fidèle wand sich den Schal um den Hals. Vom Boulevard wehte ein leichter Wind durch das Gitter, und er erging sich in den ruhigeren Luftzonen, hinter den Stäben.
Er näherte sich der Ecke, wo sich die hebräischen Grabsteine häuften, deren Details sie untersuchen durften, und setzte sich auf einen.

Halb eingesunken lag vor ihm ein Gewölbefragment, Überbleibsel eines Säulengangs. Es ähnelte merkwürdig der bekannten Austerform, streng zylindrisch, eine Seite flach, die andere gewölbt. Fidèle versuchte, es umzudrehen. Er schaffte es mit Mühe. Zwei verschlafene, ineinander verschlungene Ohrwürmer schliefen darunter neben einem Tausendfüßler und drei Pfefferminzbonbons in vorzüglichem Erhaltungszustand. Er probierte alle nacheinander, ließ den Stein in seine Mulde zurückfallen, und da er in diesem Augenblick dessen frappierende Ähnlichkeit mit einer Auster bemerkte, zog er einen Kreuzmeißel aus der Tasche und versuchte kniend, den Stein zu öffnen.
Nach erfolglosen Versuchen gelang es ihm, die Spitze des Kreuzmeißels in einen durch Erde und Moos halb verstopften seitlichen Spalt zu zwängen, legte sich ins Zeug und brach den Meißel entzwei. Er nahm einen anderen. Entmutigt gab der Stein nach. Er legte behutsam den Deckel neben sich und sah sich alles an. Auf einer feinen Sandschicht lag Noemis Foto in einem geschnitzten Holzrahmen, unter einer rosenfarbenen Glasscheibe. Er steckte die Rose ins Knopfloch, griff nach dem Bild, legte es auf den Sand.
Noemi bewegte die Lippen, und zerschlug das Glas, um ihre Worte verstehen zu können. Auch sagte er ihr, wie sehr er sie liebe.
Es wurde Tag. Noch eine Stunde Unterricht. Ein Vogel kam aus seinem Nest, schüttelte nach und nach die Zweige ab, aus denen es bestand, plusterte sich auf, reckte sich, flog davon, kam mit dem Frühstück zurück, aber Fidèle war nicht mehr da.
Der Vogel fraß beide Portionen. Ihm war den ganzen Vormittag schlecht.

4 Noemi las in ihrem Zimmer. Man hatte ihr gerade das Frühstück gebracht. Nußtörtchen und Languste in Mayonnaise. Sie mußte ihre empfindliche Leber schonen.
Das Buch, ein Werk des Vicomte de Montalembert, erzählte das Leben der sehr heiligen Elisabeth von Ungarn, und Noemi weinte kräftig, denn der tapfere junge Burggraf, der Gatte der mutigen Elisabeth, starb. Da sie aber in Feiertagsstimmung war, klappte sie das Buch zu und nahm lieber »Drei Mann in einem Boot«, dachte aber plötzlich an ernste Dinge und hörte auf zu lesen, denn sie hätte aufstehen müssen, um sich ein passendes Buch zu holen, auf ihrem Nachttisch lag nur noch das Telefonbuch.
Um den Geist zu erquicken, machte sie etwas finnische Gymnastik, die ohne Bewegung im Liegen ausgeführt wird und im Spannen und anschließendem Entspannen gewisser wohlausgewählter Muskeln besteht.
Sie stand auf, zog sich ein farbenfrohes Leinenkleid an, kletterte drei Stufen hoch und fiel aus einer Höhe von fünfzig Zentimetern in das gleichhoch gelegene Nachbarzimmer. Sie zog sich dabei eine leichte Verstauchung zu und ging ins Badezimmer, ihren Knöchel zu umwickeln. Setzte sich dann vor den Spiegel und glättete ihr dunkelrotes Haar. Lächelte ihr Spiegelbild an, aber der Schmerz in ihrem Knöchel verhinderte, daß sie ihr Lächeln zurückerhielt, und Noemi fing gerührt zu weinen an. Das Spiegelbild versuchte ein mutiges Lächeln, um sie zu beruhigen, und alles wurde wieder gut, was nicht schwer war.

5 Fidèle begann mit den Vorbereitungen für den Empfang, den er seinen Freunden geben wollte. Eltern würden nicht dabei sein: ihre Anwesenheit ist zuweilen mit Freiheit unvereinbar, aber eben diese Sorte von Eltern geht aus eigenem Antrieb ins Kino, um der Jugend das Feld zu überlassen.

Fidèle hatte keine Orgie vor, trotzdem verlangte das Schamgefühl eine gewisse verbale Zurückhaltung in den Gefühlsäußerungen vor älteren Personen, und Fidèle wollte seinen Freunden den Überschwang seines Glücks zumindest in einem phraseologischen Bacchanal ausmalen, vor dem er freilich schon im voraus zitterte.

Das längliche, hohe Speisezimmer würde sich vorzüglich für das Essen eignen. Fotos von Luxusgräbern, Fidèles Entwurfsskizzen, belebten die Wände mit dem Grauton alter Steine. Wenig Möbel: auf einem langen, niedrigen Buffet aus Trauerbirke standen zwei silberne Leuchter mit roten Kerzen. Ein Tisch aus gleichem Holz, Stühle aus dunklerer, fast schwarzer Birke, die in Afrika vorkommt, wo sie, übersetzt man es genau, Ebenholzbaum heißt, mit rotem Maroquin bezogen. Fidèle würde sich mit dem Rücken zum Fenster setzen.

Störend war nur die Tapete mit den orangefarbenen Orangen auf preußischblauem Grund, und Fidèle ging ans Telefon und bestellte telefonisch jemanden zum Auswechseln. Er wollte preußischblaue Orangen auf orangefarbenem Grund. Nach reiflicher Überlegung beschloß er, daß auch eine beigefarbene Tapete, uni und rauh, nicht übel aussehen würde, und der Maler klebte abwechselnd eine elfenbeinfarbene und eine cremefarbene Bahn, mit knallroter Borte, zum Maroquin der Stühle passend, und tauschte die Grabfotos gegen Noemis Bild aus, das er mit Komplizenlächeln aus seinem zusammenklappbaren Tapeziertisch zog.

6

Bis weit in den Vormittag hinein faulenzte Noemi in ihrem Bett. Ganz untätig war sie nicht: sie beschäftigte sich mit ihrem Strickzeug. In dem lackierten Weidenkorb lagen drei dicke Knäuel weiße Angorawolle und ein Knäuel gewöhnliche rote Wolle. Sie strickte den Kragen des Vorderteils zu Ende: noch vierzehn Reihen. Das ganze Vorderteil

war aus weißer Angorawolle, über zwei Reihen lief ein waagerechter roter Streifen, dann kamen wieder zwei weiße Reihen, und über zehn Reihen wollte sie den Vornamen ihres Verlobten in Jacquard stricken; rot würde er auf dem weißen Angoragrund stehen, dessen feine Haare ihn halb verdecken und schön warmhalten würden. Der Einfachheit halber wollte sie ihn in Runen schreiben, da genügte es, auf zehn Reihen acht linke Maschen weiß und zwei rechte Maschen rot aufzunehmen. Ein sehr hübscher Sweater würde das werden.
Am Nachmittag ging sie mit einer Freundin ins Kino, um den letzten Film von Manfred Carote zu sehen und das Mädchen, das in diesem Film genau den Pullover anhatte, den Noemi strickte.
Sie hatte sich um halb fünf im »Oiseau Vert« verabredet, um den Anfang des Films nicht zu verpassen und doch erst nach der Wochenschau zu kommen, die sie in dieser Woche bereits neunzehnmal gesehen hatten.

7

Am selben Morgen rasierte sich Pierre, einer der Gäste Fidèles, sorgfältig und zog, bevor er zur Arbeit ging, ein sauberes Hemd an: er arbeitete als Ingenieur in einem waghalsigen Unternehmen. Er wartete auf einen Anruf des Majors, um ihm Fidèles Adresse zu geben und sich nötigenfalls vor dem Essen mit ihm zu treffen, um gemeinsam hinzugehen.
Unterdessen stieg der Major um vierzehn Uhr zwanzig aus seinem Sonderflugzeug, brachte seinen leeren Koffer zur Gepäckaufbewahrung, nahm als Ausgleich für den erlittenen Verlust den Koffer von jemandem vor ihm in der Schlange mit, rief laut nach einem Taxi, machte den Fahrer auf seine schwarze Nase aufmerksam, stieg aus, nahm die Metro und ließ den anderen keine übrig, stieg an der gewünschten Station um fünfzehn Uhr aus und gelangte als Fußgänger zum

»Bol d'Or« und zum Eingang seiner Privatpension in der rue Cœur-de-Lion.
Eine halbe Stunde später verließ er sie wieder und überließ den Hausangestellten die in Rekordzeit angerichtete grauenhafte Unordnung. Er hatte den Anzug gewechselt, wirbelte seinen eleganten gelben Spazierstock aus Schildpatt, und sein Glasauge blinkte wie Leuchtfeuer und blendete für immer die wenigen Personen, die er eines Blickes würdigte.
Er betrat ein Café, köpfte einen harmlosen Gast mit einem Stockhieb, erstickte die Einwände des Kellners mit einem fetten Trinkgeld, das er ihm wie einen Knebel in den Mund stopfte, und schloß sich doppelt in die Telefonzelle ein, deren Boden unter seinem Gewicht infolge falscher Bedienung der Nummernscheibe nachgab.
Der Major gelangte so in den Keller des Cafés, ließ bei dieser Gelegenheit ein paar erlesene Flaschen mitgehen, die er auf seine verschiedenen Taschen verteilte, stieg die Treppe hoch, trat auf die Straße, als wäre nichts geschehen, und suchte ein solideres Lokal.
Er fand es, trat ein, steckte eine Münze in den Schlitz und rief Pierre an.

8

Assistiert von Peter Gna operierte Laurent an diesem Tag schon das vierte Hipparion am Eierstock. Er wollte gerade mit der Fixierung beginnen. Der Patient lag auf einem vernickelten Rohrgestell, eine Art A-förmigen Bock; seine Wirbelsäule lag auf der Buchstabenspitze, Kopf und Füße baumelten der Länge nach die beiden Balken des A herunter. Sein Bauch war straff wie eine Angelrute. Diese schmerzhafte Haltung machte die quälenden Schmerzen vergessen, die das Hipparion bereitete. Ein großer weißer Reflektor warf grelles Licht auf das Operationsfeld, und das Hipparion zuckte schwach unter der Haut. Das Licht war ihm unangenehm.

»Evipan!« sagte Laurent.
Peter Gna bereitete die Spritze vor, rieb den Arm des Kranken mit einem in Alkohol getränkten Wattebausch und stach die Nadel in die bläuliche, abgeschnürte Vene, die mit einem kleinen feuchten Schnalzen platzte. Er suchte eine andere Stelle, fand aber keine, so daß er die schräge Spitze energisch in die haarige Achselhöhle pflanzte. Unter dem Druck des Kolbens lief die silbrige Flüssigkeit langsam aus, während sich unter dem rechten Auge des Patienten eine kleine kegelförmige Beule bildete.
»Zählen Sie bis zehn«, gab Laurent Anweisung.
Der Kranke hörte bei sechs auf.
»Merkwürdig«, sagte Peter Gna. »Gewöhnlich brauchen sie mindestens 20 Sekunden zum Einschlafen...«
»Ich schlafe nicht«, zischte der Kranke, »ich kann nur bis sechs zählen...«
Und schlief flugs ein. Seine Wirbelsäule vermißte die für den wachen Zustand spezifische Nervenspannung, knickte einfach zusammen und paßte sich dem kantigen Profil des Rohrgestänges an.
»Siehst du es?« fragte Laurent mit gedämpfter Stimme.
»Ja«, hauchte Peter Gna.
Ernstlich gestört, versuchte das Hipparion der Helligkeit des Reflektors zu entgehen.
»Nadel«, befahl Laurent.
Peter Gna reichte sie ihm. Es war eine dicke, angelaufene Stahlnadel mit vernickeltem Griff.
Laurent zielte gewissenhaft und pflanzte die spitze Nadel in die dunkle Masse, deren Zuckungen unter der Haut aufhörten. Er hielt sie mit seinem ganzen Gewicht. Nach einer Weile lockerte er den Druck.
»Fixiert«, sagte er, »wir können operieren. Los jetzt, ich bin heute abend um sieben Uhr mit einem Freund verabredet.«

9 Fidèle empfing Pierre und den Major in der Diele, in die sie das Dienstmädchen eingelassen hatte.
»Wo ist Laurent?« fragte er und schüttelte ihnen die Hand.
»Er wollte allein kommen«, erwiderte Pierre. »Das ist der Major.«
»Sehr erfreut«, sagte Fidèle. »Übrigens, ihr kommt nicht zu spät. Ich hatte mit Laurent sieben Uhr verabredet, es ist erst Viertel nach sechs. Wir können noch plaudern, bis er kommt.«
»Sehr liebenswürdig von Ihnen, es uns so behaglich zu machen«, sagte der Major. »Wir könnten auf der Treppe warten...«
Fidèle faßte das als Scherz auf und lachte lauthals. Die beiden anderen stimmten ein, und das Ganze endete in einem Akkord mit erweiterter Quinte.
»Gehen wir in den Salon«, schlug Fidèle vor.
Sie gingen. Die Tapete führte grüne Orangen auf lila Grund vor. Eine kleine Bar, eine Eckcouch, ein Tisch, Ledersessel.
»Traubensaft?« sagte Fidèle.
»Für mich fermentiert und destilliert«, präzisierte der Major. »Manchmal heißt das Cognac, manchmal Armagnac, je nach der Gegend.«
»Sie sind viel herumgekommen?« sagte Fidèle bewundernd.
»Ich habe...« sagte der Major.
Die beiden anderen saßen auf dem Sofa, das Glas in der Hand. Der Major thronte in einem mit feinen Daunen ausgestopften Sessel.
»...die Ozeane und die Meere gesehen, die Neue und die Alte Welt. Die Neue zuerst, zum Spaß, und dann die Alte, alles zu seiner Zeit, wie es sich gehört. Ich habe die Westentaschen vieler meiner Zeitgenossen beehrt, sogar das Pflaster als feuerfest geltender Städte erhitzt, ich habe großstädtischen Asphalt mit dem vergoldeten Ende meiner achtlos weggeworfenen Kippen tönen lassen, behängt mit irgendeinem

Ulster aus Roubaix und immer in Erwartung der Wunder, die ich am nächsten Tag erleben würde.«
»Haben Sie Friedhöfe gesehen?« fragte Fidèle.
»Ich habe sie beliefert«, sagte der Major kühl. »Ich könnte Ihnen die Gräber aus roter Erde auf den Inseln über dem Wind beschreiben, wo die Eingeborenen ihre Toten, in ein Pandanenlaken gewickelt, abends bei Mondaufgang beerdigen. Die Brust dem Wind zugewandt, singen die Blumenmädchen die melodischen Verse des Ahnengesangs:

Oari ména
Oara méni
Tatapi oya Tatapi
Arhûu Arhûu Oari
Ména Tatapou...

und der hat noch viel mehr Verse, die ich Ihnen nicht aufsagen werde, denn ich nehme an, Sie sind Christ. Und der Zauberer der Insel zündet eine beschnittene Wachskerze an, während er sich vor dem Nachtstern verneigt...«
»Setzen sie Steine auf die Gräber?« fragte Fidèle.
»Zentnerweise Steine«, versicherte der Major.
»Bearbeitet?« fragte Fidèle.
»Alle bearbeitet«, sagte der Major.
»Wie bearbeitet?«
»Zu Steinen«, schloß der Major, dann fügte er hinzu: »Essen wir bald?«
»Äh...« sagte Fidèle, »...vielleicht sollten wir doch auf Laurent warten...«
»Rufen Sie ihn doch an, daß er sich beeilt!« sagte der Major.
»Äh... Ja...« sagte Fidèle. »Ich gehe schon.«
Er stand auf und ging ins Arbeitszimmer seines Vaters. Der Major nutzte seine Abwesenheit aus, um die verschiedenen Getränke der Bar durchzuprobieren und setzte sich wieder, als Fidèle zurückkam.
»Na...«

»Er kann nicht gleich kommen«, erklärte Fidèle. »Es ist gerade eine Frau eingeliefert worden, mit zwei blauen Augen und verletzter Kopfhaut. Von ihrem Mann.«
»Hat sie es ihm nicht heimgezahlt?« meinte der Major.
»Wissen Sie, was sie zu Laurent gesagt hat? ... Sie hat ihm gesagt: Vor dem Kleinen konnte ich schlecht... Das hätte keinen guten Eindruck gemacht.«
»Diese Frauen aus dem Volk sind manchmal von einer Tugend...« seufzte der Major.
Er hatte den Schluckauf und schrieb ihn dreist seinem Auge zu.
»Ja«, sagte Fidèle. »Das war anständig von der Frau. Laurent denkt, in einer Viertelstunde fertig zu sein.«
»Na, um so besser«, sagte der Major. »Also, in Grönland...«

10

Am Arm ihrer Freundin verließ Noemi das Kino Impérieux-Cujas, wo Manfred Grote unter den unbarmherzigen Schlägen einer Bande roher Folterknechte, weit älter als er, soeben erlegen war. Sie hatte verweinte Augen, und der verstauchte Knöchel tat ihr ein bißchen weh. Es wurde schnell Abend, und die Regenluft bildete Höfe rund um die Laternenglocken. Autos waren eine Menge unterwegs und schwere Laster mit Ansaugvorrichtungen für beharrliche Lebensmittel.

11

»Und«, schloß der Major, »obwohl die Toten durchaus nicht in einwandfreiem Zustand konserviert werden mußten, muß doch gesagt werden, daß das Polareis sie so vollständig einfriert, daß sie hart werden wie Fleisch aus dem Kühlhaus, in das dennoch kein einziges Stück Eis hineinkommt. Ich überlasse es Ihnen, diesen Widerspruch zu erklären.«

»Bearbeiten die Eskimos die Eisstücke, die sie auf die Gräber legen?« fragte Fidèle.
»Nein«, sagte der Major, »aus dem einfachen Grund, weil diese Gräber hohl sind: man entfernt ein Stück Eis, legt den Kunden in das Loch und gießt ein wenig Wasser darüber, aber nicht bis an den Rand.«
»Ach! Warum?« fragte Fidèle.
»Das läßt sich«, sagte der Major, »physikalisch erklären: das Wasser, das darüber gegossen wird, stammt aus dem vorher entfernten Eisstück, und jeder weiß, daß Eis beim Schmelzen an Volumen verliert.«
»Aber«, beharrte Fidèle, »wenn es doch wieder friert.«
»Ja«, sagte der Major, »aber Sie vergessen die Pinguine...«
»Aha!« sagte Fidèle ungläubig.
»Die haben immer Durst...« sagte der Major. »Sie sind nicht die einzigen«, fügte er hinzu, diskret in sein Glas stierend.
Fidèle füllte das Glas des Majors, und dieser fuhr fort:
»Lieber Pierre, ruf doch noch mal Laurent an, er muß jetzt fertig sein...«
Pierre verschwand im Arbeitszimmer, und man hörte von dort das Echo seiner Beharrlichkeit.
»Er kann nicht kommen...« sagte er.
»Immer noch die brave Frau?« fluchte der Major.
»Nein. Ihr Mann. Mit zwei gebrochenen Rippen, zertrümmerter Nase und einem Oberschenkelhalsbruch.«
»Zum Glück hat sie sich vor ihrem Kind geniert«, seufzte der Major. »Aber sagen Sie mal«, wandte er sich wieder an Fidèle. »Sie heiraten also morgen?«
»Ja«, sagte Fidèle. »Standesamtlich...«
»Und wie ist Ihre Verlobte?«
»Sie ist hübsch«, sagte Fidèle. »Sie hat seidenweiche Wangen wie polierter Porphyr, ihre Augen sehen aus wie dicke schwarze Perlen, dunkelrote hochgesteckte Haare, einen Marmorbusen, und macht den Eindruck, als wäre sie vom Rest der Welt durch ein kleines schmiedeeisernes Gitter getrennt.«

»Reizvoll...« gab der Major zu, während ihm ein Schauer über das Rückgrat lief.

12 Noemi war wirklich hübsch, auch noch nachdem sie der Lastwagen auf das Trottoir geschleudert hatte. Ihr Kopf schepperte, und ihre Zähne gerieten ziemlich aneinander. Ihre Freundin fing an zu schreien. Der Krankenwagen kam nicht gleich, und das nächste Krankenhaus war das Hôtel-Dieu.
Dorthin brachte man sie auf einer Bahre. Krankenschwestern liefen über die Gänge, leerten die Eimer voller Mandeln und Blinddärme aus, die die Chirurgieassistenten vor die Türen der Operationssäle gestellt hatten. Zwei Schwestern spielten mit einem großen, rotgelb gestreiften Sauerstoffballon. Auf der Bahre hatte Noemi noch ihre schön geschnittenen roten Lippen, ihre dunkelroten Haare, ihre gerade Nase, aber ihre Augen waren geschlossen.

13 »Na«, sagte der Major, »diesmal sagen Sie ihm aber, er soll so schnell wie möglich kommen, oder ich gehe.«
»Ja«, sagte Fidèle, »ich werde hart bleiben. Er geht uns allen auf die Nerven mit seinen Kranken...«
»...aber ich kann nicht«, sagte Laurent. »Gerade ist ein Mädchen eingeliefert worden, von einem Lastwagen überfahren.«
»Komm trotzdem«, sagte Fidèle. »Es kann sich ja jemand anders um sie kümmern...«
»Hör zu«, sagte Laurent, »mich langweilt das auch. Aber sie ist hübsch...«
»Du widerst mich an«, sagte Fidèle. »Dieses Wort richtet dich. Ich bitte dich, gib dir Mühe.«
»Gut«, sagte Laurent. »Aber wenn dieser Esel von Duval sie verpfuscht, ist es deine Schuld.«
»Zu Tisch! ... Zu Tisch!« kläffte der Major.

14 Natürlich verlief die Operation erfolgreich, nur nicht für Noemi, die starb, und da kein Platz für die Leiche war, benachrichtigte man sofort ihre Eltern, damit sie gleich nach Hause geschafft würde. Sie war schon in ein Laken gewickelt, denn das Ergebnis einer Schädelbruchbehandlung ist peinlich anzusehen, aber man gab ihnen die Haare. Man hatte sie abschneiden müssen, denn sie waren sehr lang.

Die toten Fische

1 Wie üblich klemmte die Wagentür; am anderen Ende des Zuges drückte der Mützenmensch kräftig auf den roten Knopf, und die Preßluft zischte in der Leitung. Der Assistent strengte sich an, die Türen auseinanderzuziehen. Er schwitzte. Graue Schweißperlen liefen ihm übers Gesicht wie Fliegen, und man sah den dreckigen Kragen seines Hemdes aus bombenfestem Zephir.

Kurz vor der Abfahrt des Zuges ließ der Mützenmensch den Knopf los. Die Luft rülpste fröhlich unter dem Zug, und der Assistent hätte beinahe das Gleichgewicht verloren, weil die Tür unverhofft nachgegeben hatte. Er stolperte aus dem Zug, nicht ohne seine Tasche am Schließmechanismus zu zerreißen.

Der Zug fuhr ab, und die dadurch ausgelöste atmosphärische Verschiebung drückte den Assistenten gegen die übelriechenden Latrinen, wo zwei Araber mit großen Messern Politik beredeten.

Der Assistent schüttelte sich und betatschte sein Haar, das wie verfaultes Gras auf seinem weichen Schädel klebte. Leichter Dampf zog von seiner halbnackten Brust, auf der sich vorstehende Schlüsselbeine abzeichneten und als Köder ein oder zwei Paar ungeschlachte, verwachsene Rippen. Schwerfällig ging er den mit roten und grünen sechseckigen Fliesen ausgelegten und stellenweise von langen schwarzen Streifen verschmierten Bahnsteig hinunter: am Nachmittag hatte es Kraken geregnet, aber das Bahnhofspersonal verbrachte die Zeit, die es laut monumentaler Dienstanweisung mit dem Reinigen der Bahnsteige verbringen sollte, mit uneingestandenen Beschäftigungen.

Der Assistent kramte in seinen Taschen, und seine Finger angelten die grobe Wellpappe, die er an der Sperre abgeben mußte. Seine Knie schmerzten, und die Feuchtigkeit der im

Laufe des Tages durchsuchten Teiche ließ seine mangelhaft befestigten Gelenke knirschen.
Es muß gesagt werden, daß er in seiner Tasche eine mehr als ansehnliche Beute heimbrachte.
Er hielt der Andeutung von Mann hinter der Sperre seine Fahrkarte hin. Der Mann nahm sie, sah sie an und lächelte grausam.
»Haben Sie keine andere?« sagte er.
»Nein«, sagte der Assistent.
»Die hier ist gefälscht.«
»Aber die hat mir doch mein Chef mitgegeben«, sagte der Assistent freundlich, kindlich lächelnd und mit einem kleinen Zwinkern.
Der Beamte grinste.
»Dann wundert es mich nicht, daß sie gefälscht ist. Er hat heute früh zehn gekauft.«
»Zehn was?« fragte der Assistent.
»Zehn gefälschte Fahrkarten.«
»Aber weshalb?« sagte der Assistent.
Sein Lächeln erstarb und rutschte nach links.
»Um sie Ihnen zu geben«, sagte der Beamte. »Damit Sie erst angeschnauzt werden, was ich, primo, gerade tue, und secundo, damit Sie Strafe zahlen müssen.«
»Weshalb?« sagte der Assistent. »Ich habe nur sehr wenig Geld.«
»Weil es ekelhaft ist, mit einer gefälschten Fahrkarte zu fahren«, sagte der Beamte.
»Aber Sie stellen sie ja selbst her!«
»Natürlich. Wenn es so ekelhafte Leute gibt, die mit einer gefälschten Fahrkarte fahren. Sie glauben wohl, es macht Spaß, den ganzen Tag gefälschte Fahrkarten herzustellen?«
»Auf dem Bahnsteig reinen Tisch zu machen, wäre jedenfalls gescheiter«, sagte der Assistent.
»Keine Wortspiele«, sagte der Beamte. »Zahlen Sie die Strafe. Macht dreißig Francs.«

»Das stimmt nicht...« sagte der Assistent. »Es kostet zwölf Francs, wenn man keine Fahrkarte hat.«
»Eine gefälschte Fahrkarte ist ja auch viel schlimmer«, sagte der Beamte. »Zahlen Sie, oder ich rufe meinen Hund.«
»Er wird nicht kommen, sagte der Assistent.
»Nein«, sagte der Beamte. »Aber Ihnen werden die Ohren weh tun.«
Der Assistent betrachtete das trübsinnige, ausgemergelte Gesicht des Beamten, der mit einem giftigen Blick antwortete.
»Ich habe sehr wenig Geld«, murmelte er.
»Ich auch«, sagte der Beamte. »Zahlen Sie.«
»Er gibt mir täglich fünfzig Francs...«, sagte der Assistent, »...und ich muß mich ernähren.«
Der Beamte zog den Schirm seiner Mütze herunter, und ein blauer Vorhang fiel über sein Gesicht.
»Zahlen«, sagte er mit seiner Hand, wobei er den Daumen am Zeigefinger rieb.
Der Assistent zog sein speckiges, mehrfach ausgebessertes Portemonnaie. Er nahm zwei vernarbte Zehnfrancsstücke heraus und ein kleines Fünffrancsstück, das noch blutete.
»Fünfundzwanzig«, schlug er zögernd vor.
»Dreißig«, sagten die drei ausgestreckten Finger des Beamten.
Der Assistent seufzte, und das Gesicht seines Chefs erschien zwischen seinen Zehen. Er spuckte darauf, genau ins Auge. Sein Herz schlug stärker. Das Gesicht löste sich auf und wurde schwarz. Er legte das Geld in die ausgetreckte Hand und ging durch die Sperre. Er hörte das Klicken des Mützenschirms, der wieder seinen üblichen Platz einnahm. Langsam erreichte er den Anfang des steilen Weges. Seine Tasche scheuerte seine mageren Hüften wund, und der Bambusgriff seines Netzes schlug beim Gehen gegen seine schwächlichen und schlecht ausgebildeten Waden.

2 Er stieß das eiserne Gartentor auf, das mit einem widerlichen Kreischen nachgab. Eine große rote Lampe leuchtete oben auf der Freitreppe auf, und eine Klingel summte leise in der Diele. Er trat so schnell er konnte ein und schloß das Tor wieder, wobei er einen elektrischen Schlag erhielt, denn die Diebstahlsicherungsanlage befand sich nicht an ihrem üblichen Platz.
Er ging die Allee hinauf. Genau in der Mitte stieß sein Fuß an einen harten Gegenstand, und ein eiskalter Wasserstrahl schoß aus dem Boden, drang zwischen Knöchel und Hose und machte ihn bis zum Knie naß.
Er rannte. Wie jeden Abend packte ihn zunehmend die Wut. Mit geballten Fäusten sprang er die drei Stufen hinauf. Oben verfing sich das Netz in seinen Beinen, und durch die Bewegung, mit der er seinen Sturz auffangen wollte, zerriß er an einem aus dem Nichts kommenden Nagel zum zweiten Mal seine Tasche. Er hatte sich inwendig etwas verstaucht und keuchte wortlos. Nach einigen Augenblicken beruhigte er sich, und das Kinn fiel auf seine Brust zurück. Dann spürte er die Kälte seiner nassen Hose und drückte auf den Klingelknopf. Er ließ ihn sofort wieder los. Ein übelriechender Dampf erhob sich, und ein Fetzen seiner Haut klebte am kochenden Porzellan, wurde schwarz und schrumpfte zusammen. Die Tür war offen. Er trat ein.
Seine mageren Beine trugen ihn mit Mühe. Er ließ sich in einer Ecke der Diele auf die kalten, nach Lepra riechenden Fliesen fallen. Sein Herz grunzte zwischen den Rippen und schüttelte ihn mit groben und unregelmäßigen Schlägen.

3 »Dürftig«, sagte der Chef.
Er untersuchte den Inhalt der Tasche.
Stehend wartete der Assistent vor dem Tisch.
»Sie haben Sie kaputt gemacht«, fügte der Chef hinzu. »Die Zacken von dieser hier sind völlig hin.«

»Das liegt am Netz, es ist zu alt«, sagte der Assistent. »Wenn Sie wollen, daß ich Ihnen junge, tadellose Briefmarken fange, müssen Sie mir ein anständiges Netz bezahlen.«
»Wer nutzt denn das Netz ab?« fragte der Chef. »Sie oder ich?«
Der Assistent antwortete nicht. Seine verbrannte Hand tat ihm weh.
»Antworten Sie«, sagte der Chef, »Sie oder ich?«
»Ich, für Sie«, sagte der Assistent.
»Ich zwinge Sie nicht«, sagte der Chef. »Wenn Sie den Anspruch erheben, täglich fünfzig Francs zu verdienen, müssen Sie ihn mindestens rechtfertigen.«
»Abzüglich dreißig Francs für die Fahrkarte...« sagte der Assistent.
»Was für eine Fahrkarte? Ich zahle Ihnen Hin- und Rückfahrt.«
»Mit gefäschten Fahrkarten.«
»Sie müssen eben achtgeben.«
»Wie soll ich es denn merken?«
»Das ist nicht schwer«, sagte der Chef. »Die aus Wellpappe sind mit Sicherheit gefälscht. Echte Fahrkarten sind aus Holz.«
»In Ordnung«, sagte der Assistent. »Geben Sie mir meine dreißig Francs zurück.«
»Nein. Diese Marken sind alle kaputt.«
»Das stimmt nicht«, sagte der Assistent. »Ich habe zwei Stunden gebraucht, um sie zu fischen, und ich mußte das Eis aufhacken. Ich habe höllisch aufgepaßt, und von sechzig sind höchstens zwei beschädigt.«
»Die ich haben wollte, sind nicht dabei«, sagte der Chef. »Ich will die Zweihunderter von Guayana aus dem Jahr 1855. Mit der Sansibar-Serie, die Sie gestern schon mitgebracht haben, kann ich nichts anfangen.«
»Man nimmt das, was man findet«, sagte der Assistent. »Vor allem mit solch einem Netz. Und außerdem ist jetzt nicht

die Jahreszeit für Guayanas. Die Sansibars können Sie tauschen.«
»Dieses Jahr findet die jeder«, sagte der Chef. »Die sind nichts mehr wert.«
»Und der Wasserstrahl in die Beine und die Anlage am Gartentor und der Klingelknopf...«, platzte der Assistent plötzlich heraus.
Auf seinem gelben, mageren Gesicht entstanden Falten, und er schien den Tränen nahe.
»Das härtet Sie ab«, sagte der Chef. »Was soll ich denn hier machen? Ich langweile mich.«
»Suchen Sie doch Briefmarken«, sagte der Assistent.
Es kostete ihn ziemliche Mühe, sich zu beherrschen.
»Ich bezahle Sie dafür«, sagte der Chef. »Sie sind ein Dieb. Sie stehlen das Geld, das Sie verdienen.«
Erschöpft fuhr sich der Assistent mit seinem abgewetzten Ärmel über die Stirn. Sein Kopf war so klar wie eine Glocke. Der Tisch entfernte sich langsam von ihm, und er suchte etwas, woran er sich festhalten konnte. Aber auch der Kamin verschwand, und er brach zusammen.
»Stehen Sie auf«, sagte der Chef. »Nicht auf meinem Teppich...«
»Ich möchte mein Abendessen...« sagte der Assistent.
»Nächstes Mal kommen Sie früher nach Hause«, sagte der Chef. »Stehen Sie auf. Ich möchte Sie nicht auf meinem Teppich liegen sehen. Stehen Sie auf, verflucht noch mal!«
Seine Stimme zitterte vor Wut, und seine knotigen Hände trommelten auf dem Schreibtisch.
Der Assistent strengte sich schrecklich an, und es gelang ihm, wieder auf die Knie zu kommen. Sein Bauch tat ihm weh, und aus seiner Hand floß Wasser und Blut. Er hatte sie mit einem schmutzigen Taschentuch umwickelt.
Der Chef traf schnell seine Auswahl und warf ihm drei Briefmarken ins Gesicht. Sie sogen sich wie Schröpfköpfe an seiner Wange fest.

»Die bringen Sie dahin zurück, von wo Sie sie geholt haben«, sagte er.
Er hämmerte die Silben, um sie förmlich anzuspitzen.
Der Assistent heulte. Seine weichen Haare fielen ihm in die Stirn, und die Briefmarken machten sich auf seiner linken Wange bemerkbar. Schwerfällig stand er auf.
»Zum letzten Mal«, sagte der Chef, »ich will keine beschädigten Briefmarken. Und erzählen Sie mir keine Geschichten über das Netz.«
»Nein, Monsieur«, sagte der Assistent.
»Hier sind Ihre fünfzig Francs«, sagte der Chef.
Er zog einen Schein aus der Tasche, spuckte darauf, zerriß ihn zur Hälfte und warf ihn auf den Boden.
Mühsam bückte sich der Assistent. Seine Knie knackten in kurzen, trockenen Triolen.
»Ihr Hemd ist dreckig«, sagte der Chef. »Heute nacht schlafen Sie draußen.«
Der Assistent hob den Schein auf und ging aus dem Zimmer. Der Wind wehte von neuem und rüttelte an der gewellten Glasscheibe vor dem schmiedeeisernen Gitter der Flurtür. Er schloß die Bürotür und warf dabei der Silhouette seines Chefs einen letzten Blick zu. Der saß über sein Sansibar-Album gebeugt und begann, mit einer großen, gelben Lupe ausgerüstet, das Vergleichen und Abschätzen der Werte.

4

Er ging die Freitreppe wieder hinunter und zog seine lange Jacke, die durch allzu verlängerte Bekanntschaft mit Briefmarkenteichen ganz grün geworden war, fester an sich. Der Wind drang durch die Löcher des Gewebes und blähte seinen Rücken, bis er bucklig aussah, was nicht ohne Schaden für sein Rückgrat abging; er litt an innerer Mimikry und mußte täglich darum kämpfen, seinen kranken Organen die üblichen Funktionen und die gewöhnliche Form zu bewahren.

Es war jetzt ganz dunkel, und die Erde strahlte einen matten und schäbigen Schimmer aus. Der Assistent ging nach rechts und lief an der Mauer des Hauses entlang. Er hielt sich an die schwarze Linie des entrollten Schlauchs, den sein Chef dazu benutzte, die Ratten im Keller zu ersäufen. Er erreichte die nahe, wurmstichige Nische, in der er schon in der Nacht zuvor geschlafen hatte. Das Stroh im Innern war naß und roch nach Kakerlaken. Ein alter Stoffetzen tarnte den runden Eingang. Als er ihn hochnahm, um vorsichtig hineinzuschlüpfen, gab es ein Leuchtfeuer und eine Explosion. Im Innern der Nische war ein dicker Knallfrosch losgegangen und füllte sie mit heftigem Pulvergestank.
Der Assistent war zurückgefahren und sein Herz drehte durch. Er versuchte, die Schläge zu unterdrücken, indem er zu atmen aufhörte, aber seine Augen fingen fast gleichzeitig an zu tanzen, und er schnappte gierig nach Luft. Im selben Augenblick drang der Pulvergestank in seine Lungen und beruhigte ihn ein bißchen.
Er wartete, bis wieder Stille war, und horchte aufmerksam, dann pfiff er leise. Ohne sich umzudrehen, kroch er in die Nische und kauerte sich auf das ungesunde Stroh. Er pfiff von neuem, dann lauschte er. Leichte kleine Schritte näherten sich, und im blassen Schimmer der Erde erkannte er sein lebendes Etwas, das wieder zu ihm kam. Es war ein sanftes und zottiges, gezähmtes lebendes Etwas, das er, so gut es ging, mit toten Fischen fütterte. Es kam in die Nische und kuschelte sich an ihn. Plötzlich erinnerte er sich und griff mit der Hand an seine Wange. Die drei Briefmarken sogen ihm schon das Blut aus, und er riß sie mit Gewalt ab, an sich haltend, um nicht zu schreien. Er warf sie weit von sich, vor die Nische. Die Feuchtigkeit des Bodens würde sie sicher bis zum Morgen frisch halten. Das lebende Etwas begann, ihm die Wange zu lecken, und er sprach mit ihm, um sich zu beruhigen. Er sprach mit leiser Stimme, weil sein Chef ihn, wenn er allein war, mit Abhörgeräten überwachte.

»Er fällt mir auf die Nerven«, hauchte er.
Das lebende Etwas murmelte leise und leckte von neuem.
»Ich glaube, ich müßte etwas tun. Mich nicht mißhandeln lassen, entgegen seinem Verbot saubere Hemden tragen und gefälschte Fahrkarten aus Holz haben. Und dann das Netz reparieren und ihn daran hindern, Löchern hineinzubohren. Ich glaube, ich müßte mich weigern, in der Nische zu schlafen, und mein Zimmer fordern und Lohnerhöhung fordern, denn mit fünfzig Francs täglich kann ich nicht leben. Und auch dicker werden und sehr kräftig und sehr schön werden und mich auflehnen, ohne daß er darauf gefaßt ist, und ihm einen Ziegel ins Gesicht werfen. Ich glaube, das werde ich tun.«
Er drehte sich herum und dachte mit solcher Heftigkeit nach, daß die Luft in großen Stößen durch die runde Öffnung aus der Nische entwich und drinnen nicht mehr genug zum Atmen blieb. Durch die Ritzen kam von unten wieder ein bißchen durch das Stroh herein, aber das verstärkte noch den Kakerlakengeruch, mit dem sich jetzt der unangenehme Duft erhitzter Schnecken mischte.
»Mir paßt diese Nische nicht. Es ist kalt. Glücklicherweise bist du da. Im Keller rumort es, das ist das Wasser, das durch die Rattenlöcher eindringt. Man kann nicht schlafen, wenn man jeden Abend, den der liebe Gott löscht, das Schreien der Ratten im Ohr hat. Warum will er diese Ratten um jeden Preis töten, und warum mit Wasser? Man tötet Ratten mit Blut.«
Das lebende Etwas leckte ihn nicht mehr. Er sah sein Profil auf dem grauen Grund der schimmernden Erde, seine zierliche Schnauze, seine spitzen Ohren und seine gelben Augen, die etliche kalte Blitze reflektierten. Auf der Suche nach einem bequemen Platz drehte sich das lebende Etwas einmal um sich selbst und schmiegte sich an ihn, die Nase auf seinen Schenkeln.
»Ich friere«, sagte der Assistent.

Er schluchzte jetzt leise. Seine Tränen tropften auf das Stroh, leichter Dampf stieg auf, und die Konturen der Gegenstände verschwammen.
»Weck mich morgen früh«, fügte er hinzu. »Ich muß diese drei Marken zurückbringen. Hoffentlich gibt er mir keine gefälschte Fahrkarte für den Zug.«
In der Ferne Heidenlärm, dann schrilles Zischen und schwache Galoppgeräusche.
»Ach!« sagte der Assistent. »Schon wieder. Er nimmt sich die Ratten vor. Ich wollte, er wäre eine Ratte. Ich würde selber den Schlauch halten. Hoffentlich gibt er mir morgen abend fünfzig Francs. Ich habe Hunger. Ich würde eine lebende Ratte fressen.«
Er hielt sich den Bauch mit beiden Händen und heulte weiter, und dann verebbte allmählich der Rhythmus seines Schluchzens, wie eine Maschine, die zum Stillstand kommt, und sein völlig verkrampfter Körper entspannte sich. Seine Füße ragten aus der Öffnung der Nische heraus, und er schlief, die Wange auf dem übelriechenden Stroh. In seinem leeren Bauch hörte man Kieselgeräusche.

5

Als er durch das Zimmer kroch, hörte der Chef die melodischen Rufe, mit denen das Pfeffermädchen wie gewöhnlich sein Kommen ankündigte. Er stellte sich auf die Hinterbeine, bemerkte, daß er auf diese Weise laufen konnte, und rannte in die Diele, deren Tür er betont brutal öffnete. Von der Freitreppe sah er, wie das Mädchen näher kam.
Sie trug die übliche Kleidung, einen kleinen Rock, der in Höhe des Hinterns in Falten gelegt war, kurze rote und blaue Söckchen und einen Bolero, der unter dem Busen aufhörte, nicht zu vergessen die rotweiß gestreifte Baumwollmütze, die die Pfeffermädchen von der Insel Maurice der Welt mit viel Geduld aufgedrängt haben.

Der Chef gab ihr ein Zeichen, und sie kam die Allee herauf. Gleichzeitig stieg er die Treppe hinunter und ging ihr entgegen.
»Guten Tag«, sagte er. »Ich möchte Pfeffer.«
»Wieviel Körner?« fragte sie mit geheucheltem Lächeln, denn sie verabscheute ihn.
Ihre schwarzen Haare und ihre matte Haut wirkten auf den Chef wie ein Glas kaltes Wasser auf die Eier, in der Tat eine bemerkenswerte Wirkung.
»Gehen Sie die Treppe hoch«, sagte er, »und ich werde Ihnen sagen, wieviel.«
»Sie wollen doch nur unten stehenbleiben und meine Schenkel sehen, das wollen Sie doch bloß?«
»Ja«, sagte der Chef sabbernd.
Er streckte die Hände aus.
»Bezahlen Sie erst den Pfeffer«, sagte sie.
»Wieviel?«
»Hundert Francs das Korn, und erst müssen Sie probieren.«
»Werden Sie auch die Treppe hochgehen...?« säuselte der Chef. »Ich verspreche Ihnen eine Sansibar-Serie.«
»Mein Bruder hat gestern drei nach Hause gebracht«, sagte sie mit süßlichem Grinsen. »Probieren Sie meinen Pfeffer.«
Sie reichte ihm ein Korn, und der Chef bemerkte nicht, daß es giftiger Nelkensamen war. Arglos führte er ihn zum Mund und verschlang ihn.
Das Pfeffermädchen entfernte sich schon...
»Was?« rief der Chef. »Und die Treppe?«
»Ha! Ha! Ha!« sagte das Pfeffermädchen mit geübter Bosheit.
Währenddessen begann der Chef die stärkende Wirkung des Giftes zu spüren und legte sich ins Zeug, mit größter Geschwindigkeit um das Haus zu rennen. Vom Gartentor aus sah ihm das Pfeffermädchen zu.
Nach der dritten Runde gab sie ihm ein Zeichen und wartete, daß er sie ansah, was er auch, ein immer schnelleres Tempo vorlegend, nach der vierten Runde tat. Da hob sie ihren klei-

nen Faltenrock und sah zu, wie das Gesicht des Chefs violett wurde, dann ganz schwarz und dann zu brennen anfing, und da er die Augen fest auf das richtete, was sie ihm zeigte, verhedderten sich seine Füße im Gartenschlauch, mit dem er die Ratten ersäufte, er fiel mit dem Gesicht auf einen großen Stein, und der grub sich direkt zwischen seine Backenknochen, wo Nase und Kiefer saßen. Seine Füße sträubten sich noch gegen den Boden und schaufelten eine Doppelrinne, in der man nach und nach, in dem Maße, in dem sich seine Schuhe abnutzten, die Spur von fünf ordinären Zehen sehen konnte, mit denen er üblicherweise seine Socken festhielt. Das Pfeffermädchen schloß das Tor, setzte seinen Weg fort und schlenkerte die Quaste seiner Baumwollmütze auf die andere Seite, zum Hohn.

6 Vergeblich versuchte der Assistent, die Wagentür zu öffnen. Es war sehr heiß im Zug, auf diese Weise holten sich die Fahrgäste beim Aussteigen einen Schnupfen, denn der Bruder des Mechanikers handelte mit Taschentüchern.
Er hatte den ganzen Tag für eine kümmerliche Ernte geschuftet, und sein Herz war voll Zufriedenheit, denn er würde seinen Chef umbringen. Es gelang ihm schließlich, die beiden Hälften der Tür auseinanderzubringen, indem er nach oben und unten zog, und er begriff, daß der Mützenmensch sie auf die Seite gedreht hatte, um ihm einen bösen Streich zu spielen. Glücklich, diese Posse vereitelt zu haben, hüpfte er leicht auf den Bahnsteig und kramte in seiner Tasche. Mühelos fand er das Stück Wellpappe, das er an der Sperre abgeben würde, und ging schnell auf das Häuschen zu, das von einem Mann mit verschmitzter Miene besetzt war, in dem er den Beamten vom Vortag erkannte.
»Ich habe eine gefälschte Fahrkarte...« sagte er.
»Ach?« sagte der andere. »Zeigen Sie mal.«

Er gab seine Fahrkarte, der Mann nahm sie und untersuchte sie dann mit so großer Aufmerksamkeit, daß sich seine Mütze hob, um die Ohren drunterzulassen.
»Sie ist gut nachgemacht«, sagte der Mann.
»Nur daß sie nicht aus Holz ist, sondern aus Pappe«, sagte der Assistent.
»Wirklich?« sagte der Mann. »Ich würde auf Holz schwören, wenn ich nicht wüßte, daß es natürlich Pappe ist.«
»Immerhin«, sagte der Assistent, »sich vorzustellen, daß mein Chef sie mir als echte gegeben hat...«
»Eine echte kostet nur zwölf Francs«, sagte der Mann. »Für diese da zahlt er viel mehr.«
»Wieviel?« fragte der Assistent.
»Ich gebe Ihnen dreißig Francs dafür«, sagte der Mann und griff in seine Tasche.
Der Assistent merkte an der Lässigkeit seiner Geste, daß er schlecht erzogen war. Aber der Mann zog nur drei Zehnfrancsscheine aus der Tasche, die mit grüner Nußschale gefälscht waren.
»Hier«, fügte er hinzu.
»Natürlich sind sie gefälscht?« sagte der Assistent.
»Ich kann Ihnen keine echten Scheine für eine gefälschte Fahrkarte geben, überlegen Sie doch«, sagte der Beamte.
»Nein«, sagte der Assistent, »aber ich behalte meine Fahrkarte.«
Er faßte sich ein Herz und nahm einen großen Anlauf, worauf seine magere Faust der rechten Hälfte des Mützengesichts die Haut abziehen konnte. Der Mann legte seine Hand zum Gruß an den Schirm und schlug in dieser Stellung hin, so daß er mit dem Ellbogen auf den harten Beton des Bahnsteigs fiel, auf die sechskantigen Fliesen, die genau an dieser Stelle blau und phosphoreszierend waren.
Der Assistent stieg über den Kopf und ging weg. Warmes, heiteres Leben pulsierte in ihm, und er beeilte sich, daß er den steilen Weg hochkam. Er löste den Riemen vom Netz

und benutzte es zum Aufstieg. Im Vorübergehen harpunierte er damit die Spitzen der Eisenpfosten, die das Schutzgitter entlang des Schotterweges stützten, und hangelte sich am Griff bequem über die kantigen Steine. Nach einigen Metern riß die Tasche und flog in Fetzen davon. Er würde die Eisendrahtschlinge seinem Chef um den Hals legen.
Er gelangte sehr schnell ans Gartentor und stieß es achtlos auf. Er hoffte auf einen Stromschlag, der seine Wut anheizen sollte, aber er spürte nichts und blieb stehen. Vor der Treppe bewegte sich etwas schwach. Er lief die Allee entlang. Seine Haut rötete sich, trotz der Kälte, und er roch wieder seinen lang vergessenen Körper, mit einem muffigen Nebengeruch nach Stroh und Kakerlaken.
Er ließ seine fadenförmigen Armmuskeln spielen, und seine Finger krampften sich um den Bambusgriff. Sicher hatte sein Chef irgendwen umgebracht.
Erstaunt blieb er stehen, als er den dunklen Anzug und den vor Stärke glänzenden Kragen erkannte. Der Kopf seines Chefs bildete nur noch eine schwärzliche Masse, und seine Beine gruben zwei tiefe, gestreifte Rinnen.
Eine Art Verzweiflung packte ihn, und er zitterte am ganzen Körper vor Wut und Blutdurst. Er rollte wild die Augen, unruhig und außer Fassung. Er hatte eine Menge Sachen sagen wollen. Sie mußten gesagt werden.
»Warum hast du das getan, du Schwein?«
»Schwein«, hallte es in der neutralen Luft mit altmodischem und ungenügendem Klang wider.
»Schwein! Sau! Sack! Scheißer! Drecksack! Dieb! Lump! Sack!«
Tränen rannen ihm aus den Augen, denn der Chef antwortete nicht.
Er nahm den Bambusgriff und pflanzte ihn mitten in den Rücken des Chefs.
»Antworte, altes Arschloch. Du hast mir eine gefälschte Fahrkarte gegeben.«

Er stieß mit seinem ganzen Gewicht zu, und der Griff bohrte sich in die durch das Gift erschlafften Gewebe. Um den Katzenjammer loszuwerden, drehte er am anderen Ende des Griffes, als wäre es der Schaft eines Kreisels.
»Gefälschte Fahrkarte, Kakerlakenstroh, meine dreißig Francs, und ich habe Hunger, und meine fünfzig Francs von heute?«
Der Chef bewegte sich fast nicht mehr, und der Katzenjammer verschwand auch nicht.
»Ich wollte dich umbringen. Drecksack. Ich mußte dich umbringen. Dich umbringen, totes altes Arschloch, ja dich. Meine fünfzig Francs, he?«
Er zog den Griff aus der Wunde und hieb mit großen Schlägen auf den verkohlten Schädel, der wie die Kruste eines zu scharf gebackenen Soufflés zusammenfiel. Wo der Kopf des Chefs gewesen war, war jetzt nichts mehr. Er endete am Kragen.
Der Assistent hörte auf zu zittern.
»Du haust lieber ab? Schon gut. Aber ich, ich muß jemand umbringen.«
Er setzte sich auf den Boden, er weinte wie am Vortag, und sein lebendes Etwas kam mit leichten Schritten angelaufen, Freundschaft suchend. Der Assistent schloß die Augen. Auf seiner Wange spürte er die weiche und zarte Berührung, und seine Finger schlossen sich um den gebrechlichen Hals. Das lebende Etwas machte keine Anstalten, sich zu wehren, und als die Liebkosung auf seiner Wange kalt wurde, wußte er, daß er es erwürgt hatte. Dann stand er auf. Er stolperte die Allee entlang und lief auf den Weg, gedankenlos ging er nach rechts, und der Chef bewegte sich gar nicht mehr.

7 Er sah den großen blauen Briefmarkenteich vor sich. Die Nacht brach herein, und im Wasser glänzten rätselhafte und ferne Reflexe. Der Teich war nicht tief; man konnte Hunderte von Briefmarken sehen, aber sie hatten keinen großen Wert, denn sie vermehrten sich das ganze Jahr über.
Er nahm zwei Stöcke aus seiner Tasche und pflanzte sie in der Nähe des Teichs ein, im Abstand von einem Meter. Vom einen zum andern spannte er einen schrill tönenden Stahldraht und tastete ihn mit dem Finger nach einem traurigen Ton ab. Der Draht saß zehn Zentimeter über dem Boden, parallel zum Rand des Teichs.
Der Assistent ging ein paar Schritte zurück, drehte sich dann um und lief, mit dem Gesicht zum Wasser, gerade auf den Draht zu. Er hatte die Augen geschlossen und pfiff eine zarte Melodie, die sein lebendes Etwas gemocht hatte. Er lief langsam, mit kleinen Schritten, und seine Füße verfingen sich im Stacheldraht. Er fiel kopfüber ins Wasser. Sein Körper bewegte sich nicht, und schon hefteten sich unter der stummen Oberfläche blaue Briefmarken an seine abgezehrten Wangen.

Blues für eine schwarze Katze

1 Peter Gna kam mit seiner Schwester aus dem Kino. Die frische, nach Zitrone duftende Nachtluft war angenehm nach der Dunstglocke im Saal, der so blau gestrichen war wie Käse aus der Auvergne und auch so stank. Sie hatten einen äußerst unmoralischen Zeichentrickfilm gesehen, und Peter Gna fuchtelte wütend mit seiner Lederjacke herum und machte dabei eine noch unversehrte alte Dame kaputt. Den Leuten auf den Trottoirs gingen Gerüche voraus. Die von den Laternen und den Lichtern der Kinos und Autos erleuchtete Straße wogte ein wenig. In den Querstraßen legte sich das alles, und sie gingen auf die Folies-Bergères zu. Alle zwei Häuser eine Bar, vor jeder zwei Mädchen.
»Nichts als Syphilitikerinnen!« schimpfte der Gna.
»Alle?« fragte seine Schwester.
»Alle«, versicherte der Gna, »ich sehe sie im Krankenhaus, wie sie dir manchmal ihren Arsch andienen unter dem Vorwand, blanchiert zu sein.«
Seiner Schwester lief es kalt über den Rücken.
»Was heißt das, blanchiert?«
»Daß es keine Wassermannsche Reaktion mehr gibt«, sagte der Gna. »Doch das beweist nichts.«
»Die Männer empfinden offensichtlich keinen Ekel«, seine Schwester.
Sie wandten sich nach rechts und gleich darauf nach links, und es miaute unter dem Trottoir, so daß sie stehenblieben, um nachzusehen, was das war.

2 Anfangs hatte die Katze keine Lust gehabt, sich zu schlagen, doch alle zehn Minuten stieß der Hahn einen schrillen Schrei aus. Es war der Hahn der Dame aus dem ersten Stock. Er wurde gemästet, um zu gegebener Zeit

verspeist zu werden. Die Juden essen zu einem bestimmten Datum immer einen Hahn, so er sich essen läßt, sollte es heißen. Die Katze hatte den Hahn bis zum Halse satt, wenn er wenigstens spielen würde, aber nein, immer auf zwei Pfoten, um den starken Mann zu markieren.
»Da hast du eins«, sagte die Katze und verpaßte ihm einen kräftigen Schlag mit der Pfote auf den Kopf.
Dies geschah bei der Hausmeisterin auf dem Fensterbrett. Der Hahn schlug sich nicht gern, doch seine Würde... Er stieß einen lauten Schrei aus und versetzte der Katze einen Schnabelhieb in die Flanke.
»Du Saukerl«, sagte die Katze, »hälst mich wohl für einen Käfer! ... Dein Irrtum wird dir vergehen!«
Und paff! ... Ein Kopfhieb ins Brustbein. So ein Hahnenvieh!... Noch ein Schnabelhieb ins Kreuz der Katze und ein weiterer ins Nierenfett.
»Na warte!« sagte die Katze.
Und sie beißt ihn in den Hals, spuckt aber ein ganzes Maul voller Federn aus, und bevor sie klarsieht, zwei Flügelstöße, und sie überschlägt sich auf dem Trottoir. Ein Mann kommt vorbei. Er tritt auf den Schwanz der Katze.
Die Katze machte einen Luftsprung, fiel auf die Sraße zurück, wich einem vorbeiflitzenden Fahrrad aus und stellte fest, daß der Gulli etwa ein Meter sechzig tief war, ein Fallgitter mit einer ein Meter zwanzig breiten Öffnung hatte, aber dann sehr eng war und voller Scheißdreck.

3

»Es ist eine Katze«, sagte Peter Gna.
Kaum wahrscheinlich, daß ein anderes Tier die Perfidie besessen hätte, den Schrei der Katze nachzuahmen, der gewöhnlich aus Lautmalereigründen Miauen genannt wird.
»Wie ist sie da hineingefallen?«
»Dieses Mistvieh von Hahn«, sagte die Katze, »und ein Fahrrad, das danach vorbeikam.«

»Hatten Sie angefangen?« fragte Peter Gnas Schwester.
»Aber nein«, sagte die Katze. »Er hat mich mit seinem dauernden Geschrei provoziert, er weiß, daß ich das nicht ausstehen kann.«
»Man darf ihm deshalb nicht böse sein«, sagte Peter Gna. »Bald wird ihm der Kopf abgehackt.«
»Geschieht ihm recht«, sagte die Katze mit zufriedenem Grinsen.
»Es ist nicht recht«, sagte Peter Gna, »sich über das Unglück der anderen zu freuen.«
»Nein«, sagte die Katze, »ich sitze doch selbst in der Patsche.« Und sie weinte bitterlich.
»Ein bißchen mehr Mumm«, sagte streng Peter Gnas Schwester, »Sie sind nicht die erste Katze, die in einen Gulli fällt.«
»Die andern sind mir völlig egal«, schimpfte die Katze und fügte hinzu: »Wollen Sie nicht versuchen, mir herauszuhelfen?«
»Gewiß doch«, sagte Peter Gnas Schwester, »aber wenn Sie dann wieder anfangen müssen, sich mit dem Hahn zu schlagen, lohnt die Mühe nicht.«
»Oh, ich werde den Hahn in Ruhe lassen«, sagte die Katze in gleichgültigem Ton. »Er hat sein Fett weg.«
In der Wohnung der Hausmeisterin stieß der Hahn einen Freudengluckser aus. Den hörte die Katze glücklicherweise nicht.
Peter Gna entfaltete sein seidenes Halstuch und legte sich bäuchlings auf die Straße.
Dieser ganze Wirrwarr hatte die Aufmerksamkeit der Passanten erregt, und eine Gruppe bildete sich um das Gulliloch. Eine horizontale Peripatetikerin hatte sich eingefunden, im Pelzmantel mit einem rosa Plisseekleid, das durch den Ausschnitt zu sehen war. Sie duftete irre gut. In ihrer Begleitung zwei amerikanische Soldaten, an jeder Seite einer. Bei dem rechts war die linke Hand nicht zu sehen, bei dem links auch nicht, aber der war Linkshänder. Weiter standen noch herum

die Hausmeisterin von gegenüber, das Mädchen aus dem Bistro gegenüber, zwei Zuhälter mit Schlapphut, noch eine Hausmeisterin und eine alte Katzenmutti.
»Das ist entsetzlich«, sagte die Hure. »Das arme Vieh! Ich will das nicht sehen.«
Sie verbarg ihr Gesicht hinter den Händen. Einer der Zuhälter reichte ihr höflich eine Zeitung, in der zu lesen war: *Dresden kleingebombt, mindestens hundertzwanzigtausend Tote.*
»Die Menschen«, sagte die alte Katzenmutti, die die Schlagzeile las, »sind nichts, das macht mir nichts aus, aber ich kann kein Tier leiden sehen.«
»Ein Tier«, protestierte die Katze. »Bemitleiden Sie sich selber.« Aber momentan verstanden nur Peter Gna, seine Schwester und die Amerikaner die Katze, denn sie hatte einen starken englischen Akzent, und die Amerikaner widerte das an.
»The shit with this limey cat!« sagte der größere. *»What about a drink somewhere?«*
»Ja, mein Schatz«, sagte die Hure. »Man wird sie sicher da herausholen.«
»Glaube ich nicht«, sagte Peter Gna und stand auf, »mein Halstuch ist zu kurz, sie kann sich nicht daran festhalten.«
»Das ist schrecklich!« erklang seufzend das Konzert mitleidiger Stimmen.
»Seien Sie doch still«, murmelte die Katze, »lassen Sie ihn überlegen.«
»Hat niemand einen Strick?« fragte Peter Gnas Schwester.
Es fand sich ein Strick, aber ganz offensichtlich konnte sich die Katze nicht daran festkrallen.
»Es geht nicht«, sagte die Katze. »Das Ding rutscht mir zwischen den Krallen weg, und das ist sehr unangenehm. Wenn ich dieses Mistvieh von Hahn fassen könnte, würde ich ihm die Nase in die Scheiße stecken. Es stinkt ekelhaft nach Ratten in diesem Loch.«
»Armes Kleines«, sagte das Mädchen aus dem Bistro gegenüber. »Es miaut zum Herzerweichen. Mich rührt das.«

»Das rührt einen mehr als ein Baby«, bemerkte die Hure, »es ist so grausam, ich gehe.«
»To hell with that cat«, sagte der zweite Amerikaner, *»where can we sip some cognac!«*
»Du hast schon zuviel Cognac getrunken«, schimpfte das Weibsstück. »Ihr seid aber auch schrecklich… Kommt, ich will diese Katze nicht hören.«
»Oh«, protestierte das Bistromädchen, »Sie könnten diesen Herrschaften doch etwas helfen!«
»Aber ja doch, gern«, sagte die Hure und brach in Tränen aus.
»Wenn ihr da oben nicht still sein könnt«, wiederholte die Katze, »… und macht schnell, sonst hole ich mir eine Erkältung…«
Ein Mann ging über die Straße. Ohne Kopfbedeckung, ohne Schlips, in Segeltuchschlappen. Er rauchte vor dem Schlafengehen eine Zigarette.
»Was ist denn los, Madame Pioche?« fragte er die angebliche Hausmeisterin.
»Eine arme Katze, die irgendwelche Lümmel in den Gulli geworfen haben«, mischte sich die Katzenmutti ein, »diese Flegel… Man sollte sie alle bis einundzwanzig in Besserungsanstalten stecken!«
»In die sollte man lieber die Hähne stecken«, schlug die Katze vor. »Die Bengel schreien wenigstens nicht den ganzen Tag lang herum unter dem Vorwand, daß vielleicht die Sonne aufgeht!«
»Ich gehe noch mal rauf«, sagte der Mann. »Ich habe etwas zum Herausziehen. Warten Sie eine Minute.«
»Ich hoffe, das ist kein schlechter Witz«, sagte die Katze. »Ich beginne zu kapieren, wieso das Wasser nie aus den Gullis rausfließt. Reinkommen ist einfach, aber umgekehrt ist es ein bißchen heikel.«
»Ich habe keine Idee, was wir machen könnten«, sagte Peter Gna. »Sie liegen sehr schlecht, die Stelle ist fast unerreichbar.«

»Ich weiß«, sagte die Katze. »Wenn ich könnte, käme ich allein heraus.«
Noch ein Amerikaner kam dazu. Er ging aufrecht. Peter Gna erläuterte ihm den Sachverhalt.
»Can I help you?« sagte der Amerikaner.
»Lend me your flash-light, please«, sagte Peter Gna.
»Oh! Yeah!« sagte der Amerikaner und gab ihm eine elektrische Taschenlampe.
Peter Gna legte sich wieder der Länge nach auf den Bauch, und es gelang ihm, ein Stück der Katze zu sehen. Die aber schrie: »Geben Sie mir doch das Ding her… Sieht so aus, als ginge es… Gehört einem Ami, was?«
»Ja«, sagte Peter Gna. »Ich werde Ihnen meine Jacke runterreichen. Versuchen Sie, sich daran festzuklammern!«
Er zog seine Jacke aus, hielt sie an einem Ärmel fest und ließ sie in das Gulliloch hinabbaumeln. Die Leute fingen an, die Katze zu verstehen. Sie gewöhnten sich an ihren Akzent.
»Noch eine kleine Kraftanstrengung!« sagte die Katze.
Und sie machte einen Sprung, um sich an dem Kleidungsstück festzuhalten. Man vernahm, diesmal auf Katzendeutsch, einen schrecklichen Fluch. Die Jacke entglitt Peter Gna und verschwand im Gulli.
»Geht es nicht?« fragte Peter Gna besorgt.
»Heiliger Bimbam!« sagte die Katze. »Ich habe mir den Schädel an einem Ding eingehauen, das ich nicht gesehen hatte. Mist! Tut das weh!«
»Und meine Jacke?« sagte Peter Gna.
»I'll give you my pants«, sagte der Amerikaner und schickte sich an, seine Hose auszuziehen, um bei der Rettung mitzuhelfen.
Peter Gnas Schwester hinderte ihn daran.
»It's impossible with the coat«, sagte sie, *»won't be better with your pants.«*
»Oh! Yeah!« sagte der Amerikaner und fing an, seine Hose wieder zuzuknöpfen.

»Was macht denn der?« sagte die Hure. »Er ist schwarz! Lassen Sie ihn nicht auf der Straße seine Hose ausziehen. So ein Schwein!«
Weitere undefinierbare Individuen gesellten sich noch der kleinen Gruppe hinzu. Der Gullischlund bot beim Schein der elektrischen Lampe einen seltsamen Anblick. Die Katze fluchte, und das eigenartig verstärkte Echo ihrer Verwünschungen drang an die Ohren der Neuankömmlinge.
»Ich hätte gern meine Jacke wieder«, sagte Peter Gna.
Der Mann in den Segeltuchschlappen bahnte sich mit den Ellenbogen einen Weg. Er brachte einen langen Besenstiel mit.
»Ah!« sagte Peter Gna, »das könnte vielleicht gehen.«
Doch angesichts der Gulliöffnung blieb der Stock steif, und der Knick, den die Krümmung verursacht hatte, machte es unmöglich ihn hineinzustecken.
»Man müßte die Plombierung vom Gullideckel suchen und aufbrechen«, schlug Peter Gnas Schwester vor.
Sie übersetzte dem Amerikaner ihren Vorschlag.
»Oh! Yeah!« sagte er.
Und sogleich machte er sich auf die Suche nach der Plombierung. Er steckte seine Hand in die rechteckige Öffnung, zog, rutschte aus, ließ los und knallte gegen die nächste Hauswand.
»Kümmern Sie sich um ihn!« befahl Peter Gna zwei Frauen aus der Menge, die dem Amerikaner auf die Beine halfen und ihn mit nach Hause nahmen, um sich des Inhalts seiner Jakkentaschen zu vergewissern. Namentlich fanden sie ein Stück *Lux*-Seife und eine große Tafel gefüllte *O'Henry*-Schokolade. Er dagegen verpaßte ihnen einen handfesten Tripper, den ihm eine reizende Blondine zwei Tage zuvor am Pigalle angehängt hatte.
Der Mann mit dem Stock schlug sich mit der flachen Hand an den Kopf und sagte:
»Heurekatz!« und ging wieder nach Hause.

»Der nimmt mich auf den Arm«, sagte die Katze. »Hört her da oben, wenn Ihr euch nicht ein bißchen auf die Hinterbeine stellt, dann haue ich ab. Einen Ausgang werde ich schon finden.«
»Und wenn es zu regnen anfängt«, sagte Peter Gnas Schwester, »dann ertrinken Sie.«
»Regnen wird es nicht«, behauptete die Katze.
»Aber Sie werden auf Ratten stoßen.«
»Das ist mir egal.«
»Na, dann gehen Sie halt«, sagte Peter Gna. »Aber Sie müssen wissen, es gibt welche, die sind größer als Sie. Und die sind ekelhaft. Und dann, pissen Sie nicht auf meine Jacke!«
»Wenn sie dreckig sind«, sagte die Katze, »ist es was anderes. Tatsache ist jedenfalls, daß sie stinken. Nein, im Ernst, helft mir aus der Scheiße, ihr da oben. Und sorgen Sie sich nicht um Ihre Jacke, ich passe auf sie auf.«
Sie spitzte immer weniger die Ohren. Der Mann erschien wieder. An einer langen Strippe hatte er ein Einkaufsnetz.
»Herrlich«, sagte Peter Gna. »Sie wird sich gewiß daran festhaken können.«
»Was ist das?« fragte die Katze.
»Hier«, sagte Peter Gna und ließ es hinunter.
»Ah! Das ist besser!« lobte die Katze. »Ziehen Sie noch nicht. Ich hole die Jacke.«
Einige Sekunden später war das Netz wieder oben, die Katze hatte es sich darin bequem gemacht.
»Endlich!« sagte sie, sobald sie aus dem Netz heraus war. »Um Ihre Jacke müssen Sie sich selber kümmern. Finden Sie einen Angelhaken oder sonstwas. Sie war nämlich zu schwer.«
»So ein Mistvieh!« knurrte Peter Gna.
Ein zufriedenes Geschrei empfing die Katze bei ihrem Auftritt aus dem Netz. Sie wurde von Hand zu Hand gereicht.
»Was für eine schöne Katze! Die Arme! Sie ist ganz mit Dreck beschmiert...«
Sie stank fürchterlich.

»Wischen Sie sie damit ab«, sagte die Hure und stellte ihr Halstuch aus lavendelblauer Seide zur Verfügung.
»Das wird dann hin sein«, sagte Peter Gnas Schwester.
»Oh! Das macht nichts«, sagte die Hure in einer Anwandlung von Großzügigkeit, »es gehört nicht mir.«
Die Katze schüttelte rundum Hände, und die Menge begann sich zu verlaufen.
»Was denn«, sagte die Katze, als sie alle weggehen sah, »jetzt, wo ich draußen bin, bin ich nicht mehr interessant? Wo übrigens ist der Hahn?«
»Verflucht!« sagte Peter Gna. »Kommen Sie was trinken und denken Sie nicht mehr an den Hahn«.
Bei der Katze blieben der Mann in den Segeltuchschlappen, Peter Gna, dessen Schwester, die Hure und die beiden Amerikaner.
»Wir gehen alle zusammen einen trinken«, sagte die Hure, »auf das Wohl der Katze.«
»Unangenehm ist sie ja nicht«, sagte die Katze, »aber was für ein Getue... Eigentlich würde ich gern mit ihr schlafen heute nacht.«
»Immer mit der Ruhe«, sagte Peter Gnas Schwester.
Die Hure drängelte ihre beiden Freier.
»Kommt! Saufen!... Cognac!« brachte sie mit schwerer Zunge heraus.
»Yeah!... Cognac!« antworteten die beiden Männer, indem sie gleichzeitig aufwachten.
Peter Gna ging voran und trug die Katze, und die anderen folgten ihm. In der rue Richer war noch ein Bistro offen.
»Sieben Cognacs«, bestellte die Hure, »auf meine Rechnung.«
»Gut im Geschäft, Kleine«, sagte die Katze voll Bewunderung. »Ober, in meinen etwas Baldrian!«
Der Kellner bediente sie, und alle stießen fröhlich an.
»Diese arme Katze hat sich wahrscheinlich eine Erkältung geholt«, sagte die Hure. »Spendieren wir ihr doch eine Ochsenschwanzsuppe!«

Als sie das hörte, wäre der Katze beinahe die Luft weggeblieben, und sie spuckte nach allen Seiten Cognac aus.
»Für wen hält sie mich denn?« fragte sie Peter Gna. »Bin ich eine Katze, ja oder nein?«
Beim Schein der Quecksilberdampfdeckenleuchtröhren konnte man jetzt sehen, welcher Typ Katze es war: ein schrecklicher, fetter Kater mit gelben Augen und einem Schnurrbart à la Wilhelm II. Seine spitzen Ohren stellten seine ganze Männlichkeit unter Beweis, und eine große weiße Narbe, kahl und kokett durch eine lila Borte aufgewertet, zierte seinen Rücken.
»What's that?« fragte der Amerikaner und faßte die Stelle an. »Monsieur verletzt?«
»Yep!« antwortete der Kater. »F.F.I.«
Er sagte, wie sich's gehört, Eff Eff Ei.
»Fine«, sagte der andere Amerikaner und schüttelte ihm kräftig die Hand. *»What about another drink?«*
»Okey doke!« sagte der Kater. *»Got a butt?«*
Der Amerikaner reichte ihm sein Zigarettenetui, ohne Groll gegen den fürchterlich englischen Akzent des Katers, der sich ranzuschmeißen können glaubte, wenn er seinen amerikanischen Jargon betonte. Der Kater wählte die längste und zündete sie an Gnas Feuerzeug an. Jeder nahm eine Zigarette.
»Erzählen Sie, wie es zu der Verletzung kam«, sagte die Hure.
Peter Gna hatte soeben in seinem Glas einen Angelhaken gefunden und machte sich sofort auf den Weg, um seine Jacke herauszufischen. Der Kater wurde rot und senkte seinen Kopf.
»Ich rede nicht gern über mich«, sagte er. »Gebt mir noch einen Cognac.«
»Das wird Ihnen aber schlecht bekommen«, sagte Peter Gnas Schwester.
»Nicht doch«, protestierte der Kater. »Ich habe gepanzerte Eingeweide. Echten Katzendarm. Und nach diesem Gulli… Buuh! Hat das nach Ratten gestunken!«

Er kippte seinen Cognac in einem Zug.
»Donnerwetter!... Hat der einen Zug!« sagte der Mann mit den Segeltuchschlappen in bewunderndem Ton.
»Den nächsten in einem Limonadeglas«, verfügte der Kater.
Der zweite Amerikaner sonderte sich von der Gruppe ab und nahm auf der Bank des Cafés Platz. Er hielt sich den Kopf mit beiden Händen und fing an, sich zwischen die Füße zu kotzen.
»Das war«, sagte der Kater, »im April 44. Ich kam aus Lyon, wo ich mit der Katze von Léon Plouc Kontakt aufgenommen hatte, die auch bei der Résistance mitmachte. Übrigens eine Katze auf der Höhe der Zeit, seit sie von der Katzengestapo geholt und nach Buchenkatze deportiert worden ist.«
»Das ist ja entsetzlich«, sagte die Hure.
»Ich mache mir ihretwegen keine Sorgen«, sagte der Kater, »sie wird schon durchkommen. Als ich sie verließ, kehrte ich also nach Paris zurück, und im Zug hatte ich das Pech, eine Katze zu treffen ... ein Weibsbild!... Ein Dreckfetzen!«
»Sie sollten auf die Wahl Ihrer Worte achtgeben«, sagte Peter Gnas Schwester streng.
»Entschuldigung«, sagte der Kater und nahm einen kräftigen Schluck Cognac.
Seine Augen leuchteten auf wie zwei Lampen, und seine Schnurrbarthaare stellten sich auf.
»Ich habe da eine Nacht verbracht, in dem Zug«, sagte er und räkelte sich vor Wonne. »Guter Gott! Eine Königin im Bumsen! Hick!« schloß er, da er den Schluckauf hatte.
»Und weiter?« fragte die Hure.
»Weiter nichts!« antwortete der Kater mit falscher Bescheidenheit.
»Aber wie kam es zu Ihrer Verletzung?« fragte Peter Gnas Schwester.
»Der Herr der Katze hatte eisenbeschlagene Schuhe an«, sagte der Kater, »und er zielte auf den Arsch, aber er hat ihn nicht getroffen. Hick!«

»Ist das alles?« fragte die Hure enttäuscht.
»Von Ihnen aus hätte er mich wohl totschlagen sollen, was?« grinste der Kater sarkastisch. »Na, Sie haben aber schöne Ansichten, Sie da. Gehen Sie übrigens nie ins Pax-Vobiscum?« Das war ein einschlägiges Hotel in diesem Stadtteil. Ein Haus des Friedens und der Freuden – das sagt alles.
»Doch«, sagte die Hure ohne Umschweife.
»Ich bin mit dem Dienstmädchen im Bunde«, sagte der Kater, »was bei der alles für mich abfällt...«
»Aha«, sagte die Hure, »Germaine?«
»Ja«, sagte der Kater, »Ger-hick-maine...«
Er trank sein Glas in einem Zug aus.
»Ich würde mir gern eine Blauweißrote genehmigen«, sagte er.
»Eine was?« fragte die Hure.
»Eine blauweißrote *Katze,* oder auch mit einem jungen, noch nicht ganz garen Kätzchen.«
Er lachte widerlich und zwinkerte mit dem rechten Auge.
»Oder mit dem Hahn! Hick!«
Der Kater richtete sich auf allen vieren auf, mit gekrümmtem Rücken, steifen Schwanz, und er zitterte mit dem Steiß.
»Verdammt«, sagte er, »das macht mich ganz geil...«
Peter Gnas Schwester kramte verlegen in ihrer Handtasche.
»Kennen Sie keine?« fragte der Kater die Hure. »Haben Ihre Freundinnen keine Katzen?«
»Sie sind ein Schwein!« antwortete die Hure. »Vor diesen Herrschaften...«
Der Kerl in den Segeltuchschlappen sprach nicht viel, rückte aber, von dem Gerede des Katers erregt, näher zur Hure.
»Sie riechen gut«, sagte er zu ihr. »Was ist das?«
»Schwefelblüte, Altherrenmarke«, sagte sie.
»Und das«, fragte er, indem er mit der Hand hinfaßte, »was ist das?«
Er hatte sich auf der von dem kranken Amerikaner freigelassenen Seite hingesetzt.

»Geh, mein Schatz«, sagte die Hure, »sei brav.«
»Ober!« sagte der Kater. »Einen Menthe!«
»Nein, wirklich!« protestierte Peter Gnas Schwester. »Endlich«, sagte sie, als sie sah, daß die Tür aufging.
Peter kam mit seiner Jacke zurück.
»Hindere ihn am Trinken«, sagte sie, »er ist total blau.«
»Warte«, sagte Peter Gna. »Ich muß meine Jacke reinigen. Ober! Zwei Siphons!«
Er hängte seine Jacke über eine Stuhllehne und bespritzte sie tüchtig.
»Zum Totlachen!« sagte der Kater. »Ober! Mein Menthe... Hick!«
»Du bist mein Retter!« verkündete er gleich darauf und umarmte Peter Gna. »Komm, ich geb dir einen aus.«
»Nein, mein Alter«, sagte Peter Gna. »Sie kriegen einen Schlaganfall.«
»Er hat mich gerettet!« brüllte der Kater. »Er hat mich aus dem Rattenloch gezogen, wo ich beinahe krepiert wäre.«
Gerührt ließ die Hure ihren Kopf auf die Schulter des Mannes in Segeltuchschlappen gleiten, der sie sitzen ließ und sich den Rest in einer Ecke allein besorgte.
Der Kater sprang auf die Theke und leerte den restlichen Cognac aus.
»Bruuh!« machte er und bewegte rasch den Kopf von rechts nach links. »Das brennt vielleicht!... Ohne ihn«, brüllte er, »wäre ich futsch gewesen, futsch!«
Die Hure sank mit dem Kopf in den Armen auf die Theke.
Der zweite Amerikaner ließ sie dort und setzte sich zu seinem Landsmann. Ihre beiden Kotzströme schalteten sich synchron und zeichneten die amerikanische Flagge auf den Boden. Der zweite übernahm achtundvierzig Sterne.
»In meine Arme... Hick!« beschloß der Kater.
Die Hure wischte sich eine Träne ab und sagte:
»Wie lieb er ist...«
Um ihn nicht zu beleidigen, gab ihm Peter Gna einen Kuß auf

die Stirn. Der Kater drückte ihn zwischen seine Pfoten, ließ plötzlich los und brach zusammen.
»Was ist mit ihm?« fragte voller Sorge Peter Gnas Schwester.
Peter Gna zog einen Spiegel aus seiner Tasche und führte ihn in das Ohr des Katers ein.
»Er ist tot«, sagte er, nachdem er hineingeschaut hatte. »Der Cognac hat das Gehirn erreicht. Man sieht ihn durchsickern.«
»Oh!« sagte Peter Gnas Schwester und fing zu weinen an.
»Was hat er denn?« fragte die Hure besorgt.
»Er ist tot«, wiederholte Peter Gna.
»Oh ...« sagte sie. »Nach all der Mühe, die wir uns gegeben haben!«
»Es war ein so guter Kater... Und reden konnte er...«, sagte der Mann in den Segeltuchschlappen, der zurückkam.
»Ja«, sagte Peter Gnas Schwester.
Der Kellner des Bistros hatte noch nichts gesagt, aber er schien sich aus seiner Erstarrung zu lösen.
»Macht achthundert Francs!«
»Ah!« sagte Peter Gna beunruhigt.
»Geht auf meine Rechnung«, sagte die Hure, die tausend Francs aus ihrer schönen roten Lederhandtasche nahm. »Der Rest ist für Sie, Ober...«
»Danke«, sagte der Kellner. »Was soll ich damit machen?«
Voller Ekel wies er auf den Kater. Ein Rinnsal grüner Menthe kullerte über das Fell des Katers und bildete ein wirres Netz.
»Der arme Kleine...«, schluchzte die Hure.
»Laß ihn nicht da liegen«, sagte Peter Gnas Schwester. »Man muß etwas tun...«
»Er hat wie ein Loch gesoffen«, sagte Peter Gna. »Idiotisch. Nichts zu machen.«
Das Niagarafällegeplätscher, das seit dem Rückzug der Amerikaner die Geräuschuntermalung abgegeben hatte, hörte unerwartet auf. Sie standen gemeinsam auf und gesellten sich zu der Gruppe.
»Cognac!« verlangte der erste.

»Ins Bettchen, mein Liebling!« sagte die Hure. »Los!«
Sie legte um jeden einen Arm.
»Verzeihen Sie, meine Herrschaften«, sagte sie. »Ich muß meine Kleinen zu Bett bringen ... Armer kleiner Kater, trotzdem ... Ein Abend, der so schön angefangen hatte.«
»Auf Wiedersehen, Madame«, sagte Peter Gnas Schwester. Der Mann in den Segeltuchschlappen tippte Peter Gna freundschaftlich auf die Schulter, ohne etwas zu sagen, mit einer Beileidsmiene. Offensichtlich von großem Schmerz erfüllt, schüttelte er den Kopf und ging auf Fußspitzen hinaus. Der Kellner war sichtlich müde.
»Was sollen wir mit ihm machen?« sagte Peter Gna, und seine Schwester antwortete nichts.
Da legte Peter Gna den Kater in seine Jacke, und sie gingen in die Nacht hinaus. Es war kalt, und die Sterne leuchteten auf, einer nach dem andern. Die Kirchenglocken spielten den Trauermarsch von Chopin und ließen so das Volk wissen, daß es soeben ein Uhr in der Früh geschlagen hatte. Gemessenen Schrittes bahnten sie sich einen Weg in der schneidenden Atmosphäre.
Sie kamen an die Straßenecke. Schwarz und gierig wartete das Gulliloch zu ihren Füßen. Peter Gna öffnete seine Jacke. Vorsichtig nahm er den ganz steifen Kater, und seine Schwester streichelte ihn wortlos. Und dann verschwand der Kater heimlich und ungern in dem Loch. Es machte: »Glopp!« und mit einem zufriedenen Lächeln schloß sich der Schlund des Gullis wieder.

Der Nebel

1 Der Direktor der Anstalt beobachtete André, wie er fortging. Beim Gehen preßte er die Ellbogen an den Körper und legte den Kopf rechtwinklig nach hinten.

»Er ist völlig geheilt«, dachte der Direktor.

Vor drei Monaten, als man ihm den stillen Patienten eingeliefert hatte, konnte er sich nur mit gespreizten Armen fortbewegen, betrachtete dabei seinen Nabel und summte wie eine Hummel.

»Eigenartiger Fall«, brummelte der Direktor vor sich hin. Er fischte seine Zigaretten aus der Tasche, stopfte sich eine ins Ohr, begann auf dem Streichholz zu kauen, hüpfte von einem Fuß auf den anderen und kehrte auf allen vieren in sein Büro zurück.

Nach zweihundert Metern fühlte sich André müde, spreizte die Arme vom Körper, dann blies er, den Kopf nach vorn gebeugt, die Backen auf, ging weiter und machte Bssss...

Der Boden unter seinen Füßen hüpfte, die Bäume am Weg hingegen wedelten mit dem Schwanz. Einladende kleine Häuser, mit einer Kapuze aus abgeblühtem Wein bewachsen, nahmen im Vorübergehen Andrés bärtige Physiognomie unter die Lupe, brachten aber kein handgreifliches Ergebnis heraus.

Als André die Straßenbahn kommen sah, legte er einen tollen Sprint ein, und der darauffolgende Schmerzensschrei übertönte den Krach, der durch die Kontaktaufnahme von Straßenbahnfront und Läuferrippen entstand.

Wie nicht anders zu erwarten, brachte man ihn in eine Apotheke, um ihm ein alkoholhaltiges Wundwasser zu reichen, obwohl es Dienstag war. Er gab ein kleines Trinkgeld und setzte seinen Heimweg fort.

2 Von seinem Fenster im fünften Stock sah er jetzt wieder das Dach des etwas niedrigeren Hauses von gegenüber und dessen zu lange offengelassene Fensterläden, die die Wand - unsichtbar, da sie immer offenstanden - mit horizontalen Streifen markierten. Im dritten Stock zog sich ein junges Mädchen vor dem Spiegelschrank aus, und man erkannte das Ende des schon wieder kühlen Palisanderbettes, auf dem eine knallgelbe amerikanische Daunendecke lag, von der sich zwei ungeduldige Füße abhoben.

Genau bedacht war es vielleicht doch kein junges Mädchen, und das Türschild: *Sporthotel,* Zimmer stundenweise, halbstundenweise und auf die schnelle, wäre Beweis genug. Aber es war ein stattliches Hotel, mit Mosaikfassade im Parterre, Vorhängen an allen Fenstern, und nur ein einziger Ziegel, mitten auf dem Dach, war unordentlich verlegt. Andere Ziegel waren nach dem letzten Bombardement ersetzt worden, und ihr helleres Rot zeichnete auf dem braunen Dach das Profil der schwangeren Maria Stuart, signiert vom Meister Gustave Laurent, Decker von Dächern, rue Gambetta. Das Nachbarhaus war nicht repariert, eine Plane bedeckte noch den rechts außen klaffenden Mauerriß, Berge von Schutt und Schrott türmten sich am Fuß der Mauer, bevölkert von Kellerasseln und giftigen Klapperschlangen, deren Klappern spät in der Nacht ertönten, wie bei der Wandlung in einer schwarzen Messe.

Das letzte Bombardement hatte andere Folgen gehabt, besonders die, André in die Anstalt zu bringen. Es war das zweite, das er erlebte, und sein Hirn, gewohnt, sich freizügig am Evangelium des Cin Zano zu laben, drehte bei dieser Gelegenheit durch, in eine Richtung, die André vertikal in zwei fast gleiche Teile teilte, die sich, im Profil gesehen, in Uhrzeigerrichtung bewegten, so daß der Schädel nach vorn gerichtet wurde und er gezwungen war, die Arme auszubreiten, um sein Gleichgewicht zu halten. Er vervollständigte diese originelle Haltung durch ein leicht rhythmisches Bssss und

blieb auf diese Weise einige Ellen oberhalb des Gewöhnlichen.
Die beschriebene Wirkung wurde langsam dank der Bemühungen des Direktors der Anstalt behoben, und die Geste, mit der André sein früheres Verhalten wieder angenommen hatte, sobald er außer Sicht dieses tüchtigen Herrn war, entsprach ebenso einem leicht verständlichen Bedürfnis nach Freiheit wie erfinderischem Übermut.
Eine Etage tiefer schlug die Standuhr des Anwalts fünf Mal. Die Hammerschläge auf die Bronze schlugen an Andrés Herz, als kämen sie gleichzeitig aus den vier Zimmerecken. Keine Kirche in der Umgebung. Die Standuhr des Anwalts, nur sie, verband André mit der Außenwelt.
Aus polierter Eiche. Ein rundes und glattes Ziffernblatt aus mattem Metall. Eingelegte Ziffern aus rotem Kupfer und, weiter unten, eine Glasscheibe, durch die man den kurzen und zylindrischen Perpendikel erkennen konnte, der in einer Spule endete, in die eine geschwungene Stange glitt, die wiederum im Stillstand den gebogenen Querbalken eines Ankers bildete. Als die gute elektrische Uhr blieb sie niemals stehen, und der Anker blieb für alle unsichtbar. Aber André hatte ihn am Abend des Bombardements durch die geöffnete Tür des Anwalts gesehen. Die Uhr zeigte sechs, die Hälfte der Ewigkeit, und in diesem Augenblick hatte ihn die Bombe überrascht, ihm wütend die Tür gewiesen und ihm die Pest ins Gesicht gehaucht. Er floh, sein Sturz von der Treppe endete erst im Keller, elf Stufen verloren dabei ihre geriffelte Messingkante.
Angehalten, sobald sie in seinem Besitz wäre, würde die Uhr André erlauben, in der Zeit Anker zu werfen.

3 Immer noch wuchs die Hitze und stieß sich an der niedrigen Decke, preßte die Luft zum Atmen allmählich zu einem schmalen Streifen unten an der Tür, die auf den Treppenabsatz führte. Vor seinem Bett ausgestreckt, atmete André in großen Zügen auf dem Boden die kaum frischere Luft, deren unmerkliche Bewegung Staubflocken an den vollen Ritzen des abgenutzten Parketts festhakte. Der Wasserhahn über dem Waschbecken kühlte förmlich widerwillig eine Flasche, gerade genug, um zu verhindern, daß der Alkohol sich entzündete. Es war die zweite Flasche, und der Inhalt der ersten bullerte in Andrés Magenbuchten und drückte grauen Dampf durch seine Poren.

Legte er das Ohr an den Fußboden, so hörte er deutlich das regelmäßige Ticken der Uhr und rutschte dann so lange hin und her, bis er sich im Zenit befand. Mit der robusten Klinge eines Taschenmessers versuchte er, in das hundertmal gescheuerte Tannenholz ein Loch zu bohren, um die Uhr zu sehen. Die Holzmasern, gelber und härter, traten unter der Stahlschneide hervor, hingegen gaben die vom Schrubben abgenutzten Zwischenschichten ziemlich leicht nach. André durchschnitt die Maserung erst quer, dann setzte er die Klinge parallel an und ließ Splitter in Streichholzlänge herausspringen.

Durch das blendende Rechteck des offenen Fensters kam Flugzeugdröhnen, sehr hoch, ein strahlender Punkt vor halbgeschlossenem Migräneauge, fliehend, unaufhaltsam. Kein Bormbardement. Die Geschütze der Flak, die am Ende der nahen Brücke in Stellung gebracht waren, blieben still. Er nahm wieder sein Messer.

Vielleicht ließe der Anwalt, bei einem neuen Bombardement, noch einmal die Tür offen…

4 Der Anwalt krempelte sich die Ärmel hoch, kratzte sich durch den Ausschnitt seines Talars kräftig die Brust, was ein Geräusch wie beim Pferdestriegeln machte, zog einer Balustersäule neben sich sein Barett über den glänzenden Schädel und begann sein Plädoyer.

»Meine Herren Geschworenen«, begann er, »lassen wir das Motiv des Mordes beiseite, die Umstände, unter denen er begangen wurde, und auch den Mord selbst. Was haben Sie unter diesen Bedingungen meinem Klienten vorzuwerfen?«

Die Geschworenen, von diesem noch nicht bedachten Aspekt des Problems überrascht, schwiegen beunruhigt. Der Richter schlief, und der Staatsanwalt war von den Deutschen gekauft.

»Betrachten wir das Problem einmal anders«, sagte der Anwalt, glücklich über diesen ersten Erfolg. »Wenn man einmal absieht von dem gewiß bedauernswerten Schmerz der Verwandten des Opfers, vor dem ich mich verneige, wenn man noch die Notwendigkeit beiseite läßt, vor die sich mein Klient gestellt sah, aus, gestatten Sie mir dies hinzuzufügen, purer Notwehr die beiden Polizisten, die ihn verhaften sollten, niederzuschlagen, wenn man schließlich über alles hinwegsieht, was bleibt dann übrig?«

»Nichts«, mußte einer der Geschworenen, ein Volksschullehrer, zugeben.

»Wenn wir, davon ausgehend, berücksichtigen, daß mein Klient seit seiner frühesten Kindheit nur mit Banditen und Mördern Umgang gehabt, daß er sein ganzes Leben lang das Beispiel eines ausschweifenden und wüsten Lebens vor Augen gehabt, daß er sich selbst dieser Lebensart hingegeben und sie als völlig normal angenommen hat, so daß er selbst ein Wüstling, ein Bandit und ein Mörder geworden ist, zu welchem Schluß müssen wir dann kommen?«

Die Geschworenen waren verblüfft von soviel Beredsamkeit, und der bärtige Alte auf der äußersten Rechten wartete mit artiger Ausdauer auf die Kadenz der Spucke auf den Fuß-

boden. Aber von neuem fühlte sich der Volksschullehrer verpflichtet zu antworten: »Nichts!« und wurde sofort rot.
»O doch! mein Herr«, fuhr der Anwalt mit so großem Stimmaufwand fort, daß es Glassplitter auf die Zuschauer regnete. (Er hatte sie am Morgen gegessen.) »Wir müssen daraus schließen, daß mein Klient, wenn er in einem ehrbaren Milieu aufgewachsen wäre, nur ehrbare Gewohnheiten angenommen hätte. Das Sprichwort sagt: *Asinus asinum fricat*; aber es verschweigt, daß auch das Gegenteil wahr sein kann.«
Der Volksschullehrer suchte eine Weile nach dem Gegenteil eines Esels, und diese Anstrengung erschöpfte ihn so sehr, daß er ganz weich wurde und, ohne sich wieder zu erholen, starb.
»Aber«, schloß der Anwalt, »was ich vorhin sagte, war nicht die Wahrheit. Mein Klient ist aus bester Familie, hat eine vorzügliche Erziehung genossen, und er hat das Opfer freiwillig und bei vollem Bewußtsein umgebracht, um ihm seine Zigaretten zu stehlen.«
»Er hatte recht«, schrien die Geschworenen einstimmig, und nach Beratung wurde der Mörder zum Tode verurteilt.
Der Anwalt verließ das Gericht, bestieg sein Fahrrad, um heimzufahren, und achtete darauf, seinen Steiß präzis auf den Sattel zu setzen, damit der sich in der weiten Robe von Piguet verfangende Wind seine behaarten Schenkel vor aller Augen zur Geltung bringen könne, wie es die Mode forderte. Darunter trug er eine Pumphose aus rotem Tuch, mit Gummizügen an den Beinen.
In der Nähe seines Hauses hielt er vor der Auslage eines Antiquitätenhändlers. Eine holländische Standuhr bot dem überwältigten Auge die Komplexität eines mehrfachen Zifferblattes, auf dem sich die Mondphasen in aufeinanderfolgenden Mondsicheln vor schwarzem und goldenem Glanz von Neumond und Vollmond entfalteten. Auf dem geschnitzten Giebel konnte man auch die Tage, die Monate, das Datum und das Alter des Uhrmachers ablesen.

Der Klient, den er gerade verteidigt hatte, hatte ihm als Honorar testamentarisch sein ganzes Vermögen vermacht. In dem Bewußtsein, bald zu erben, da man den Mann dank seiner Bemühungen zum Tode verurteilt hatte, hielt er es für angemessen, diesen glücklichen Tag durch den Kauf der Standuhr zu feiern. Er nahm sie nicht gleich mit, weil er schon seine Taschenuhr bei sich hatte, und sagte, er ließe sie abholen.

5

Ein Lichtschimmer drang durch das kleine viereckige Loch im Fußboden und brach sich träge an Andrés Decke neben der Spinne. Die Spinne rundete die Ecken des Flecks und gab ihm nach und nach die Form eines Zifferblatts, machte sich daran, die Ziffern zu setzen, und André hörte, daß man in der unteren Etage von *IHR* sprach.

Er legte sein Ohr an die Öffnung, und der Lichtschimmer drang ihm ins Ohr, und, ganz selbstverständlich, hörte er ihre Worte in klaren Lettern mit seinen Augen.

Der Anwalt aß mit einem Freund.

»Ich werde diese Standuhr verkaufen«, sagte er und zeigte ihm das Ankergehäuse, in dem der Perpendikel ausschlug und dann wieder seinen gewohnten Weg nahm.

»Geht sie nicht mehr?« fragte der Freund.

»Sie läßt nichts zu wünschen übrig. Aber ich habe vorhin eine sehr viel schönere gesehen«, sagte der Anwalt und leerte die Hälfte seines Weinglases, genau die, die eben noch voll gewesen war.

»Trink doch!« fuhr er fort, füllte es von neuem und machte den Anfang.

»Wie ist die andere?« fragte der Freund.

»Sie zeigt die Mondphasen an«, erwiderte der Anwalt.

Dann hörte André nichts mehr, denn die beiden Männer sprachen nicht mehr von der Standuhr.

Er stand auf. Um sich nicht zu verraten, hatte er es vermieden, das Licht anzuknipsen. Der aus dem Fußboden kommende Lichtschimmer fiel wieder auf die leicht angeschrägte Decke des Mansardendachs.

Nach Wunsch voll und rund ergänzte der Bombermond die Beleuchtung und bewegte sich ein bißchen, denn es wurde immer heißer.

Im Waschbecken tropfte der Hahn immer noch auf die Flasche. André lag auf seinem Bett, und die Standuhr schlug in seinem Kopf, sooft sie konnte. Die Zeit um ihn herum verging, aber der Anker fehlte ihm, um sich an ihr festzuhalten. Es gab keinen Wind, es gab keinen Regen, und trotz aller List Andrés nahm die Hitze mit jedem Abend noch zu und drückte von außen derart auf die Fensterscheiben, daß er sah, wie sie sich ihm entgegenwölbten, sich aufblähten, eine nach der andern zersprangen, um sich sofort wieder neu zu bilden, wie Seifenblasen im Wasser einer schartigen Schale. Wenn eine der Scheiben zersprang, konnte man schwach und für einen Augenblick die Geräusche von draußen hören, die Schritte der Patrouille ganz unten auf der gepflasterten Straße, das Kreischen der Katzen auf dem benachbarten Dach, die dumpfen Geräusche der Radios hinter den vor weit geöffneten Fenstern zugezogenen Vorhängen. Unten erkannte man, wenn man sich hinauslehnte, die hellen Flecke auf dem Hemd des Portiers und auf dem Kleid der Portiersfrau, die auf zwei alten Stühlen vor ihrer Loge saßen; aber man mußte sich beeilen, denn die Fenster bildeten sich wieder neu. Das Plätschern des Wassers aus dem Hahn ließ nach, nahm dann wieder zu, zum Zeichen, daß auch eine Etage tiefer Wasser gebraucht wurde. Der Sprungfederrahmen knarrte sehr leise, im Rhythmus von Andrés Atem.

Das Bett begann, den Boden zu kratzen nach Katzenart, krümmte die Füße, hob sie nacheinander und hielt sich in regelmäßiger Bewegung. Das Parkett würde morgen ruiniert sein und die Füße nach und nach wegsacken. Um die Wirkung abzuschwächen, stand André auf, legte sich auf den

Boden und schob unter jeden Fuß in dem Augenblick, in dem er sich hob, einen alten Schuh, aber das Bett nahm das nur als Gelegenheit, im Zimmer die Runde zu machen und das Bein gegen die Wand zu heben. Mit Schuhen war Laufen lustig und einfach.

Der Freund des Anwalts war weggegangen, und der Anwalt mußte das Eßzimmer verlassen haben, denn der Lichtschimmer an der Decke war nicht mehr zu sehen.

Man hörte nur sehr schwach Radiogeräusche und von irgendwoher den aus fünf Tönen bestehenden Störton des B.B.C., und plötzlich kam über den Himmel undefinierbares Brummen. Ein Flugzeug flog vorbei, immer noch in so großer Höhe, daß seine Richtung unklar blieb.

Die Minuten verloren sich weiter, denn André hatte den Anker nicht. Auf Hals und Schenkeln brach ihm der Schweiß aus, als er daran dachte, daß er gleich weggehen müsse.

Schon hörte er in der Ferne das leisere Aufheulen der Sirenen aus dem Nachbarbezirk und einige Sekunden später auch das Gejaule der Sirenen auf dem Rathaus.

Die Flak hatte noch nicht angefangen, aber zwei Scheinwerfer warfen unsichere Flecke auf den Himmel, zwei unscharfe, riesige, flackernde Nebelflecken.

Die Lichtstrahlen markierten jetzt die Fensterrahmen vor den gewissenhaft geschlossenen Vorhängen, und die Gebäude füllten sich mit dumpfen Geräuschen. Man hörte die Schreie eines aus dem Schlaf gerissenen Kindes, dann, endlos, Schritte im Treppenhaus, und im Keller das Getöne des Portiers, den man am üblichen Vokabular erkannte. Die Tür des Anwalts öffnete sich nicht. Bestimmt schlief er, vom Wein angeschlagen, weil er beim Essen zuviel getrunken hatte. Plötzlich erlosch überall das Licht.

Immer noch auf dem Fußboden liegend, kroch André bis zum Fenster und lauerte ängstlich auf die Ankunft der Flugzeuge und das Krachen der Bombe, das den Anwalt aufwecken würde. Er stand auf, versuchte, Wasser aus dem Hahn laufen zu lassen, dessen leises Plätschern er nicht mehr hörte, brachte aber nur ein hohles Gegluckse zustande. Der Hauswart hatte gerade den Haupthahn im Keller abgedreht. Trotzdem trank er den Alkohol aus der Flasche, der lief ihm wie ein Bohrer in die Speiseröhre, zuerst mit einem merkwürdigen Schnarren, dann mit dem Geräusch einer auslaufenden Badewanne. Menschlichkeit gebot ihm, den Anwalt zu warnen.

Sich durch das Dunkel tastend, nahm er dem Bett wieder zwei Schuhe weg, zog sie mühsam an – er mußte mit dem Bett darum kämpfen, und die Eisenrolle riß ihm eine zehn Zentimeter lange Wunde ins Handgelenk. Heimtückisch zog er von unten zwei Schrauben heraus, und das Bett brach besiegt als toter Schrott zusammen.

Der Lärm weckte den Anwalt nicht. Er mußte hinuntergehen. Er ging auf den Treppenabsatz, zog mechanisch die Tür hinter sich zu, als ihm einfiel, daß seine Schlüssel im Jackett über dem Stuhl waren. Mechanisch durchsuchte er die Taschen seiner Hose, um sich zu überzeugen. Er fand nur ein Taschentuch und sein Messer.

Behutsam an die Wand gelehnt, um zu vermeiden, daß die zweite Stufe knarrte, ging er abwärts. Das schwarze Loch des Treppenhauses, ein Abgrund, aus dem jeden Augenblick irgendein unbekannter Schrecken emporsteigen konnte, roch wie die Pest, eine Mischung aus Affenhaus und Gulli. Die Portiersfrau hatte am Nachmittag wilden Kohl gekocht.

Die Türklingel des Anwalts befand sich links, einen Meter zwanzig über dem Boden. Beim ersten Mal drückte er, ohne zu fühlen, daneben.

Seine über die Türfassung tastende Hand fand schließlich die glatte Messingfassung. Er drückte auf den beweglichen Knopf in der Mitte, dessen Berührung ihn erschauern ließ.

Der Strom war zwar gesperrt, aber es war noch ein bißchen in den Leitungen geblieben, und das würde vielleicht genügen, um den Anwalt zu wecken. Um ganz sicher zu gehen, bearbeitete André die Tür noch mit kräftigen Fußtritten.

Vom betrunkenen Anwalt schlecht verschlossen, gab sie unter den Tritten nach, und André trat ein in die Finsternis. Er stolperte, tastete sich zur Wand, gelangte ins Eßzimmer. Das weitgeöffnete Fenster ließ gut fünfzig großkalibrige Mondstrahlen ein, und, angehalten, leuchtete der Anker schwach hinter der Glasscheibe.
So blieb die Zeit endlich stehen, und André hörte den Anwalt nicht aus seinem Zimmer kommen, denn er lebte schon in einer um eine Minute älteren Welt.
Aber er sah ihn, sehr weit weg, und mußte, um die Entfernung zu überwinden, sein Messer werfen, und er sah ihn fliehen, von der Zeit davongetragen, mit blutender Kehle und schlaffem Anwaltskörper. Die Entwarnung bürdete der Nacht ihren mißtönenden Akkord auf. Mit einem Schlag ging das Licht wieder an, und der Anker existierte nicht mehr.

6 Der Schatten des Treppenschachts verblaßte schon in der Nähe der Fenster, die aus bunten Butzenscheiben zusammengesetzt waren.
Seine schmerzenden, schweren Füße trieben ihn auf die Straße. Zwei weiße Katzen liefen vor ihm her, einem Mülleimer entstiegen, wie einer Champagnerflasche der Schaum. Die Brücke war nicht weit, und auf der glatten Oberfläche des Geländers lief es sich besser als auf dem rauhen Asphalt des Trottoirs.
Da tauchte hinter ihm die Silhouette des Majors auf, wütend, daß er in dieser Geschichte nicht vorkam, und packte ihn am Kragen. Mit hochgezogenen Schultern und ausgebreiteten Armen, den Kopf nach vorn, gestikulierte André einige Zentimeter oberhalb des Geländers und rief: »Lassen Sie mich los!« Aber nur er wußte, daß der Major ihn hochgehoben hatte, denn dieser hatte sich gerade wieder unsichtbar gemacht, und für den Rest der Welt verschwand André im Fluß.

Die blaue Gans

1 Achtzehn km vom Nachmittag entfernt, das heißt neun Minuten, bevor die Uhr zwölfmal schlägt, da er 120 in der Stunde fuhr, und das in einem Automobil-Wagen, hielt Phaéton Bougre am Rand der schattigen Straße und gehorchte damit dem Ruf eines nach vorn gereckten Daumens, der einen vielversprechenden Körper verlängerte.

Anaïs hatte sich nur aus höchster Not dafür entschieden, per Anhalter zu fahren. Die dabei mitwirkende und nichtsdestoweniger wirkungsvolle Spärlichkeit ihrer Schuhe erklärte ihre letztliche Entscheidung.

Phaéton Bougre hieß in Wirklichkeit Olivier und öffnete ihr den Schlag; Jacqueline stieg ein (Anaïs war nur ein angenommener Name).

»Fahren Sie nach Carcassonne?« fragte sie mit sirenengleicher Stimme.

»Das will ich gern tun«, antwortete Olivier, »aber welche Straße muß man denn da von Rouen aus nehmen?«

Sie waren in der Tat in der Nähe von Le Havre und fuhren in Richtung Paris.

»Ich zeige es Ihnen«, antwortete Jacqueline.

Drei Kilometer weiter hielt Olivier, der von Natur aus schüchtern war, von neuem seinen Sonnenwagen an und hockte sich, mit einem Engländer versehen, auf den linken Flügel, um den Winkel des Rückspiegels zu verändern.

Von seinem Platz aus konnte er so, indem er sich nach links wandte, zu drei Vierteln, was besser als nichts ist, die junge Frau zu seiner Rechten sehen, mit einem maliziösen Lächeln auf den Lippen in Oliviers Hirn, mit einem einfachen Lächeln auf den Lippen.

Im Fond des Wagens waren lediglich der Major und ein Hund und zwei Koffer. Der Major schlief, und die beiden Koffer

hatten keine Zeit, um mit dem Hund zu spielen, der zu weit weg saß.
Olivier verstaute seinen Engländer in dem Metallkasten unter dem Armaturenbrett, setzte sich wieder ans Steuer und ließ den Wagen an.
Seit dem Ende der letzten Ferien hatte er diese herbeigesehnt, wie alle Leute, die viel arbeiten. Seit elf Monaten bereitete er sich vor auf diesen, unter allen anderen teuren Augenblick – teuer vor allem, wenn man den Zug nimmt – des Aufbruchs am hellen Morgen zu den verbrannten Wüsteneien der Tropischen Auvergne, die sich bis zur Aude erstreckt und nur mit der Dämmerung erlischt. Er durchlebte noch einmal seinen letzten Morgen im Büro, die Anstrengung, einen Fuß an jede Seite des Telefons zu setzen und die Umschläge der gerade eingetroffenen Post in den Korb zu werfen, die Süße der Luft, die unter dem Aufzug mit einem seidigen Rascheln entfloh, der tanzende Sonnenstrahl vor ihm, den sein Metallarmband reflektierte, als er in seine Wohnung an der rue du Quai zurückkehrte, der Schrei der Möven und der schwarzen und grauen Grünanlagen, die etwas träge Lebendigkeit des Hafens und der starke Teergeruch im Laden des Apothekers Latulipe, seinem Nachbarn unter ihm.
Ein norwegisches Frachtschiff löschte gerade eine Ladung verlorener Kiefern, die in drei bis vier Fuß lange Rundhölzer geschnitten waren, und Bilder vom ungebundenen Leben in einer Baumhütte am Ontariosee durchzogen den Raum, den Oliviers Augen gierig musterten; er rutschte auf einer Trosse aus und fand sich im Wasser wieder, das mit Ölrückständen belastet war – oder vielmehr mit Ölrückständen erleichtert, da Öl spezifisch leichter als Wasser ist – und voll sommerlicher Überreste war.
Aber das war gestern, und die Wirklichkeit übertraf bei weitem die geheimsten Hoffnungen von Olivier am Steuer seines Autos, mit Jacqueline, dem Hund, den zwei Koffern und dem Major.

Mit Jacqueline, von der Olivier noch nicht einmal den Namen wußte.

2 Beim Verlassen von Rouen zeigte Jacqueline Olivier, wohin er fahren mußte, und ihre graziöse Bewegung brachte sie ihm so nahe, daß ihre braunen Haare die Wange des jungen Mannes streiften.
Klarer Dunst umgab die Augen dieses letzteren; er sammelte seine Sinne erst fünf Minuten weiter und nutzte dies, um seinen Fuß vom Gaspedal zu nehmen, das nur mit Bedauern wieder zurückfiel, da es von seinem Platz aus ein großes Stück von der Straße durch das kleine Loch im Boden hatte sehen können.
Die Straße wickelte sich mit großer Geschwindigkeit um die Reifen des Wagens, aber ein perfektes System, das aus den Nageleisen »Super« entwickelt war, die in allen Fahrradgeschäften erhältlich sind, löste sie automatisch wieder von ihnen, und sie sank in weichen Wellen wieder zurück, durch die schnelle Drehbewegung der Räder hingestreckt. Die Straßenarbeiter, die schon von jeher diesem undankbaren Sport verschrieben sind, schnitten mit einer Schere die so entstandenen Vorsprünge ab, die in regelmäßigen Abständen auftraten und deren Höhe in direktem Verhältnis zur Geschwindigkeit des Wagens zunahm, welche wiederum den Erstreckungsfaktor bestimmte. Mit dem derart gewonnenen Asphalt baute man alle Jahre wieder neue Straßen, und auf diese Weise nahm der Viehbestand Frankreichs regelmäßig zu.
An beiden Seiten der Straße standen Bäume, die durch Wurzeln, die für diesen Zweck bestimmt waren, solide im Boden festgehalten wurden, und die nicht an dieser Einrollbewegung teilnahmen. Sie erschreckten sich nichtsdestoweniger zuweilen, wenn das Auto vorbeikam, denn Olivier hatte den Auspuff freigelassen, und diejenigen, deren Äste nicht an die Telefonleitungen stießen (was die allgemeine Regel war,

wenn man die strenge Höhe betrachtet, die an der entsprechenden Seite von den verantwortlichen Stellen eingehalten wurde), konnten nicht rechtzeitig benachrichtigt werden.
Die Vogelnester, die den Trick seit 1898 kannten, widerstanden aufs wundersamste und auf alle Fälle dem Schock.
Kleine Wölkchen gaben dem Himmel das Aussehen eines Himmels, der von kleinen Wölkchen übersät ist, und das war der Fall.
Die Sonne leuchtete, und der Wind verlagerte die Luft, falls es nicht die Luft war, die durch ihre Verlagerung den Wind hervorrief, was man ziemlich langatmig diskutieren könnte, denn der Petit Larousse definiert Wind als »Bewegung der Luft«, und Bewegung kann schließlich die Handlung des Bewegens sein oder Zustand dessen, was bewegt wird.
Von Zeit zu Zeit überquerte ein Tümmler die Straße, aber das war nur Einbildung.
Olivier betrachtete immer noch im Rückspiegel die drei Viertel Jacquelines; sein Herz entflammte sich mit mehr oder weniger wirren Gelüsten, und Max du Veuzit würde da sicher auch nichts anderes sagen.
Eine etwas riesigere Unebenheit als die anderen (denn es hatte da einige gegeben) riß den Major plötzlich aus seiner Starre. Er streckte die Arme aus, rieb sich das Gesicht mit der hohlen Hand, holte seinen Kamm aus der Hosentasche und brachte seine wilden Haare in Ordnung. Er entnahm sein Glasauge der entsprechenden Höhlung, polierte es mit dem Zipfel seines Taschentuchs, indem er draufspuckte, und hielt es dem Hund hin, der aber einen Tausch verweigerte. Er tat es also an seinen Platz zurück und beugte sich zu den Vordersitzen, um die Konversation anzufachen, bis dahin eine der reduziertesten.
Er stützte die Ellbogen auf die Rückenlehne, zwischen die Rücken von Jacqueline und Olivier.
»Wie heißen Sie?« fragte er.
»Jacqueline«, antwortete sie und drehte sich leicht nach links,

um ihm ihr Profil zu präsentieren, was dazu führte, daß Olivier sie im Rückspiegel jetzt von vorn sah. Da das letzte Viertel seines Gesichtsfeldes nunmehr durch den neuen Bruchteil von Jacqueline beansprucht war, den ihre Bewegung zum Major hin ihm eröffnet hatte, konnte er nicht rechtzeitig dem Ereignis Rechnung tragen, daß auf der Straße ein Briefträger aufgetaucht war, dessen Erscheinen, hätte er ihn in der gewünschten Zeitspanne wahrnehmen können, bei ihm nicht die Abwesenheit jenes Reflexes hervorgerufen hätte, der ausgereicht hätte, um ihn zu umfahren, aber er sah nichts mehr und fuhr besagten Briefträger um, in diesem Fall eine Ziege.

Von der Ziege abprallend, fuhr er in eine Steinmauer, die die Rechte einer Tankstelleneinfahrt markierte, um den Tankstelleninhaber die Orientierung zu ermöglichen, und drang aufgrund der erreichten Geschwindigkeit bis zur Mitte der Tankstelle vor, wobei er den rechten Flügel seines Wagens der ausgehungerten Mauerecke überließ.

Der Tankstelleninhaber machte sich pflichtbewußt daran, das Auto zu reparieren, und Olivier war Jacqueline behilflich, auf seiner Seite auszusteigen, da die rechte Tür gerade vom Tankstelleninhaber ausgebaut worden war.

Der Major und der Hund stiegen ihrerseits aus und machten sich auf die Suche nach einem Restaurant, das ihm Rahmen des Möglichen mit einer Bar ausgestattet sein sollte, denn der Major hatte Durst.

Sie stellten im Vorbeigehen fest, daß es der Ziege, dem ursprünglichen Grund für den Unfall, glänzend ging, weil sie nämlich aus Rüsterholz war und ein Fell hatte, das vom Tankstelleninhaber weiß gestrichen worden war, der sie als Lockvogel benutzte. Jacqueline streichelte sie im Vorübergehen, und der Hund pißte aus Sympathie an eins ihrer Beine.

Die einzige Gaststätte am Ort, der »Gekrönte Tapir«, bot einen ergreifenden Anblick. In einer Ecke waren einige Männer um eine Art steinerner Mulde tätig, die mit glühenden

Kohlen gefüllt war, und einer von ihnen klopfte mit gewaltigen Hammerschlägen auf ein Stück rotglühendes Eisen in Hufeisenform. Was noch seltsamer war, ein Pferd, mit einem Futtersack aus ungebleichtem Leinen um den Hals und das linke Hinterbein angehoben, wartete darauf, daß es drankam, wobei es mit seinen robusten Zähnen Grillen fing. Man mußte sich der Beweislast beugen: die Gaststätte war gegenüber.

Man servierte ihnen auf einer weißen Tischdecke leere Teller, Messer und Gabeln und Gläser und einen Salz-Pfeffer-Ständer mit Senftopf in der Mitte, dann noch Servietten und zuguterletzt was zu essen. Der Major trank ein kleines Glas Harnblase und verzog sich zum Verdauen mit dem Hund in den Klee.

Olivier und Jacqueline blieben allein unterm Laubengang zurück.

»So wußten Sie also«, fragte er sie so mir nichts, ihm nichts, »daß ich nach Carcassonne fuhr?«

»Nein«, sagte Jacqueline, »aber ich bin froh, daß Sie auch hinfuhren.«

Vor Glück erstickt, kam Olivier außer Atem und fing an zu keuchen wie einer, der erwürgt wird, abgesehen vom Lachen des Mörders, welches fehlte.

Mit Hilfe der Zeit fing er sich wieder und überwand von neuem seine Schüchternheit. Er wuchs auf diese Weise um einen guten halben Kopf und näherte ganz leicht seine Hand der Jacquelines, die ihm gegenübersaß.

Die Vögel unter dem Laubengang grölten wie die Esel und bombardierten sich mit Brotkrümeln und kleinen grünen Kieseln, und diese fröhliche Atmosphäre stieg Olivier langsam zu Kopf.

»Werden Sie einige Tage lang da unten bleiben?« fragte er weiter.

»Ich gedenke dort meine ganzen Ferien zu verbringen«, versicherte Jacqueline mit einem mehr als umwerfenden Lächeln.

Olivier schob seine Hand noch ein bißchen weiter vor, und das Pochen seines Blutes in den Adern brachte den goldenen Wein in einem der Gläser leicht zum Zittern, welches in den Widerklang einstimmte und plötzlich zerbrach.
Von neuem etwas Zeit, um wieder Mut zu fassen, und er fuhr fort: »Fahren Sie zu Verwandten?«
»Nein«, sagte Jacqueline, »ich steige in den vereinigten Hotels ›Zum Bahnhof‹ und ›Zu den Albigensern‹ ab.«
Sie hatte nicht richtig braune Haare, vor allem, wenn die Sonne sie so wie jetzt durchschien, und die winzigen Sommersprossen auf ihren Armen, gebräunt durch ein Leben an der frischen Luft, gaben zu denken, und Olivier errötete.
Dann nahm er all seinen Mut in beide Hände, überführte ihn in die linke Hand und legte seine rechte auf die nähere Hand von Jacqueline und konnte nicht sehen, welche es war, denn sie verschwand völlig in seiner großen Männerpranke.
Sein Herz klopfte mit wilden Schlägen in seiner Brust, und er sagte: »Wer ist da?«, erkannte dann aber seinen Irrtum, und Jacqueline zog ihre Hand nicht zurück.
Da öffneten sich alle Blüten mit einem Schlag, und eine wunderbare Melodie erfüllte das Land. Das war der Major, der die neunte Symphonie summte, inklusive Chor, er kehrte zurück, um ihnen mitzuteilen, daß das Auto repariert sei.

3

Das Automobil, inzwischen jenseits von Clermont, rollte zwischen zwei Reihen elektrischer Lichtmasten in voller Blüte dahin, die die Luft mit einem köstlichen Ozongeruch parfümierten.
Bei der Ausfahrt von Clermont peilte Olivier sorgfältig Aurillac an und konnte so seine Flugbahn halten. Da er nun das Steuer loslassen konnte, umschloß er mit seiner rechten Hand die Jacquelines.

Der Major witterte genießerisch den balsamierten Hauch der Lichtmasten, mit der Nase im Wind und dem Hund auf den Knien. Er sang einen melancholischen Blues, während er versuchte, im Kopf auszurechnen, wie viele Tage man mit 22 Francs in Carcassonne zubringen könnte.

Die Operation, die zur Division von 22 durch 460 führte, bescherte dem Major eine Migräne, und er verlor das Interesse am Ergebnis. Er beschloß nur, daß er einen Monat im besten Hotel bleiben werde.

Derselbe Wind, der an die Nüstern des Majors schlug, zerwühlte die Locken Jacquelines und erfrischte die ins Rötliche gehenden Wangen Oliviers, der etwas außer Fassung war. Wenn er die Augen vom Rückspiegel nahm, bemerkte er neben seinem rechten Fuß die bezaubernden Schuhe Jacquelines aus Eidechse, noch lebendig und mit einer goldenen Agraffe verschlossen, damit man die Schreie nicht hörte. Die köstliche Rundung ihrer bernsteinfarbenen Waden biß sich mit dem cremefarbenen Leder der Vordersitze. Man würde dieses Leder auswechseln müssen, es war schon zerfetzt, denn sie veränderte ihre Sitzposition ständig, aber Olivier machte sich nichts draus, es würde ihm ein kostbares Erinnerungsstück sein.

Die Straße hatte nunmehr ganz schön zu tun, um unter den Rädern des Wagens gerade zu werden: der kurze Blick Oliviers bei der Stadtausfahrt von Clermont, der Aurillac anvisiert hatte, war von solcher Genauigkeit, daß nicht die geringste Kurve entstehen konnte. Beim kleinsten Irrtum schwenkte das Steuer um mehrere Grade herum, nur um den Preis ermüdender Verrenkungen kam die Straße wieder in die richtige Lage. Sie kehrte erst spät in der Nacht auf ihre Ausgangsposition zurück, wobei sie so manchen Zusammenstoß hervorrief, und beachtlich ausgeleiert war sie auch.

Erst kam Aurillac, dann Rodez, und dann gelangten die Gegenden der Tropischen Auvergne in die Sicht der Reisenden.

Auf den Landkarten ist sie Languedoc getauft, aber die Geologen können sich nicht irren.
Seit Aurillac belegte Olivier mit Jacqueline den Fond des Wagens, da es der Major und der Hund übernommen hatten, ihn zu steuern. Mit einem geschickt plazierten Schlag mit dem Engländer brachte der Major den Rückspiegel wieder in den richtigen Winkel und konnte sich nun der ausschließlichen Prüfung des Weges widmen, den man gerade zurückgelegt hatte.
Dann verschwanden die Gegenden der Tropischen Auvergne gleichzeitig mit dem Einbruch der Nacht, kamen aber fast augenblicklich wieder zum Vorschein; der Hund hatte gerade den Schalter für die Scheinwerfer betätigt.
Eine Stunde vor Carcassonne war es erst Mitternacht, aber es schlug von neuem die Stunde, als sie in Carcassonne einfuhren.
Die Zimmer von Jacqueline und von Olivier waren seit langem vorbestellt, und der Major fand es am bequemsten, mit dem Hund in das Bett von einem der Zimmermädchen des Hotels einzudringen, dann in das Zimmermädchen selbst, und da hörte er auf und schlief hübsch im Warmen ein. Er würde am nächsten Tag das Zimmer wechseln, denn er wollte sorgfältig wählen.

4

Sie trafen sich am nächsten Morgen am runden Frühstückstisch wieder. Der Hund, der in gleichem Abstand von allen darunter saß, war durch diese Tatsache zum ersten Mal auf ein Nichts reduziert, außer in der Höhe: auf diese Weise konnte er bequem mit dem Mittelfuß verschmelzen. Eine Bewegung des Majors machte ihn wieder zum Hund; da diese Bewegung darin bestand, in den Garten des Hotels zu gehen, folgte er ihm, wobei er mit dem Schwanz wedelte und aus Höflichkeit bellte. Der Major pfiff einen Stomp und polierte sein Monokel.

Jacqueline und Olivier blieben allein und sahen jeder in eine andere Richtung, da sie von den braunen Deckenbalken eingeschüchtert waren.
Die Sonne zeichnete Jacquelines Profil im Gegenlicht auf eines der Fenster mit kleinen Butzenscheiben; sie mußte mehrere Male von vorn damit beginnen, bis ihr vollkommene Ähnlichkeit gelang, aber in dem Augenblick war sie wirklich zauberhaft. Die glatte Haut ihrer Wangen hob ihr sehr jugendliches Aussehen hervor, und das Teerosa ihres Teints nahm in der Nähe ihrer bronzenen Haare eine Schattierung an, die Olivier bis dahin verborgen geblieben war.
Die klaren Augen Jacquelines, und alles ist gesagt.
Olivier kostete in seinem tiefsten Innern eine Aprikose, die er gerade verschluckt hatte, um sie postwendend zu genießen, so wie es das Hornvieh macht. Er fühlte sich immer glücklicher, und wie soll man das erklären, wenn nicht durch Jacqueline.
Mit einer geschmeidigen Bewegung erhob sie sich, schob ihren Stuhl zurück und streckte ihm ihre Hand hin.
»Kommen Sie«, sagte sie, »wir werden vor dem Mittagessen einen Spaziergang machen.«
Am Kiosk gegenüber vom Bahnhof kaufte der Major Postkarten. Er erstand welche für 21 Francs und gab die 20 Sous, die ihm übrigblieben, dem Hund, damit er sich eine Tüte Lakritz kaufen konnte, mit den ganzen Kätzchen drin, wohlgemerkt.
Der Major sah den beiden nach, wie sie sich entfernten, mit einem trüben Auge und dem anderen, das immer noch aus Glas war. Arm in Arm gingen sie den Weg in die Felder.
Sie trug ein Kleid aus hellem Leinen und leichte Sandalen mit hohen Absätzen, und immer noch ihre Haare, die die Sonne eingefangen hatten, sodaß sie nicht mehr raus konnte.
Der Major tauschte den Stomp, den er immer noch pfiff, gegen einen Blues aus, und machte es sich auf der Terrasse des

Cafés der vereinigten Hotels »Zum Bahnhof« und »Zu den Albigensern« gemütlich.
Der Feldweg war wie andere Feldwege, die zu mehreren schön anzusehen sind. Er beinhaltete einen Teil Weg im eigentlichen Sinn des Wortes, dann eine Übergangszone Weg-Feld, die sich in: einen bewiesten Randstreifen, einen nicht sehr tiefen Graben und einen baumbepflanzten Randstreifen aufteilte, und schließlich die Felder mit allen gewünschten Zutaten: Senf, Raps, Getreide, verschiedene und unentschiedene Tiere.
Da war Jacqueline und ihre langen Beine und ihr runder Busen, der vom weißen Ledergürtel betont wurde, und ihre nackten Arme, nackt bis auf zwei kleine Ballonärmel, die zum Abflug mit Oliviers Herz bereit waren, das an einem Aortafragment darunterhing, welches lang genug war, um einen Knoten zu schlingen.
Bei der Rückkehr erschien Jacquelines Hand auf Oliviers Unterarm, als sie sie zurückzog, hell auf braunem Untergrund, aber auf Jacquelines Körper war keine Spur.
Vielleicht war Olivier zu schüchtern.
Sie erreichten den Bahnhofsplatz gerade, als der Major aufstand, um elf Postkarten zur Post zu bringen, die er im Nu vollgeschmiert hatte, und da Sie wissen, daß sie 19 Sous pro Stück kosten, können Sie sich ausrechnen, wieviel er übrigbehielt. Im Hotel war das Mittagessen fertig.

5

Der Hund kratzte seine Flöhe vor dem Zimmer des Majors, und so trat ihm Olivier auf den Schwanz, als er aus seinem kam, um dem Ruf der Mittagessensglocke Folge zu leisten.
Am Vortag war es wundervoll gewesen, bei einem Ausflug im Auto bis ans Meer, aber der Hund protestierte, denn erst jetzt, wo er den Floh getötet hatte, konnte er sich in Ruhe um Olivier kümmern.

Und Jacqueline, am Wasser ausgetreckt in ihrem weißen Badeanzug, mit Wasserperlen in den Haaren, Wasser wie leuchtendes Zellophan auf ihren Beinen, ihren Armen, und einfach nasses Wasser auf dem Sand, wo sie sich hinlegte. Daher beugte er sich nieder und klopfte freundschaftlich dem Hund auf den Rücken, der ihm voller Herablassung einmal voll über die Hand schleckte.
Aber er hatte sich nicht getraut, ihr die Worte zu sagen, die verlegen machten, wenn man schüchtern ist; er war spät mit ihr zum Hotel zurückgekommen, aber nur »gute Nacht« wie an allen anderen Abenden.
An diesem Morgen wollte er ihr die Worte sagen! Da öffnete sich die Zimmertür des Majors, und Olivier befand sich dahinter, und Jacqueline kam heraus im weißen Seidenpyjama, offen über ihren festen Brüsten, überquerte den Flur, um sich in ihrem Zimmer zu kämmen und anzuziehen...

6

Die Zimmertür des Majors ließ sich nicht wieder schließen, weil die Scharniere vom salzigen Wasser der Tränen verrostet waren...

Der Statist

1 Er mußte ganz Paris mit der Metro durchqueren, deshalb stellte er alle Zeiger seines Weckers auf halb sieben und hielt ihn überdies an, damit er sicherging, daß er nicht die Zeit verpaßte. Darunter schob er die Einladung vom Studio, damit er daran dachte, sie mitzunehmen, und bereitete sein einziges Paar weiße Strümpfe und ein sauberes Hemd vor. Was er gerade trug, legte er noch nicht auf den Stapel mit der Schmutzwäsche, es war erst zwei Tage alt und würde es noch zwei weitere Tage tun. Er cremte seine Schuhe ein, bürstete seinen Anzug ab, in der Länge, der Breite und der Tiefe, zog sich zu Ende aus und legte sich schlafen. Die Nacht rutschte an jenem Abend bei ihrer Ankunft über einen besonders feuchten Platzregen und brach etwas früher herein, als vom Kalender vorgesehen. Die Berechnung des Kirchenkalenders kam dadurch für zwei Tage durcheinander.

Es gab zwischen Mitternacht und drei Uhr fünf einige ungewöhnliche Erscheinungen, wie etwa den paradoxen Ausschlag des runden Endes der Kompaßnadel, die Ausdehnung des Seilzugs-Ost am Eiffelturm, ein unwiderrufliches Gewitter auf dem 239. Breitengrad und die teuflische Verbindung von Saturn und einem Nebelstern oben links. Daher sah er auch beim Aufstehen nicht die Einladung unter dem Wecker und mußte statt dessen diesen mitnehmen. Um halb acht stieg er aus dem letzten Wagen der Metro und mußte den ganzen Bahnsteig entlanglaufen, um auf der richtigen Seite hinauszukommen. Oben an der Treppe, neben dem Stand der Zeitungsverkäuferin, deren Auslagen ein strohbedeckter Kopf des Präsidenten Krüger zierte, ein Souvenir aus dem Burenkrieg, warteten drei Typen in drohender Haltung neben einem Kontrabaß und verschiedenen länglichen Schachteln, die schwarz bespannt waren.

Als er gerade an der Gruppe vorbeiging, gelang es einer Posaune, zu entfliehen und mit voller Geschwindigkeit an der weißgekachelten Mauer entlangzuschlüpfen und zu -schlängeln. Er half dabei, sie wieder einzufangen und dann wieder in die Schachtel zu verstauen, und fand, daß der Tag gut beginne.

Wenn man aus der Metro kam, mußte man bis zur Brücke laufen, den Fluß überqueren und, nachdem man rechts eingebogen war, zwei- bis dreihundert Meter am Ufer entlanggehen.

Es war schönes, klares Wetter, und die Wasseroberfläche kräuselte sich unruhig. Etwas frisch, denn es war sehr früh, und etwas windig auf der Brücke.

Rechts, am Ende einer ziemlich grünen Insel, bemerkte er einen kleinen Rundbau mit einem Schieferdach, das von acht geriefelten Säulen getragen wurde, die man viel knapper und mit höherer Präzision durch den Vergleich mit dem Tempel, genannt Liebestempel, beschreibt, Versailles, Seine-et-Oise. Die beherzten Badenden der späten Nachmittagsstunde lassen dort ihre Kleider und ihre Tugend hinter sich zurück.

Der Weg ging von der Brücke an bergab auf die Studios zu, und weiter unten war das Ufer mit Haufen von recht großen Steinen übersät. Sie waren sicher für die unvollendete Verkleidung der Brückenzufahrten gedacht gewesen, die man unter Fachleuten Verblendung nennt. Der ziemlich niedrige Wasserstand ließ einen Streifen erbärmlicher Gräser und schwärzlichen Kieses frei, der mit verschiedenen Abfällen verdreckt war; jämmerliche Kellerasseln suchten hier mit einem Stock ihr täglich Brot. Und Angler im verwaschenen Blaumann und in Segeltuchschuhen fuchtelten schon mit verfaulten Würmern fieberkranken Fischen vor den trägen Nasen herum.

Bäume entsprangen dem Bürgersteig, einige Dekameter von ihm entfernt, und kurz bevor er sie im Vorbeigehen herausriß, sah er die Einfahrt zu den Studios. Sie bestand aus zwei vernieteten Blechrohren, die oben durch eine Metallplatte und unten durch die Erde verbunden waren, auf der man ging – das stellte die vierte Seite des Rahmens dar. Das Ganze in Dunkelgrün gestrichen, von Blizzards und Meteoren abgeblättert. Eine kleinere Tür eröffnete sich zur Linken, die Fußgängertür, und die nahm er. Es gab im Hof einen schönen, echten Baum, alte Autos und weniger alte, und einen Kran, der aus einem gekrümmten und gewanteten Kupferrohr bestand, das zweifellos vom Schiffbruch der Duse stammte. In einer Ecke lag auch die Leiche eines Lappländers.

Am hinteren Ende des Hofes, etwas links, sah er das verglaste Pförtnerhäuschen, neben der Stechuhr, und einen langen Gang, der von Studios und Kulissenlagerräumen gesäumt war. Der Gang bog nach zehn Metern rechtwinklig ab und dreiteilte sich, auf der einen Seite zur Bühne B, auf der anderen zu den Gareroben und der Bühne A, ein dritter Gang führte zum Himmel. An der Dreierkreuzung befand sich auch der Vorführraum mit der Kabine des Filmvorführers, eines korpulenten Hermaphroditen, der mit zwölf Jahren schon zu jeder Mahlzeit fünf Kalbsschnitzel verschlungen hatte. Ein großes bemaltes Kirchenfenster bemützte das Ganze, und die Wände der Gänge, der Lagerräume und der Studios gingen nicht ganz bis zum Dach, was der gesamten Anlage das Aussehen einer ständig überdachten Stadt im Abbruch gab, eine mißgestaltete Paarung, wie Bruder E. Zola sagen würde, aus der bloß einige schwächliche Schmarren hervorgingen, die am Rand verblaßt waren.

Bevor man die Garderoben erreichte, traf man links auf das Zeichnerbüro, dann auf das Loch des Produktionsleiters mit seiner Sekretärin, einer Brünetten mit blauen Augen, deren Lederhaut ärgerlicherweise auf der Rückseite der Lenden abblätterte. Die Garderoben und die beiden Schminkräume verteilten sich zu unregelmäßig drumherum, als daß eine andere als eine photogrammetrische Beschreibung eine zufriedenstellende Vorstellung davon geben könnte.

So erschienen ihm die Studios der LÄRM-FILM.
Er begegnete zwei Bühnenarbeitern und kriegte einen dritten kleinen, ganz angezogenen, der die gleiche Farbe hatte wie die beiden ersten. Er trat beim Produktionsleiter ein, und die Sekretärin dieses letzteren beäugte die Einladung, die er im letzten Augenblick in seiner Tasche unter dem Wecker gefunden hatte, und wies ihm seine Garderobe an. Er verließ das Büro, überquerte den Hauptgang und betrat einen zweiten kleinen, senkrechten Gang, der zu den Garderoben 11 bis 20 führte. Er hatte mit zwei anderen Statisten die 16. Die Garderobe war eng, eierschalfarben gelackt, mit zwei Spiegeln und einem Waschbecken und drei starken elektrischen Birnen, die mit einem dumpfen Grummeln eine atmosphärische Zone in muschelartiger Form erleuchteten.
Das Waschbecken, aus Porphyr und Guano, strahlte vom Glanz seiner polierten Chromteile, und der Abfluß war verstopft.
Seine beiden Garderobenmitbenutzer waren noch nicht eingetroffen. Er zog seine Jacke aus, legte seinen Koffer auf ein Regal, er enthielt sein sauberes Hemd und sein Mittagessen, das aus einer Scheibe marinierten Pescadors zwischen zwei Brotscheiben und zwei aus Vorsicht anästhesierten Tomaten bestand, trank aus seinen zusammengehaltenen Händen etwas Leitungswasser, denn sein Hals fühlte sich trocken und knisternd an wie Kreppapier, und verließ schließlich die Garderobe, um nach den Neuankömmlingen Ausschau zu halten. Er wurde beim Zurückkommen im Hauptgang von einer wirbelnden Person aufgespießt, die zu ihm sagte: »Gehen Sie doch schon mal zur Schminke, solange noch keiner da ist«, und begab sich zur Tür, wo ein Schild, das sich über dem Türsturz befand, mehr als deutlich die künstlerische und kalliphile Bestimmung anzeigte, in der Verlängerung des bereits erwähnten Hauptgangs.

2 Zwei weibliche und eine männliche Maskenbildnerin teilten sich diesen Raum, der länger als breit war und dessen einziges Möbel ein Tisch war, allerdings auf der ganzen Länge; darüber befanden sich Spiegel, in denen man zusehen konnte, wie man die Fresse eines gräßlichen Stars bekam. Er fiel der männlichen Maskenbildnerin in die Hände, einem köstlichen Homophilen mit frischrasierter, alkoholisierter, aseptisierter, lanolinisierter, massierter, mit Spermacetin und Kalomel-Öl (am Stück) eingeseifter Haut, mit schwarzen ondulierten Haaren und einer sanften Stimme, umschmeichelnden Bewegungen von außerordentlicher Liebenswürdigkeit, vor allem mit zwinkernden, klimpernden Augen, deren Lider sich schlagartig hoben, um mit einem feuchten Geräusch wieder niederzusinken, wobei jedesmal aus den Wimpernwinkeln eine kleine rote Blase blubberte. Weiße, feuchte Zähne, ein beige-grauer Anzug, dessen Jackett im Moment ausgezogen.
Er sagte zu ihm:
»Sie haben einen klaren Teint. Ich werden Ihnen etwas 31 drauftun.«
Der Statist antwortete:
»Ich begebe mich in Ihre Hände.«
Und der andere warf ihm einen Blick voller Dankbarkeit zu, mit drei kleinen Blasen.
Der Statist öffnete weit den Kragen seines sauberen Hemdes. Der Maskenbildner tunkte behutsam Daumen und Zeigefinger in einen Topf mit roter Schminke. Mit kleinen Stößen beklopfte er ihm das Gesicht, wobei er ihn mit ovalen und gezackten Flecken übersäte, so angeordnet, daß der Statist mit Hilfe des Spiegels die Worte »Sie gefallen mir« lesen konnte. Er errötete, und die Finger des Maskenbildners erzitterten, als er die Wangen voll heißen Blutes berührte. Dann löste ein kleiner Gummischwamm das Ganze auf in eine gleichförmige Bräune, in deren Mitte das Blau der Augen des Statisten lebhaft aufleuchtete, und der Maskenbildner

schützte die seinen mit dunklen Gläsern, um ohne Zitterbewegungen weitermachen zu können.

Mit Hilfe eines Seidenhaarpinsels, der von rötlicher Schminke getränkt war, belebte er die Färbung der Augenhöhlen und der Backenknochen, strich mit einem anderen, rotbeladenen Pinsel über die Lippen und mußte sich einen Moment zurückziehen, um der heftigen Rührung freien Lauf zu lassen, die das hervorragende Resultat in ihm hervorgerufen hatte.

Als er, ruhiger, zurückkam, stellte der Statist seine Blässe fest und unterwarf sich, höflich und fügsam, der Puderquaste aus Elefantenhaar, deren Berührung ihn leicht sabbern ließ, so wie man bei der Vorstellung von Löschpapier im Mund sabbert, und sie wischte über sein Gesicht, wie ebengeschnittene Fingernägel ganz leicht über zu glatten Satin streifen. Erschöpft von so vielen Empfindungen, verließ der Statist schwankend den Schminkraum, und nur die Maske erhielt ihm sein unschuldiges Aussehen.

Die anderen Statisten trafen ein. Er fand in seiner Garderobe seine beiden Gefährten vor, von denen der jüngere den Vornamen Jacques trug, der andere hörte auf den Namen Maxime.

»Ich bin«, setzte der Statist nach den Präliminarien an, »sehr froh, diese Stelle gefunden zu haben. Vor sechs Jahren war ich noch auf der Schule, und...«

»Entschuldige mich, alter Freund«, sagte Jacques, »aber ich werde mal zum Schminken gehen, solange noch niemand da ist.«

3

Man drängte sich im engen Gang. Durch die Tür der Garderobe 14 erblickte er flüchtig ein langes, schmales Mädchen im Badeanzug, das sich vor dem Spiegel kämmte, und sein Herz machte einen Sprung, kam aber etwas weiter vor der Garderobe 18 wieder runter. Er rückte zur Seite, um

einen jungen Zottel vorbeizulassen, der mit einem Kontrabaß bewaffnet war, der ihn an Größe überragte und unten mit zwei Rollen ausgestattet war, was eine mühelose Verlagerung dieses beachtlichen Gerätes ermöglichte. Der Zottel und der Kontrabaß stürzten sich in die Garderobe 18. Der Statist drehte sich wieder um und versuchte, den Hauptgang zu erreichen, aber er wurde von einer großen Kiste, die mit einem Riesenlärm daherrollte, und zwei anderen Typen zu Boden geworfen, deren Größe zwischen 1,85 und 1,90 schwankte und die er als diejenigen wiedererkannte, denen er beim Wiedereinfangen der Posaune in der Metro geholfen hatte. Sie zeigten ihm, daß auch sie sich erinnerten, indem ihm jeder, nur so aus Spaß, mit dem Instrument, das er gerade trug, einen Klaps versetzte, glücklicherweise hatte der Pianist leere Hände. Er stand auf, glaubte verstanden zu haben und verließ den Korridor im Rückwärtsgang, allerdings indem er die Bewegungen des Vorwärtsgangs machte, wodurch er eine beachtliche Schweißproduktion zustande brachte. Dies gab ihm aber die Gelegenheit, die hervorragende Qualität der Schminke festzustellen, an der die Schweißtropfen hinabglitten, ohne irgendwelche Spuren zu hinterlassen. Sobald sie in Berührung mit seinem Kinn kamen, das er am Morgen rasiert hatte, verdampften sie augenblicklich.
An dieser Stelle wies der Gang eine Erweiterung auf, und ein großer Spiegel beherrschte eine seiner Wände. Darin sah man sich in zwei Farben von vorne, und von hinten in zwei anderen, die ziemlich anders waren, deshalb mußte man es vermeiden, sich gleichzeitig von beiden Seiten zu betrachten. Gegenüber vom Spiegel, in einem Winkel, der durch das Vorspringen einer Ecke einer expansiven Garderobe gebildet wurde, speicherte ein Warmwasserboiler soviel warmes Wasser, daß man das Kotzen kriegen konnte, trotz des wiederholten Tadels durch den Produktionsleiter, der von soviel Habsucht angeekelt war. Ein langer, magerer Mann, lockig, leicht angegraut, wickelte sich in einen grünen Morgenmantel mit

protziger Knotenkordel, der den schwarzen Frack des Empfangschefs verdeckte – den er nämlich darstellen sollte – und auf seinem Frack waren blaue Kreise für die Tontechnik.
In regelmäßigen Abständen begannen aus der Garderobe 18 Wesen zu kommen, die mit weißen Spencers ausstaffiert waren und die durch ihre uniformen Krawatten mit breiten roten und gelben Schrägstreifen eine seltsame Ähnlichkeit mit kommunistischen Wespen bekamen. Ihre komischen, anscheinend unkoordinierten Bewegungen erlaubten es dem Statisten, nachdem er sie weiß hin- und braun zurückgehen gesehen hatte, den Schluß zu ziehen, daß sie von der Schminke kamen, und die Zukunft gab ihm recht.
Und aus der Garderobe 18 erhob sich ein schrilles Geräusch, zunächst ungewiß, doch dann setzte es sich immer mehr durch, und wer irgendwas von negro-jüdisch-amerikanischer Musik verstand, konnte darin *Rosetta* erkennen. Eine fürsorgliche Hand schloß nach einigen Augenblicken das kippbare Oberlicht, das zur Belüftung der fraglichen Lokalität gedacht war, sodaß den Statisten der Wagemut packte, sich dem Ursprung des solchermaßen abgeschwächten Geräusches zu nähern.
Er drang in den kleinen Gang ein und zog sich stehenden Fußes wieder zurück, da ein fünfzigjähriger Mann auf ihn zukam, der sich als Caféhauskellner verkleidet hatte, mit sauertöpfischer Miene, die Hände hinterm Rücken und mit einem Fleck in der Form des Neumondes (und in der gleichen Farbe wie dieser) genau mitten in der Stirn.
Dieser Fast-Opa rief ihm zu:
»Da fallen einem ja die Ohren ab, bei dieser Urwaldmusik!«
»Mögen Sie Jazz nicht?« fragte errötend der Statist, und sein leicht zu beeindruckendes Herz fing an, auf einen Dreitaktrhythmus zu schlagen.
»Heutzutage sind die jungen Leute alle gleich. Swing, wie? So nennen die das doch. Na, ihr Swing, der hat weder Hand noch Fuß. Früher, da konnte man noch tanzen. Aber heute...

Hören Sie sich das an... Und der Trommler... Das ist der reine Wahnsinn.«
»Aber«, dachte der Chef der Band, der ihn in seinem Schädel drinnen hörte, »dagegen der Cake-Walk, das war wohl besonders fein!«
Sie entfernte sich von der Garderobe 18, was der Statist bedauerte.
»Ich bin wirklich froh, daß ich diese Stelle gefunden habe!« sagte der Statist. »Hier ist doch immerhin eine lustige Stimmung.«
»Ja, wenn man sowas noch nie gemacht hat, aber das reicht doch nicht ans Theater heran, die Bühne ist schließlich...«
»Ich erinnere mich, vor sechs Jahren, als mein Vater starb«, sagte der Statist...
»Ich empfehle Ihnen, diesen Beruf hier nicht länger auszuüben«, sagte der andere.
»Den Beruf des Statisten?«
»Gebrauchen Sie nicht dieses Wort. Wir sind Ergänzungskünstler. Übrigens ist das nicht mein Beruf, ich selbst bin Sänger, und schließlich, wenn man den ersten Preis am Konservatorium von Soissons bekommen hat, kann man sich nicht als einfacher Ergänzungskünstler betrachten.«
»Sie waren Sänger?«
»Ich bin Sänger, ja... Im Augenblick mache ich Ferien.«
»Als ich von der Schule abging«, sagte der Statist, »habe ich versucht...«
»Es ist ein dreckiger Beruf«, schloß der andere. »Glauben Sie mir, geben Sie das auf.«
Und er ging pissen, wobei er ein altes Liebeslied summte.
Der Produktionsleiter ging durch die Gänge und schrie:
»Alles auf die Bühne.«

4 Kurz hinter der Erweiterung, dem großen Platz und dem Cumulus mündete der Gang in die Sackgasse von Schminke, Komparserie und Garderoben 4 bis 8, dann bog er rechtwinklig nach links ab, ein scheinbarer Widerspruch, aus dem sich die Garderobe »Schminke« der Stars und die Garderobe der weiblichen Hauptdarstellerin Giselle Descartes ergaben, eine lange und schlanke Person mit kastanienbraunem Haar und einem etwas grimmassierenden Gesicht, obwohl sie noch ziemlich jung war, von instabilem Charakter und perfekter Selbstgefälligkeit. Am Ende erhob sich ein erstes Leuchtschild »Ruhe« in großen Buchstaben, dann fing der Gang von neuem an und kehrte nach rechts zurück, wo man eine große gepanzerte Tür, ein neuerliches Schild »Ruhe« und die Worte »Bühne B« erkennen konnte. Die Höhe nahm beträchtlich zu, und ein Barometer hätte es höchstwahrscheinlich erlaubt, das wahrscheinliche Wetter zu erfahren, aber leider keineswegs den Höhenunterschied, denn dieser letztere resultierte in der Hauptsache aus der vertikalen Erschütterung, die der Statist verspürte, als er auf einer gepanzerten Tür die Worte »Bühne B« las. Mit Schwung stieß er sie auf und stand wie neugeboren in einem komplexen Geruch von frischgesägtem Holz, diffuser Helligkeit und frisch geknetetem weißen Gips. Kabel lagen auf der Erde herum. Zu seiner Linken erkannte er die Rückseite des Bühnenbilds, Bäumchen in Kübeln, die Grünanlagen vorstellen sollten, eine Reihe roher Baumstämme in schmutzigweiß, überall fliegendreckartig Gipsspritzer, Lattenverschläge, Gitter, Fliesen, Balken, Drähte, Ersatzprojektoren auf Füßen, auf Rädern, rund, quadratisch, sechseckig, und alle voluminös. Die Bühnenarbeiter auch. Er mußte um das Bühnenbild herumgehen, um Zugang zur Bühne zu haben, stieg zwei Stufen hinauf und wieder herunter und befand sich in der Grotte.

Ein unleugbarer Geruch von Futterrüben entströmte dem Ganzen, denn dieses höchst gepflegte Bühnenbild stand für

einen Produzenten, der sich wohlfühlte; aber der Statist witterte nur den störenden Weihrauch zukünftigen Ruhmes, der ihm die Nasenlöcher verstopfte.
Er bemerkte nebenbei, daß die Gitter aus Schmiedeeisen, die in den Superluxusproduktionen so effektvoll sind, mit wenig Unkosten aus kleinen, sorgfältig gebogenen und verbundenen Holzlatten hergestellt werden können, woraus er zukünftigen Gewinn zu ziehen gedachte.
Das Bühnenbild in ovaler Form stellte das Innere der Nobelkneipe eines imaginären Badeorts dar. Am Horizont ein Alkoven aus Stalaktiten, der als Bar zurechtgemacht war. Dann, wenn man im Sinne der Zeiger einer gewöhnlichen Uhr abbog, ein höherliegender Teil, der eine kleine, an ungewöhnlicher Stelle auftretende Grotte mit Scheinwerfern drin bildete. Dann das Podium für die Band. Weite Öffnungen mit Scheinwerfern dahinter. Einige Tische und Stühle, der Haupteingang, in dem er sich im Augenblick aufhielt, ein ausladender Pfeiler, noch ein erhöhter Teil mit Tischen und Stühlen, ein Bereich, der etwas vorgezogen lag und mit rosa Hortensien dekoriert war, dort stand der Tisch der Stars, noch ein ausladender Pfeiler, der mit dem ersten durch einen Pappmachébogen verbunden war, und wieder Tische und Stühle bis hin zur Bar, zu der man zurückkehrte.
Der leere Raum in der Mitte stellte die Tanzfläche dar.
Ganz oben, auf durchbrochenen Laufstegen, standen Scheinwerfer, die im Augenblick noch ausgeschaltet waren, und bedrängten das Ganze mit zweiundfünfzig konvergierenden Lichtstrahlen. Abwechselnd ein großer, ein kleiner, und so weiter.
Im Innern eines jeden, hinter den Gläsern, die vom Studiofriseur im Fresnel-Stil geschnitten waren, sah man, deutlich durch die Optik vergrößert, das kleine Männchen, das die Lichttechnik macht.
Auf dem Boden standen weitere Scheinwerfer, die in allen Höhen auf Ständer montiert waren, und die vorn mit regel-

baren Schiebern ausgestattet waren, um das Licht aufs Dezigramm genau dosieren zu können, sodaß die tödliche Dosis nicht überschritten wurde.

Der Statist stellte fest, daß seine Artgenossen nicht besonders schnell eintrafen, und fragte sich, was das zu bedeuten habe. Er trat zurück, etwas von der Majestät des Ortes eingeschüchtert, durchquerte den Bereich der Sägespäne, die Sand nachahmten, dann den Eingangsbereich, verwickelte sich in ein Kabel und ließ sich, um sich wieder zu fangen, auf einen wackligen Tisch plumpsen, der da nicht hingehörte, sich aber trotzdem da befand. Er war völlig ins Kabel verheddert und kämpfte mit aller Kraft dagegen, aber das tat das Kabel auch, und es verfügte über den Vorteil seiner Länge. Er verletzte es jedoch, als es ihm gelang, einen Knoten zu fabrizieren, und das Kabel straffte und entfernte sich, wobei es drei Elektrizitäten verspuckte. Der Statist war traurig, suchte kläglich seine Garderobe wieder auf und bewunderte im Vorbeigehen den großen 100-l-Feuerlöscher, den er noch nicht bemerkt hatte und den er mit der Hand streichelte, um ihn sich zum Freunde zu machen.

Da war der Gang, und er erkühnte sich, eine Statistin in einem kleinen, ganz einfachen Kleidchen anzusprechen – Jacqueline war ihr Name und ein Schatten von einem Schnurrbart ihr unverwechselbares Zeichen.

»Es wird also nicht gedreht?«

»Was denken Sie!« sagte sie. »Das Bühnenbild ist noch nicht fertig.«

»Aber es sieht doch immerhin ganz gut aus... Ich komme gerade von dort...«

»Glauben Sie mir! Ich wette mit Ihnen, daß die nicht vor heute nachmittag mit den Dreharbeiten anfangen werden... Das ist hier immer so...«

»Sie sind hier schon mal zum Drehen gewesen?«

»O ja... Es ist nicht so gut wie in Billancourt, hier ist immer ein totales Durcheinander.«

»Vor sechs Jahren«, sagte der Statist, »als ich von der Schule abging, habe ich arbeiten müssen, um zu leben...«
»Da haben Sie aber sicher schon einen Haufen Sachen gemacht seit der Zeit«, unterbrach ihn das Mädchen.
»Ja, aber ich finde, Ergänzungskünstler zu sein, ist ein schöner Beruf.«
»War es wenigstens der alte Marnet, der Ihnen dieses Wort da beigebracht hat?« fragte sie. »Finden Sie wirklich, daß es ein so schöner Beruf ist?«
»Als ich anfing zu arbeiten, vor sechs Jahren...«, sagte der Statist.
»Ich«, schloß sie, »bin eigentlich nicht wirklich Statist. Mein Mann ist im Augenblick unabkömmlich, also mache ich das hier, um mir die Zeit zu vertreiben... Sehen Sie den großen Blonden dahinten? Das ist der Regisseur, Joseph de Margouillat. Der ist in Ordnung...«
»Gefällt er Ihnen?«
»Och, ich, wissen Sie, diese Bettgeschichten sind nicht meine Sache. Er ist übrigens im Moment mit der kleinen Ginette zusammen... Glauben Sie mir, das ist kein besonders angenehmer Beruf.«
Sie ging summend davon und ließ den Statisten mitten im Gang stehen. Er schämte sich ein bißchen, daß er nur Statist war, aber da sah er sich im Spiegel, und seine Laune machte wieder einen Satz nach oben.
Es herrschte immer noch eine gewisse Belebtheit im Gang. Häufig gingen die anderen Wesen, die die äußere Erscheinung von Statisten hatten, zu zweit herum, und sie waren nicht sehr fröhlich, durchdrungen von einer Art gemeinsamer Selbstgefälligkeit und mit sehr selbstzufriedenem Aussehen, was genügte, um sie zu beschäftigen. Einer hatte gar nicht zur Schminke zu gehen brauchen. Er war sehr braungebrannt, helle Jacke und seidenfarbener Schal, zwischen 38 und 40 Jahren – und stank unerträglich. Sie nahmen bereitwillig ein geheimnisvolles Gehabe voller Anspielungen an.

Der Morgen ging vorüber, und es wurde immer noch nicht gedreht. Kurz vor Mittag jedoch zeichnete sich eine gewisse Strömung im Kommen und Gehen ab, und allmählich begaben sich alle auf die Bühne.

5 »Sie da, mein Herr, mit dem Saxophon«, sagte der Regisseur, »Sie stellen sich da hinten hin, neben das Klavier. Sie, Herr Kontrabassist, hinter ihn. Sie... Wer ist hier überhaupt der Chef der Band?«
Der Trompeter trat einen Schritt vor und ergriff die ausgestreckte Hand Joseph de Margouillats, der mit den Zähnen knirschte, aber standhielt.
»Verstehen Sie«, sagte dieser, »der Vordergrund, den Sie abgeben, kommt ganz panoramisch. Die Teilansicht vom Shaker zum Barkeeper dahinten, und dann wendet die Kamera und nimmt die Paare, die gerade in der kleinen Grotte tanzen, und dann Sie und dann den Eingang vom Lokal, wo Robert und Giselle auf dem Tandem hereinkommen.«
Der Trompeter nickte.
»Für den Augenblick«, sagte der Regisseur...
Er sah auf seine Armbanduhr.
»Gehen wir erstmal mittagessen«, schloß er.
Er warf mit einer gewohnheitsmäßigen Bewegung seinen Kopf in den Nacken und ging zu seinem ersten Regieassistenten, wobei er sich leicht in den Hüften wiegte.
Der Statist war begeistert vom ruhmreichen Anblick des Tenorsax Patrick Vernon, näherte sich den Musikern und versuchte schüchtern, sich ihrer Gruppe anzuschließen.
»Spielen Sie schon lange?« fragte er.
»Nein«, sagte Patrick. »Erst seit einem Jahr. Vorher habe ich Trompete gespielt, aber das nervt noch viel mehr.«
»Es ist jetzt sechs Jahre her«, sagte der Statist, »als ich von der Schule abging, da habe ich ein bißchen Geige gespielt, und dann...«

»Geige im Jazz, das ist ja nicht ganz das Wahre ... zu schwer, richtig zu spielen; außerdem ist keine Power dahinter.«
»Sie spielen alle gut. Wie war doch noch Ihr Name?«
»Wir sind keine feste Gruppe«, sagte der Trompeter. »Als Coco Pourrit mich darum gebeten hatte, Statist in einer Band zu sein, hat er mir gesagt, es würde nicht gespielt. Die Lieder sind schon aufgenommen, und es wird mit Playback gedreht...«
Dieses technische Fachwort hatte eine eindrucksvolle Resonanz im Hörorgan des Statisten, dessen Kopf heftig zu strahlen begann.
»Im übrigen«, fuhr der Trompeter fort, »gibt es in meiner Band zwei Typen, die gar nicht spielen, die zwei Saxes da drüben. Der eine ist Drummer, der andere macht Pol-Wiss. Mit 'nem Sax macht sichs besser.«
»Ich hätte die Geige nicht aufgeben sollen, als ich von der Schule abging«, sagte der Statist. »Zu dem Zeitpunkt hätte ich nicht gedacht, daß ich mal Statist werden würde... Ich bin ganz froh, daß ich es bin. Vor sechs Jahren war ich noch dazu gezwungen...«
»Sie sind Statist?« fragte der Trompeter.
»Ich wäre natürlich lieber Musiker«, sagte der Statist höflich...
»Sie haben unrecht ... ich bin nämlich Ingenieur ... aber natürlich ist Musiker immerhin noch weniger öde als Statist...«
Ein hübsches Mädchen näherte sich ihnen.
»Sagen Sie, wie heißt denn ihre Band?« fragte sie.
»Wir sind keine feste Gruppe«, sagte der Trompeter und sah den Statisten wenig liebenswürdig an, weil er den gleichen Satz einige Augenblicke zuvor schon einmal gesagt hatte.
Der Statist stieß einen Seufzer aus und wagte die Frage: »Sie sind Statistin?«, denn sie war hübsch.
»Nein!« antwortete sie... »Ich bin Journalistin, ich mach das hier für mein Blatt...«

Da entfernte sich der Statist und richtete sich ganz allein in seiner Garderobe ein, um sein Pescador-Sandwich zu verzehren; er schämte sich von neuem, beschloß aber, Gitarre zu lernen, was ihn wieder aufmunterte.

6

Man ließ ihnen nicht viel Zeit zum Mittagessen. Er versammelte seine Leseerinnerungen – von Kinowochenprogrammen – und kam zu dem Schluß, daß es irgendwo eine Bar gab, aber er wagte nicht, am ersten Tag allein hinzugehen. Er trank wieder aus dem Wasserhahn des Waschbeckens, und der verärgerte Hahn verdrehte seinen Schwanenhals und spritzte ihn ausgiebig naß. Nach Luft ringend bewegte er sich zu dem Regal, auf dem sein Koffer ruhte, um ein Handtuch zu holen; das Regal neigte sich nach vorn und ließ ihm seinen Koffer auf den Kopf fallen, während er sich gerade halb blind bemühte, seinen Schlüssel in der Hosentasche zu finden. Die anderen waren mit dem Essen fertig und drängten sich in den Gängen, und da er begann, sie auseinanderzuhalten, bemerkte er nun, daß sie zahlreich waren, und fühlte sich einsam in all diesem Lärm, der vom Fenster her kam. Es gelang ihm, den Schlüssel zu finden, er öffnete den Koffer, trocknete sich das Gesicht ab und brachte alles wieder in Ordnung, bevor er hinausging.
Moreuil, der erste Regieassistent, kam im Gang vorbei, in einem marineblauen Hemd, die Ärmel bis zu den Ellenbogen hochgekrempelt. Er war mager, 35 Jahre, ziemlich nett, sehr wenig Haare.
»Wird bald gedreht?« fragte irgendjemand neben dem Statisten.
»Noch nicht sofort … ein Stündchen noch … es wird, es wird …«, sagte Moreuil, wobei er aus seiner Tasche eine Hackmaschine zog, mit Hilfe derer er, nur so aus Kinderei, ein Rohr der Zentralheizung zerstückelte, das den Gang entlanglief.

Der Statist suchte seine Garderobe wieder auf und setzte sich auf einen Stuhl.
In der Garderobe 18 stimmten die Musiker ihre Instrumente und probierten einige schwierige Noten aus, als Coco Pourrit auftauchte, der Komponist der Filmmusik.
»Na«, erkundigte sich Coco, »wie geht's denn, Kinder?«
»Tag, Herr Pourrit«, sagte der Chef der Band, der in seinem Büro gelernt hatte, welchen Wert gewisse Personen der Nennung ihres Eigennamens in der Folge des allgemeinen »Herr« beimessen und sich häufig dieser kommerziellen Künstlichkeit bediente.
»Tag, Herr Savin«, antwortete Coco.
Coco war nicht älter als 35 Jahre, ganz klein, nett, ursprünglich Gitarrist.
»Sie wissen also, was Sie spielen?«
»Im Augenblick«, sagte der Chef der Band, »spielen wir es erstmal nicht. Es ist gerade der Moment davor, und wir lassen die Leute zu einem eher langsamen Stück tanzen ...«
»Ja, das ist wegen des Kontrasts«, sagte Coco, »ich habe Ihnen die Noten von einem kleinen langsamen Walzer, englische Art mitgebracht, die Sie in dem Moment spielen können. Es heißt *Wir beide, sonst nichts,* ich werde es Ihnen mal vorsingen.«
Er nahm eine Gitarre und summte die Melodie, wobei er sich begleitete.
Beim zweiten Durchlauf spielten Trompete und Tenorsax so ungefähr die Melodie mit, und damit es etwas fröhlicher wurde, nahmen sie es im Swing. Es war einer von diesen typischen Coco-Pourrit-Refrains, das hängt einem im Ohr und bringt einen in Neumondnächten auf die Palme.
Vom Lärm angezogen, erschien der Star Giselle Descartes bald darauf in der Garderobentür.
»Ist das Ihre Musik?« sagte sie zu Coco und schüttelte ihm die Hand. »Wollen Sie sie mir noch einmal vorspielen?« bat sie den Chef mit einem Lächeln aus der durchschnittlichen Serie.

»Wir werdens versuchen«, sagte der Chef, der einen Moment pausierte, um Atem zu holen, denn es bedeutet eine gewisse Anstrengung und entspricht der Verbrennung von ungefähr achtundzwanzig Kalorien, ein ziemlich hohes Stück sanft auf der Trompete zu spielen – und währenddessen:
»Sie wollen es nicht spielen? Sie sind aber nicht nett!« sagte Giselle und zog ein Schmollmündchen…
»Aber eine Sekunde noch, wir spielens Ihnen ja, mein Gott. Regen Sie sich nicht auf!«
»Sie machen sich über mich lustig! Ich gehe…«
Nachdem sie diese Probe ihres liebenswürdigen Charakters abgegeben hatte, entfernte sie sich hocherhobenen Kopfes. Sie sahen sich an, und nachdem sie darüber ausgiebig gelacht hatten, in Fis-Dur, wie es sich gehört, schlugen sie einen alten Dixie der Familie an, und das machte ganz schön Dampf in der Garderobe, wo die Temperatur von Terz zu Terz anstieg.
Der Statist hörte das in seiner Garderobe, und, ganz klar, Klarinette würde er lernen. Der Pianist Jean Mercaptan spielte in der Tat im Augenblick Klarinette, weil das Klavier auf der Bühne geblieben war.
Der Lärm nahm an Intensität zu, und alle Musiker entkleideten sich allmählich immer mehr, zwischen jedem Chorus. Zozo, der Kontrabassist, bekrallte wie rasend die vier Stränge seiner Maschine und transpirierte in dicken Tropfen. Schließlich hörten sie auf, gerade als die Decke sich anschickte, auf sie niederzufallen, um dem Getöse ein Ende zu machen.
Der Statist betrat wieder den Hauptgang und sah von neuem Moreuil vorbeikommen, der aus der Bar kam.
Er trug eine Rolle Makulatur unterm Arm und schob mit fröhlichem Pfeifen einen Reifen vor sich her.
»Wird jetzt gleich gedreht?« fragte der Statist.
»Ja… bald… kommen Sie nicht zu spät«, sagte Moreuil und verschwand in Richtung Bühne B, wobei er den Engelssprung, frei nach Giovanni di Bologna, durch seinen Reifen ausführte.

Der Statist machte einige Schritte in die entgegengesetzte Richtung und fand sich neben dem Chef der Band und dem Drummer wieder; sie latschten gleichgültig daher und redeten über Musik und Literatur.
»Wirklich?« sagte der Drummer.
Er hieß Claude Léon, hörte auf den Spitznamen Doddy und übte den edlen Beruf eines Chemie-Assistenten am Collège de France aus.
»Find ich!« antwortete der Chef.
»Bin ich indiskret?« wagte der Statist, als er auf ihrer Höhe angelangt war.
»Nun«, sagte der Chef der Band, »was meinen Sie, gibt es hübsche Mädchen hier?«
»Mein Gott!« sagte der Statist.
»Sie haben Augen im Kopf, Sie sind Junggeselle, was machen Sie denn?«
»Seid ihr keine Junggesellen?« fragte der Statist.
»Nein, wir sind verheiratet, und da interessiert uns das umso mehr...«, antwortete der Drummer, »aber wir müssen leider feststellen, daß es sich hier ganz gewiß nicht lohnen würde, seine Frau zu betrügen...«
»Die da ist doch nett...«, sagte der Statist.
Er zeigte auf eine Brünette, die vorbeikam, groß und in der Tat gutgebaut. Béatrice – das sagt ja schon alles.
»Sie«, nahm der Chef den Faden wieder auf, »Sie sind ja nicht doof. Was machen Sie denn außer der Statisterei?«
»Nun«, sagte der Statist, »das ist jetzt sechs Jahre her, daß ich von der Schule abging, und dann bin ich als Bürodiener eingestiegen...«
»Kommen Sie, mein Alter, Sie werden uns das am besten auf der Bühne erzählen«, sagte der Chef der Band, denn er sah die sechs anderen Musiker seiner Gruppe, einen nach dem anderen aus dem Garderobengang hervorquellen.
Alle drei beeilten sie sich, inmitten der anderen Statisten, die aus den Garderoben herauskamen. Der Maskenbildner kam

auch mit einer kleinen Blechschachtel voller Töpfchen und Pinsel für Ausbesserungsarbeiten, und plötzlich kam da ein Merinoreiher heraus, und der Maskenbildner wich entsetzt zurück.
Sie kamen von neuem an der schweren Metalltür vorbei, durchquerten den hinteren Teil der Studios und gelangten in die Mitte des Bühnenbilds.
Ein Dutzend Bühnenarbeiter hievte gerade den schweren Apparat zu Ende an die richtige Stelle, der, auf Räder montiert, die Kamera, den Fotografen André und Sankt Christophorus, den Schutzheiligen der Autofahrer, trug, der war durch ein Loch in der Dachkonstruktion unbemerkt hereingekommen.
André hatte das Auge an den Sucher geklebt und bewegte die Kamera in alle Richtungen. Ein Assistent, barfüßig in Jesuslatschen, mit blauen Leinenshorts, klein, untersetzt, sehr blond und übermäßig beschnurrbartet, kümmerte sich um die Manöver des Wagens nach Andrés Anweisungen. Sankt Christophorus sah zu, fand das Spektakel uninteressant und verschwand in einer vergoldeten Gloriole.
Die acht Musiker nahmen ihre Plätze ein und legten wie zuvor los, auf dem kleinen Podium, das für ihre Entfaltung vorgesehen war.
Es gab tatsächlich überall Stalaktiten aus gewalztem Glas, die mit Girlanden an unsichtbaren Eisenkabeln befestigt waren, und gekrümmte Glasrohre imitierten kleine Wasserspiele rund um den großen Pfeiler neben dem Eingang.
Das Scriptgirl, eine mittelmäßige Blonde, ziemlich trüb und mit einem Kuhblick, setzte sich außerhalb des Ausschnitts und trug Notizen zusammen. Die Statisten kamen und baten um genauere Angaben über das, was man ihnen abverlangte, und verteilten sich dann über das Bühnenbild, in dem nunmehr gut sechzig buntgewürfelte Individuen durcheinander wimmelten.
De Margouillat machte seinen Auftritt, nonchalant und mit

zurückgeworfenem Kopf, wie es einem Mann seiner Größe ziemt.
Die Band spielte gedämpft, um die Zeit herumzukriegen, *On the sunny side of the street,* und einige Statisten tanzten.
De Margouillat nahm Andrés Platz vor dem Sucher ein, kontrollierte die Wirkung des Schwenks und stieg wieder vom Wagen herunter. Er machte Scipion ein Zeichen, damit Ruhe werde, und mit Stentorstimme schaffte Scipion das auch.
»Tut Rot rein!« befahl de Margouillat.
Ein Summton erscholl, und die Scheinwerfer leuchteten einer nach dem anderen auf. Er begab sich zum Chef der Band.
»Ihr werdet uns jetzt ein kleines Stück ganz gedämpft vorspielen, damit sie tanzen, während wir die Gesamtansicht aufnehmen.«
Savin gab Patrick und der Rhythmusgruppe ein Zeichen, und sie schlugen *Wir beide, sonst nichts* als Walzer an. Aber de Margouillat unterbrach sie nach dem vierten Takt.
»Das ist ja zum Einschlafen… Habt ihr nichts anderes?«
»Das hier hatte Herr Pourrit aber vorgesehen«, gab Savin zu bedenken, der leidenschaftlich gern präzise war.
»Das ist mir egal… Übrigens gefällt mir dieses ganze Playback nicht… Ich werde das alles nochmal machen lassen, das klingt nicht genug. Das wird mit einer großen Band aufgenommen werden… Nein, spielt doch lieber das, was Ihr eben noch gespielt habt.«
Savin spielte die ersten beide Takte von *On the sunny side…*
»Perfekt… Das ist es… Und dann, wenn ich Halt! sage… (er drehte sich um und sah alle Statisten an) … wird die Band aufhören, und ihr werdet alle weitertanzen.«
Er wandte sich nunmehr Robert Montlhéry und Giselle Descartes zu:
»Und ihr zwei, auf euerm Tandem, ihr fahrt in der Bucht los, hinter Herrn… dem Gitarristen da, und ihr kommt vor der zweiten Bucht vorbei, in dem Moment, wo die Kamera den Chef der Band passiert hat und ich ›Halt!‹ sage… Wir werden

das ein erstes Mal ausprobieren. Tut Rot rein!« schrie er von neuem.
Der zweite Assistent näherte sich der Band mit einem Topf voll schwarzer Farbe und bepinselte den Rücken des Gitarristen.
»Sie sind zu durchscheinend«, erklärte er, »man sieht den Scheinwerfer durch Sie hindurch.«
Bubu Savin (das war der Bruder vom Chef der Band) nickte, wie es seine Gewohnheit war, das heißt, ohne den Mund aufzumachen und mit einem völlig abwesenden Blick.
Alle Statisten hielten sich an ihren Plätzen, die einen vor der Tanzfläche, die anderen an der Bar, wieder andere vor der kleinen erhöhten Grotte, auf der gleichen Höhe wie die Band. Es gab einen Augenblick intensiver Spannung, man hätte eine vergewaltigte Fliege schreien hören können.
»Ruhe!« blaffte Scipion.
»Kamera ab!« befahl de Margouillat.
Ein Bühnenarbeiter, der mit der Klappe bewaffnet war, trat vor das Objektiv und führte ihm das fragliche Viech vor.
»Der Freund von Madame 358 – die erste«, kündigte er an und verflüchtigte sich nach unten, während sich nun der Shaker des Barkeepers seinerseits vor dem großen Auge, ganz hinten auf einem schwarzen Blendschutz, hin und her bewegte.
»Musik!« befahl de Margouillat.
Die Statisten begannen, sich in den Hüften zu wiegen, mit gekonntem Gesichtsausdruck, und bemühten sich, auf der Schußlinie des Objektivs zu bleiben, ohne jemals hineinzugucken, wodurch sie, zu dessen großer Unzufriedenheit, den Chef der Band verdeckten, der in einer etwas tieferen Lage spielte als seine Mannen, und so auf der Stelle einen fürchterlichen Mißton hervorbrachte.
»Halt!« befahl de Margouillat.
Die Musik hörte abrupt auf, und die angespielte Melodie klatschte mit einem Flapp! zu Boden wie verdorbenes Fleisch.

Die Statisten tanzten noch, und das Tandem startete, kam aber nicht bis zur zweiten Bucht. Man hörte ein furchtbares Geräusch und das Lachen von Giselle Descartes, während Montlhéry sich mühsam aus der Kiste wand, die mit der Erde eines gefällten Ligusters gefüllt war. Die unbewachte Posaune nutzte ihre Chance, um ein zweites Mal zu entwischen.
»Schnitt!« befahl de Margouillat. »Wir fangen von vorn an.«
Der Statist saß an einem Tisch, gleich links von der Band, neben Béatrice. Er schwamm im Glück, denn man würde ihn auf der Leinwand sehen, und er nutzte die Unterbrechung, um mit Béatrice ein hoffnungsvolles Gespräch anzuknüpfen.
»Das ist ein unterhaltsamer Beruf, nicht wahr?« sagte er.
»Es wird ziemlich schlecht bezahlt«, antwortete Béatrice, »und man hat nicht besonders viele Zukunftsaussichten.«
»Drehen Sie oft?«
»Ziemlich oft, ja. Hier ist es ganz nett mit der Band, aber vorgestern habe ich einen Kostümfilm gedreht, den ›Colonan‹, und das ist ärgerlich wegen der Hitze, und in der Zwischenzeit kann man gar nichts machen.«
»Vor sechs Jahren war es, daß ich von der Schule abgehen mußte«, sagte der Statist, »und anfangen zu arbeiten. Am Anfang, da war ich Bürodiener bei...«
»Natürlich«, sagte Béatrice, »da ich nichts anderes zu tun habe, mache ich halt das hier, um mir meine Schuhe besohlen zu lassen.«
»Sie sind also nicht Statistin von Beruf?«
»Nein! Ich bin hier durch Beziehungen ... aber man kann nichts erreichen, ohne mit irgendwem ins Bett zu gehen, und das interessiert mich nicht ... jedenfalls nicht, ohne es mir auszusuchen.«
Der Statist errötete.
»Aber für einen Mann«, fuhr Béatrice fort, »finde ich, ist es der letzte aller Berufe. Mit den anderen rede ich nie, das sind alles Vollidioten. Die denken bloß daran, wie sie einen abgrabschen können.«

In der Tat konnte man bei ihr aber auch auf den Gedanken kommen.
»Tut Rot rein«, befahl also, höchst passend, der Regisseur. Und der Summer ertönte von neuem wie eine erkältete ungarische Eidechse.
Die Statisten schwiegen und begaben sich wieder auf ihre Plätze.
»Kamera ab!« befahl de Margouillat.
Ein vollständiges Schweigen breitete sich aus.
»Klappe!«
»Der Freund von Madame 358 – die zweite«, kündigte der verantwortliche Mann an.
»Musik!«
Von neuem schlug die Band *On the sunny side of the street* an. Die Kamera fuhr mit dem Wagen zurück und begann dann, sich um ihre eigene Achse zu drehen, um den Panoramablick zu kriegen.
»Halt!« befahl de Margouillat, als der Ausschnitt gerade am Chef der Band vorbeigezogen war. Die Musik hielt inne. Das Tandem startete diesmal korrekt und kam stracks vor dem Eingang zum Bühnenbild zum Halten.
»Schnitt!« sagte de Margouillat.
»Wir müssen nochmal von vorn anfangen«, sagte André. »Es war kein Film im Kasten, ich habe es jetzt erst gemerkt.«
Die Band begann ihre dreiundfünzigste Wiederholung von *On the sunny side of the street,* und bei diesem Anlauf klappte es. Aber das Stück geriet ihnen aus dem Blick, und die Posaune ergriff die Gelegenheit, um den Händen ihres Eigentümers ein weiteres Mal zu entschlüpfen, ließ sich unter dem Klavier häuslich nieder, von wo man sie mit Hammerschlägen entfernte.
Ein Statist sagte zu einer Statistin:
»Ist die Filmmusik von Coco Pourrit?«
»Ja«, antwortete sie.
»Nicht schlecht, dieses Stück da…«

Und der Chef der Band hörte es und fiel in Ohnmacht, denn alle Welt weiß doch, daß *On the sunny side of the street* von Rimsky-Korssakoff ist.
Der Statist machte sich bereit, das zugegeben ziemlich mies angelaufene Gespräch mit Béatrice wieder aufzunehmen, aber sie erhob sich und ging auf die Musiker zu, die ihr in der Mehrzahl gutgelaunt schienen. Ein Statist kam auf die Ecke zu, in der der Statist sitzenblieb.
»Schaffen Sie sich mal weg hier«, sagte er zu ihm, »ich muß einen Kochtopf an Ihre Stelle plazieren.«
»Ach so?« sagte der Statist...
Und er trollte sich, ganz allein, um nicht gekocht zu werden.

7 Während die Bühnenarbeiter gekrümmte Schienen aufbauten, die für den nächsten Schwenk gedacht waren, begann der Chef der Band, wieder zu sich gekommen und wild darauf, etwas anderes zu spielen, gedämpft mit *Let me dream,* und die Rhythmusgruppe legte langsam los.
Die Statisten und -innen ergriffen sich wieder gegenseitig und tanzten auf der Bühne herum.
Das Stück war langsam und nicht besonders beeindruckend, und der Statist traute sich sogar, eine lange und kräftige Superbiene aufzufordern, der Mannequin-Typus mit blauen Lidern, heftigblonden Haaren und einer eigenartigen Nase, die nur eine Spur gestupst war.
»Es ist angenehm«, sagte er, »eine Band zu haben, die einen beschäftigt, während nicht gedreht wird.« Im selben Moment beging er den bedauerlichen Fehler, ihr auf den linken Fuß zu trampeln und setzte damit den affirmativen Charakter der erwarteten Antwort aufs Spiel. Sogleich hängte er dran:
»Drehen Sie oft?«
»Nicht rasend viel im Augenblick«, sagte sie.

»Als ich, das ist jetzt sechs Jahre her«, sagte der Statist, »als Bürodiener angefangen habe, nachdem ich von der Schule abgegangen war…«
»Sie sind so jung?« fragte sie.
Sie war leicht, fast nicht zu greifen und atemberaubend zu führen, selbst bei seinen Fehlern.
»Na ja«, fuhr er fort, »ich bin dann Bürodiener geblieben, bis…«
»Ich hätte Sie auf dreißig Jahre geschätzt«, sagte sie.
»Wie heißen Sie?« fragte er.
»Muriel…«
»Aber sehen Sie, Muriel«, schloß er an, »ich mag den Beruf, den ich jetzt mache, lieber. Ist doch wirklich ganz unterhaltsam, die Statisterei, finden Sie nicht?«
»Ich habe das nie regelmäßig betrieben«, sagte Muriel, »ich bin Tänzerin. Ich finde in der Tat, daß man sich nicht damit zufriedengeben kann, man muß auch noch was anderes machen.«
»Ja«, sagte der Statist peinlich berührt… und um sich wieder zu fangen, sagte er: »Ich will jetzt Klarinette lernen…«
Die Band hielt inne.
»Bitten Sie die doch um ein paar Tips…«, sagte Muriel. »Sie sind sehr nett. Und sie spielen gut.«
Der Chef kam vom Podium herunter.
»Kann man Sie zum Tanzen auffordern?« fragte er.
»Aber sicher«, sagte Muriel mit einem Lächeln, wobei sie ihre Augen zusammenkniff. Ihr ganzes Gesicht lächelte.
»Spiel für mich *I didn't know about you,* Mercaptan, das inspiriert mich.«
Der schon wieder sitzengelassene Statist sah ihnen beim Tanzen zu. Sie war sehr groß, mindestens 1,75 mit den Absätzen. Am Ende des Stücks entwischte Muriel, sie ging in die nächste Szene rüber. Die Band kam nicht mit und hörte dann auf zu spielen, damit der Fotograf den Schauspielern Anweisungen geben konnte, ohne zu brüllen.

Der Chef setzte sich auf den Rand des erhöhten Teils, welcher den Boden der kleinen Grotte rechts von der Band bildete. Zufällig war das genau neben Béatrice.

»Sie heißen wirklich Béatrice?« sagte er.

»Ja...«

»Das ist ein hübscher Name... Das erinnert mich an was.«

Er erhob sich leicht und fuhr beunruhigt mit der Hand über die Stelle, wo er gerade gesessen hatte.

»Ich sehe jetzt bestimmt zum Kotzen aus!« sagte er. »Das ist ja hier voller Gips!«

Sie hatte sich hingesetzt und ihren Rock angehoben.

»Wenn ichs doch nur wie Sie machen könnte«, sagte er. »Endlich ist mir eingefallen, woran Sie mich erinnern...«

Er sagte das absichtlich.

»Béatrice vor dem...«

»Oh nein!« protestierte sie.

»Das ist das 308. Mal seit heute morgen, stimmt's?«

»Sie sind aber gar nicht frech«, sagte sie.

»Deshalb habe ich das nicht gesagt. Sondern wegen Mercaptan.

Dieser war eben gerade aufgestanden und hielt sich genau vor ihr.

»Der da!« protestierte Béatrice. »Also wirklich nicht.«

»Sagen Sie das nicht!« protestierte der Chef. »Man weiß doch nie. Finden Sie nicht, daß das ein schöner Kerl ist, der Mercaptan?«

Mercaptan setzte sich rechts neben Béatrice.

»Du«, sagte er zu ihr, »sei du mal lieber ruhig.«

»Ist das so Ihre Art, alle Leute zu duzen?« sagte sie.

Sie tat, als sei sie beleidigt und stand auf, Mercaptan folgte ihr.

Doddy nahm den freigewordenen Platz neben dem Chef ein. Von dort aus sah man Muriel, wie sie gegenüber in einem Rohrsessel saß, unter dem brennenden Licht der Scheinwerfer und neben dem Tisch der vier Stars.

Der Statist kam und setzte sich neben Doddy.
Bei den Musikern fühlte er sich geborgen.
»Also sach bloß, Doddy, schau dir das mal an!« sagte der Chef.
»Sensationell!« murmelte Doddy.
Muriel war eben aufgestanden, um eine Falte ihres Rockes glattzustreichen und setzte sich wieder, vor ihren Augen, im Profil, wobei sie die ganze Länge eines langen und nervigen Oberschenkels entblößte.
»Dieses Mädchen«, schwärmte Doddy, »hat einen sensationellen Arsch.«
»Das werde ich Madeleine erzählen«, drohte der Chef.
»Aber nein, mein Alter, ich spreche von einem rein ästhetischen Standpunkt aus... Sie hat wirklich einen Arsch, daß man Lust hat, reinzubeißen und ein großes Stück herauszureißen.«
»Ich hätte eher Lust, handgreiflich zu werden«, bemerkte der Chef. »Das sieht in der Tat sehr kräftig aus. Jedenfalls schwöre ich, verdammtnochmal, daß sie gut tanzen kann.«
»Sie ist Tänzerin«, sagte der Statist.
»Ach ja?« fragte Doddy. »Sie kennen Sie?«
»Sie hat es mir gesagt. Nein, ich habe sie heute zum ersten Mal gesehen.«
»Mein Alter«, sagte der Chef, »guck sie nicht so an, du wirst dir die Augen verderben... Donnerwetter...« fügte er hinzu und wurde ganz blaß, denn Muriel hatte sich von neuem erhoben und legte die gleiche Sehenswürdigkeit frei.
»Das macht die absichtlich«, sagte Doddy. »Ich halt das nicht mehr aus. Puhh, ist das anstrengend, Statist zu sein.«
»Na, na«, sagte der Chef, »wir wollen mal nicht übertreiben. Es gibt ja noch andere, die genausogut sind.«
»Kannst du mir hier welche zeigen?«
»Mmmmja... Béatrice ist nicht übel...«
»Das ist was anderes!« sagte Doddy, »schau, Muriel, bei der hätt ich Lust, einen Abguß von ihrem Arsch zu machen und

ihn mir auf den Kamin zu stellen, damit ich ihn die ganze Zeit betrachten kann.«
»Ach nein«, sagte der Chef, »das würde mich nicht interessieren.«
»Sie hat einen birnenförmigen Po…«, sagte Doddy. »Weißt du, daß das sehr selten ist?… Ich versichere dir, sie ist sensationell!«
»Ich nehme an«, sagte der Chef, »daß du den unteren Teil der Birne meinst.«
Doddy überlegte einige Augenblicke lang.
»Weil«, fuhr der Chef fort, »wenn du an den oberen Teil der Birne denkst, wie das so üblich ist, das ist doch nicht besonders hübsch.«
»Warte mal«, sagte Doddy. »laß mich noch einen Moment darüber nachdenken.«
»Das ist doch ganz klar«, sagte der Chef, »welche Form eine Birne hätte, wenn sie in einem Land wüchse, wo es keine Schwerkraft gäbe. Wäre sie dann rund oder zylindrisch?
Jedenfalls wäre ein Apfel nicht rund. Es gäbe am oberen Ende eine Einstülpung.«
Doddy antwortete nicht, weil sich Muriel gerade zum dritten Mal erhob, und der Chef raste zur Bar, um ein Glas Wasser zu seiner Wiederbelebung zu holen.
Der Statist hielt ihm den Kopf und schaffte ihn von der Bühne.
Der Chef ging wieder zu Béatrice, der Mercaptan immer noch auf der Pelle hing. Er fuhr fort, sie zu duzen.
»Sagen Sie«, fragte sie und zeigte auf Mercaptan, »ist der immer so?«
»Ich weiß es nicht«, antwortete der Chef, »ich spiele zum ersten Mal mit ihm zusammen.«
»Auf alle Fälle«, sagte sie, »mag ich das nicht.«
Sie entfernte sich lässig und warf die Schultern zurück, um den zudringlichen Charakter ihrer Brust zu unterstreichen.

Der Chef und Mercaptan blieben beieinander stehen.
»Du!« sagte Mercaptan zwischen den Zähnen und sah ihr nach, wo sie fortging, »Du hast wohl Lust auf eine ordentliche Tracht Prügel.«
»Hast dus heute mit der Kraftmeiermethode?« sagte der Chef.
»Das muß man, mit solchen wie der«, sagte Mercaptan. »Das tut ihnen gut.«
»Würd' dir wohl Spaß machen, mit der zu schlafen?«
»Nein«, sagte Mercaptan, »alles, was die braucht, ist eine ordentliche Tracht Prügel.«
»Ich«, bemerkte der Chef, »ich hätte im Prinzip nichts dagegen, aber das sind Dinge, die sich ein angesehener Familienvater nicht erlauben kann, und da sie erst siebzehneinhalb Jahre alt ist, riskiert man auch noch, wegen Verführung Minderjähriger verurteilt zu werden.«
»Das würde mich überhaupt nicht interessieren«, sagte Mercaptan heuchlerisch, »ich heirate in acht Tagen, und solche Mädchen interessieren mich nicht.«
»Glaubst du, daß sie ein bißchen plemplem ist?«
»Das sind die doch alle«, sagte Mercaptan, der gerade seinen Militärdienst machte.
»Ich finde sie nett«, sagte der Chef mit lobenswerter Ehrlichkeit.
Sie schwiegen, da der Summer ertönte, und blieben auf der Bühne, während eine neue Szene gedreht wurde.
Descartes und Montlhéry stiegen vom Tandem und traten ins Lokal. Ein Empfangschef – der Große mit dem grünen Morgenmantel, der im Gang ins Auge gefallen war – näherte sich ihnen.
»Es gibt ein kleines Mißverständnis«, sagte er. »Es sind andere Leute gekommen, und da ihr Name der gleiche war, habe ich ihnen den Tisch geben lassen, der für Sie reserviert war.«
Er artikulierte ganz großartig, mit einem ausgesprochen südlichen Akzent, und führte sie zu dem Tisch, wo die beiden anderen Stars, Sortex und Kiki Jacquot, bereits saßen.

Sie erkannten sich sichtlich, und Descartes unterdrückte eine zurückweichende Bewegung.
»Na sowas!« sagte sie, und sie wechselten noch zwei weitere Gemeinplätze, ohne Resultat.
»Ich glaube fast, Sie sind in vertrauten Gefilden«, schloß der Empfangschef mit einem teuflischen Lächeln an. »Umso besser, denn immerhin - die Krabben... Das wäre doch schade gewesen.«
»Das reicht!« unterbrach de Margouillat, »du müßtest dich ein bißchen nach rechts lehnen, damit du auch im Bild bist, Robert«, schlug er Montlhéry vor. »Macht weiter...«
Diese wenigen tiefschürfenden Repliken bezauberten das Ohr des Chefs dermaßen, daß er hinter die Bühne flüchtete, um besser darüber zu meditieren. Dort traf er wieder auf Doddy. Dem ging es besser.
»Meinst du, daß wir morgen fertigwerden?« fragte er.
»Das ist vielleicht ein Blödsinn!« antwortete Doddy. »Morgen? Bestimmt nicht! Es soll einen einstündigen Bühnenarbeiterstreik geben. Coco Pourrit meint, daß wir noch am Montag hier zu tun haben werden.«
»Aber das ist ja sehr ärgerlich«, sagte der Chef, »ich muß am Montag in mein Büro zurück. Aber wirklich, für sechshundert Eier am Tag kann man diesen Job auch nicht ewig machen. Was stellen Sie sich eigentlich vor?«
»Sie arbeiten wirklich in einem Büro?« sagte der Statist.
»Klar«, sagte der Chef, »morgen werden wir dem Produktionsleiter diese Frage ernsthaft stellen.«
»Und wir werden probieren, ob wir eine Zulage kriegen«, sagte Doddy. »Weil, schließlich haben sie uns als Statisten engagiert, und nun müssen wir die ganze Zeit spielen.«
»Du bist ein Arsch: protestieren!« sagte der Chef. »Was sollten wir denn sonst wohl machen? Wir würden uns nur tödlich langweilen.«
»Sagen Sie mal«, fragte eine junge Brünette mit Wahnsinnsaugen, »spielen Sie nicht bald mal?«

»Sie wollen uns wohl verarschen?« bemerkte der Chef.
»Oh! Was sagt er da!« rief sie völlig ohne Überzeugung aus. »Ich habe Lust, Swing zu tanzen.«
Sie legte los und sang ein paar Takte eines Stücks, das gerade in Mode war, und sehr kurze Zeit später fanden sie, daß Spielen weniger gefährlich war. Sie gingen in die Garderobe 18 zurück und legten mit einer kleinen Jam-Session los.

8 Um sechs Uhr abends erhob sich vom Fluß her ein dichter Dunst, der die Zeiger der Uhren rot färbte, und man merkte, daß es Zeit war, aufzuhören.
Der Statist verließ die Bühne A, wo er wie ein Rennfahrer herumsauste, und er ging zurück in seine Garderobe, um sich abzuschminken. Er hatte keine Vaseline und zerkratzte sich die Fresse auf die grausigste Weise, als er trocken nachrieb. Schließlich blieb immer noch viel drauf, fast soviel wie vorher, und er genierte sich bei dem Gedanken, mit diesen fleckigen Apfelbäckchen wieder in die Metro zu steigen. Er zog sein sauberes Hemd aus, dessen Kragen sich allmählich mit Schminke bedeckte, hängte es in seiner Garderobe auf und zog sein altes wieder an, dann ging er hinaus, sagte seinen beiden Garderobengenossen »Auf Wiedersehen« und ging zum Sekretariat, um sich auszahlen zu lassen.
Da standen sie Schlange. Er war einer der letzten und am schlechtesten gesäubert. Einige schminkten sich allerdings gar nicht ab, weil sie es viel »Star«-mäßiger fanden, so rauszugehen, mit einem nachlässigen Seidenschal, und die Metro zu nehmen.
»Kommen Sie morgen?« fragte er seinen Nachbarn.
»Wahrscheinlich«, sagte der andere.
»Das ist ja nicht schlecht gelaufen heute.«
»Nichts war fertig. Wir hätten viel schneller weitermachen können.«
»Glauben Sie, daß wir morgen fertigwerden?«

»Nicht vor Montag...« schätzte der andere. »Wenn wir doch nur schon weg könnten!«
»Arbeiten Sie woanders als Statist?« fragte der Statist.
»Nein, das hier, die Statisterei, das habe ich bloß gemacht, weil ich den Produktionsleiter kenne, und der hat mich darum gebeten. Nächste Woche fahre ich aufs Land, in die Nähe von Dings, und spiele die Rolle eines Ledernacken-Chefs während der Besatzungszeit. Das ist doch endlich mal eine Rolle!«
»Ich finde es ganz unterhaltsam, Statist zu sein. Wenn ich an die Zeiten zurückdenke, vor sechs Jahren, ich war als Bürodiener bei Dupompier, und den ganzen Tag lang...«
»Ich glaube, es ist immer noch besser, Bürodiener zu sein, als darauf zu hoffen, daß man Statist bleibt«, antwortete sein Gesprächspartner, »und es ist ziemlich schwierig, groß rauszukommen, wenn man nicht irgendwas anderes hat«, fügte er bescheiden hinzu.
Dann ging er rein, denn er war dran, und der Statist wartete, ließ sich auch bezahlen, verließ das Studio und nahm die Metro. Er kam nach Hause, aß ein Stück Brot mit zwei Würfeln Zucker, trank etwas Leitungswasser, zählte sein Vermögen und rechnete aus, wieviele Tage er Brot und Zucker essen müßte, um sich eine Klarinette leisten zu können, und er stellte die Rechnung nochmal an – für ein Schlagzeug, eine weiße Flanelljacke, einen Schal, einen kleinen Schweinslederkoffer und eine Krawatte mit Längsstreifen, wie sie ein Typ im Studio hatte, und dann legte er sich ins Bett und schlief ein, er hatte seinen Wecker ganz aufgezogen, um nicht zu spät zu sein.

9

»Verstehen Sie«, sagte Coco Pourrit zum Chef der Band, als er ihm die Hand schüttelte, »das ist eine hervorragende Werbung für Sie. Man wird erfahren, daß es Ihre Band ist, dieser Film ist sehr kommerziell, er wird Erfolg haben, also sollte man sich nicht zu sehr daran stoßen, daß es ziemlich schlecht bezahlt wird; wenn schon nicht materielle, so bringt es doch andere Vorteile mit sich, die für Sie, nicht wahr, recht ernstzunehmen sind.«

»Ja, alles in allem«, sagte der Chef, »das wird sich sehr würdevoll machen, und es wird eine gute Reklame sein.«

»So ist es... keinen Moment werden Sie wie eine dieser kläglichen Bands wirken, die keinen Swing spielen können... wo zudem noch das Playback mit hervorragenden Musikern aufgenommen worden ist.«

»Ich will Ihnen nicht verhehlen«, sagte der Chef, »daß mir die Reklame hoffnungslos wurscht ist, denn diese Gruppe da ist improvisiert, zwei davon spielen noch nicht mal, aber alles in allem...«

»Das macht nichts, Sie werden sehen, es kann nur Vorteile für Sie bringen. Jetzt verlasse ich Sie... Ich kann heute morgen nicht bleiben...«

. . . .

»Verstehen Sie mich recht«, sagte Joseph de Margouillat.

Sie waren wieder auf der Bühne, jeder auf seinem Platz und drehbereit.

»Was ich will, ist, daß es lächerlich wirkt. Sie müssen Giselle und Robert auf einen entfesselten Swing tanzen lassen, machen Sie, was Sie wollen, Grimassen, sonstwas, aber sehen Sie fröhlich aus und fürchten Sie nicht zu übertreiben. Es ist am Ende des Abends, alle Leute flippen aus, und Sie schmeißen sich voller Herzenslust rein.«

»Etwa so?« fragte Doddy und fuhr sich mit der Hand durch die Bürstenhaare.

»Genauso!« lobte de Margouillat. »Sehr gut, und dann Sie da, Sie fuchteln mit Ihrer Trompete in alle Richtungen herum... So, nun kommen Sie, gnädige Frau...«

Er machte einer bezaubernden, etwa fünfzig Lenze alten Statistin ein Zeichen.

»Sie werden aufstehen und sich den Herrn hier schnappen, genieren Sie sich nicht, nehmen Sie ruhig seine Trompete und blasen Sie drauf...«

Der Chef erbleichte.

»Jungs«, flüsterte er seinen Gehilfen zu, die sich vor Lachen bogen, »ich werde eine Zulage für die Tänzer fordern...«

Patrick Vernon strangulierte sich mit seinem Sax, und ein seltsamer Ton kam heraus.

Der Statist stand neben dem Podium und betrachtete sie voller Neid.

»Sie haben sicher einen guten Plan«, sagte er zum Chef.

»Das erinnert mich an meine Jugend«, sagte der Chef, »als ich fünfzehn war, hab ich auch so getanzt ... aber da hats mir Spaß gemacht.«

»Vor sechs Jahren«, sagte der Statist, »bei Dupompier, wo ich Bürodiener war, da gab es mal einen Ball...«

»Oh!« sagte der Chef. »Das ist doch noch nicht lange her. Ich, also bei mir liegt das zehn Jahre zurück. Aber jedenfalls, die da hinten könnte, so von weitem, meine Mutter sein, oder vielmehr, die ältere Schwester meiner Mutter.«

»Sowas nennt man eine Tante«, sagte der Maskenbildner, der zum Nachschminken ankam.

»Sagen Sie mal«, schlug der Chef Margouillat vor, um diese präzise Unterhaltung umzulenken, »könnten Sie es uns mal vorspielen, dieses Playback? Wissen Sie, wir haben es noch nie gehört.«

»Bis wir das hier fertighaben, werden Sie noch genug Zeit haben, es anzuhören«, versicherte Margouillat.

»Spielen Sie das Playback«, befahl er dem Tontechniker, der in einer Ecke neben einer vorsintflutlichen Apparatur saß, die man mit Preßlufthammerschlägen betätigte.

Eine eigenartige Melodie wurde hörbar, und die Stimme eines asthmatischen Sängers krächzte über den Lautsprecher diese abgefeimten Worte, von denen man nur den Anfang verstand ... *Ihr bräuchtet den Swing aus Übersee...*

»Ah! Ah! Das ist es also...«, brummelte Patrick.
»Versuch doch mal, die Harmonien aufzuschnappen, Mercaptan«, schlug der Chef vor.
»Ich versuchs«, sagte Mercaptan, und sein schnell von Erfolg gekrönter Versuch plusterte sich von dem Augenblick an mit unerträglicher Blasiertheit auf.
»Noch einmal, bitte«, bat er am Ende des Stücks...
Und sie begannen, gleichzeitig mit dem Playback zu spielen. Beleidigt brach dieses auf der Stelle ab, aber zu spät, das Stück war zu Ende.
Der Statist nutzte die Musik, um eine charmante Blondine zum Tanzen aufzufordern, der ihre hochgesteckten Haare, die ein klares und frisches Gesicht umrahmten, das Aussehen einer arkadischen Schäferin aus dem Siebzehnten (dem schicken Viertel par excellence) gaben.
»Es ist unterhaltsam«, sagte er, sich einer klassischen Eröffnung bedienend, »wenn man eine Band zur Verfügung hat.«
»Er ist sehr unterhaltsam«, stimmte sie zu. Glücklich über diesen Erfolg setzte er nach:
»Wirklich, dieser Beruf hat gute Seiten...«
»Der Beruf des Musikers?« fragte sie.
»Nein, der Beruf des Statisten...«
»Ich weiß nicht«, sagte sie, »hier ist es ja ganz lustig, aber ist es überall so?«
»Mir fehlt es an Erfahrung«, gestand der Statist, »das sind meine ersten Dreharbeiten, ich war vor sechs Jahren Bürodiener bei Dupompier, und ich füllte den ganzen Tag Aktenordner mit Dokumenten... Da ich gerade aus der Schule kam, hat mich das sehr verändert...«
»Sie haben die Dichter studiert«, sagte sie...
»Aber... Ja...« sagte er, etwas außer Fassung. »Unter anderem...«
»Ich bin Dichterin«, sagte sie errötend. »Meine Eltern waren nicht von hier... Mein Vater ist Norweger...«

»Nachdem ich, nach sechs Monaten, bei Dupompier gekündigt hatte«, nahm der Statist mutig wieder auf...
»Ich kann Ihnen eines meiner Gedichte aufsagen...« schlug sie vor, während ein strahlender Kranz sie völlig umgab.
Ihre Augen waren von zartem Porzellan. Der Statist fand heraus, daß es sich um einen Schmetterling handelte, und er und der Wind liebten sich... und erhielt dadurch eine transversale Vorstellung von der Metaphysik.
»Es ist sehr schön, wenn man Dichter ist«, sagte er. »Im Augenblick bin ich ganz zufrieden damit, Statist zu sein. Sie nicht?«
»Nein«, antwortete sie, »es scheint mir ein ekelhafter Beruf zu sein, völlig ohne Geheimnis... Das ist für einen Mann vielleicht anders... Ich liebe nur die Poesie...«
»Als ich bei Dupompier kündigte...« setzte der Statist hoffnungsvoll an...
»Entschuldigen Sie mich«, sagte sie, »ich glaube, man macht mir Zeichen...«
Tatsächlich rief sie Patrick Vernon...
Der Statist suchte verbittert seine Ecke wieder auf und wartete, daß er drankam, vors Objektiv zu kommen. Er nahm sich von nun an vor, als reicher Dilettant aufzutreten, der freiwillig waghalsige Experimente in zweifelhaften Umgebungen unternimmt. Verachtungsvoll spuckte er in die Gegend, um sich Mumm zu machen.
»Alles auf die Bühne«, befahl Moreuil, »es wird gleich gedreht.«
Die wenigen eingeschalteten Scheinwerfer erloschen; die Bühnenarbeiter hatten gerade Wassereimer darüber gekippt.
»Wir streiken«, sagten sie mit etwas verlegenen Gesichtern.
»Perfekt!« lobte wutentbrannt Joseph de Margouillat. »Das nennt man vielleicht arbeiten!«
Alles versammelte sich hinter dem Bühnenbild.
Einer der Bühnenarbeiter, ein junger in blauer Latzhose, ergriff das Wort und rotzte es in der folgenden Weise hin:

»Kameraden!« sagte er. »Der Warnung zufolge, die wir aufgrund der Tatsache ausgesprochen haben, daß unsere Forderung, die auf die Aufstockung der unzureichenden Löhne abzielte, nicht erwogen wurde, erinnere ich euch daran, daß wir in Übereinstimmung mit der Gewerkschaft einen Streik von kurzer Dauer beschlossen haben, um gegen das niedrige Niveau unserer derzeitigen Löhne zu protestieren. Sicher kann man derzeit nicht mit 30 Francs in der Stunde der Verteuerung der Lebenshaltungskosten ins Auge sehen, und wir haben uns zusammengeschlossen, um vom Produzenten zu verlangen, daß er unserer Lohnforderungsaktion Rechnung trägt, damit uns ein Leben unter menschenwürdigen Bedingungen ermöglicht wird. Wir leisten harte Arbeit, und seit sechs Monaten sind die Löhne der Bühnenarbeiter nicht erhöht worden, während hingegen, um euch nur ein Beispiel zu geben, in anderen Körperschaften wie den Arschkratzern oder den Falschgeldfabrikanten die Löhne infolge von Lohnforderungsaktionen gestiegen sind, die, wie die unsere, in Übereinstimmung mit der Gewerkschaft waren, wobei sie von einem Minimum von 16 Francs bis zu 63 Francs, in den günstigsten Fällen, pro Stunde gingen. Wir verlangen nicht viel, aber wir meinen, daß es Zeit ist zu protestieren, und wenn dieser Streik von einer Stunde, der also eine symbolische Aktion darstellt, nicht ausreicht, haben wir in Übereinstimmung mit der Gewerkschaft Streiks von bedeutender Dauer ins Auge gefaßt, und wir sind alles in allem entschlossen, diese Lohnforderungsaktion bis zum Ende durchzustehen.«
Während dieser Zeit nahmen die Bühnenarbeiter gleichermaßen fordernde Haltungen ein. Eine Statistin ließ sich in einer Ecke vergewaltigen, Rosen und Nelken regneten vom bunten Kirchenfenster herunter, und eine große Tango-Trompeten-Schnecke verblich, wobei sie Gladiolengarben in die verstecktesten Winkel des Bühnenbildes versprühte.
Der Statist hatte nur sehr vage Vorstellungen von Soziologie und interessierte sich demzufolge lebhaft für die Debatte,

denn er gedachte, daraus Nutzen für seine Allgemeinbildung zu ziehen.
Der Produzent, ein höchst ausladendes Individuum ohne Jacke, dessen Gürtel durch einen – bei der Temperatur unerklärlichen – Self-Induction-Effekt um den Bauch zu halten schien, antwortete in folgenden Ausdrücken, und ohne ersichtlichen Grund umhüllte eine gänsekackefarbene Aura seine geräumige Person:
»Alles in allem«, sagte er, »was wollt ihr?«
»Wir wollen 40 Francs in der Stunde.«
»Gut! Dann werdet ihr sie eben kriegen. Wenn diese Herren hier einverstanden sind?«
Er wandte sich seinen Geschäftspartnern zu, und ein bengalisches Feuer entzündete sich und erleuchtete sie purpurn.
»Einverstanden!« antworteten die Geschäftspartner.
Der Redner des gegnerischen Lagers schien etwas verärgert darüber, daß die Diskussion so schnell zu Ende ging, aber er sah die Notwendigkeit, noch einige Dankesworte auszusprechen: »Nun wohl!« sagte er. »Ich glaube, im Namen meiner Kameraden, daß wir Ihnen danken müssen, das versteht sich, und wir halten es ganz einfach für bedauerlich, nicht früher zufriedengestellt worden zu sein; ich wundere mich, da Sie doch einverstanden sind, daß Sie nicht in diesem Sinne auf die Forderungen geantwortet haben, die Ihnen schon von der Gewerkschaft übermittelt worden sein müßten, die nicht mehr verlangte als das, was Sie uns eben zugestanden haben...«
»Wir haben nicht«, sagte der Produzent, wobei er sich in die Geste der Großzügigkeit hüllte, die er soeben hervorgerufen hatte und die über seinem Kopf wie ein metaphysisches Symbol schwebte, allerdings ohne zu schreien, »im geringsten von irgendeiner Forderung dieser Art Kenntnis erhalten.«
»In diesem Fall«, versetzte der Bühnenarbeiter, »werde ich gehen und mich bei der Gewerkschaft informieren, und ich glaube, daß jetzt nurmehr die Arbeit wiederaufzunehmen bleibt.«

»Das glaube ich auch«, sagte der Regisseur. Der fraß sich ganz sicher jeden Tag voll, aber man muß immerhin anerkennen, daß er weniger fett war als der Produzent. Und die Menge löste sich auf und kam mit polypenartiger Langsamkeit wieder auf die Bühne zurück, wegen der diversen anstehenden Aufgaben.
Der Statist ging auf Doddy zu. Dieser rang die Hände vor Verzweiflung und ähnelte so Mounet-Sully im Bade.
»Das ist aber schwer in Ordnung von dem Produzenten«, sagte der Statist. »Als ich bei Dupompier vor die Tür gesetzt wurde, vor fünfeinhalb Jahren, weil ich...«
»Drecksäcke!« klagte Doddy. »Was für ein Haufen Drecksäcke!«
»Was ist denn los?« fragte der Statist. »Finden Sie das nicht in Ordnung?«
»Aber nein!« sagte Doddy. »Er hat sie reingelegt... Die anderen hätten nicht annehmen dürfen, bevor sie der Gewerkschaft Bericht erstattet hatten!... Denn so bleibt es eine Einzelmaßnahme, und sobald der Film beendet ist, kehrt man wieder zu den alten Löhnen zurück...«
»Aha!« sagte der Statist.
»Es ist zum Heulen!« sagte Doddy. »Sich so anschmieren zu lassen!... Ich werde hingehen und mit ihnen drüber reden.«
»Ich hatte Einordnungsfehler gemacht«, sagte der Statist, »und sie haben mich vor die Tür gesetzt, aber nachdem ich das gesehen habe, glaube ich, besser Statist sein als Bühnenarbeiter...«
»Aber nicht doch!« sagte Doddy. »Statist, das kann doch zu nichts führen. Man muß versuchen, diese ganzen Typen zu dirigieren und sie daran zu hindern, solch einen Blödsinn zu machen...«
»Wirklich! Glauben Sie?« murmelte der Statist beeindruckt.
Auf der Bühne wischten die Bühnenarbeiter die noch feuchten Scheinwerfer ab und versuchten, sie wieder anzuzünden, indem sie die Kohlen gegeneinander rieben und drehten.

Einer von ihnen tötete sich durch Elektroschock, als er zu schnell drehte, und seine Schreie erfüllten die Atmosphäre, man legte ihn schnell auf den Boden, um ihn seiner Elektrizität zu entleeren, und an der Stelle pflanzte man ein kleines Kreuz auf, um ihn am nächsten Tag wiederfinden zu können. Als er feststellte, daß die Dinge nicht vor einer guten Stunde wieder in Ordnung sein würden, führte der Chef eine geschickte Kriechbewegung aus und lud Béatrice zu einem Glas an der Bar ein.

Im Garderobengang begegneten sie Mercaptan. Mit notorischer Indiskretion drehte sich dieser um, ging mit ihnen, und der Chef war in der Folge der Gelackmeierte.

Der Statist näherte sich den beiden Musikern, die auf ihren Stühlen sitzengeblieben waren, bewaffnet mit ihren Saxophonen am Schulterriemen.

»Spielen Sie wieder, sobald alles fertig ist?« fragte er sie.

»Ja, das heißt, wir tun so«, antwortete Hubert de Vertville, der kleine, bebrillte Lockige mit dem englischen Kragen von höchster Würde.

»Sie spielen überhaupt nicht?« fragte der Statist.

»Wir beschränken uns darauf, Statisten zu sein.«

»Finden Sie nicht auch, daß dieser Beruf recht angenehm ist?«

»Um die Wahrheit zu sagen, ich bin an der Hochschule für Politische Wissenschaften ausgebildet worden, und es ist das erste Mal, daß ich in einem Studio bin«, sagte Hubert.

»Ich bin vorher«, sagte der Statist, »bei einem Börsenmakler gewesen, nachdem ich Dupompier verlassen hatte, wo ich als Bürodiener angestellt war. Aber sie haben mich nach sechs Monaten nach einem Einordnungsfehler vor die Tür gesetzt. Das war übrigens ein Vorwand. Bei dem Börsenmakler...«

Völlig außer Atem hielt er inne, denn zum ersten Mal ließ man ihn längere Zeit reden, ohne ihn zu unterbrechen.

»Das ist ein idiotischer Beruf«, sagte Hubert, »aber wir als Musiker werden ein bißchen besser bezahlt, und das ist schließlich kurz vor den Ferien nicht übel.«

»Ich habe weniger verdient, als ich Buchführung machte«, sagte der Statist...

»Ich denke, daß ich es nicht mehr nötig haben werde«, sagte Hubert, »mir darüber Sorgen zu machen, sobald ich einmal Botschaftsattaché bin. Im übrigen lassen es mir meine Eltern nicht an Geld fehlen, aber einen kleinen Zuschlag nimmt man immer gerne. Zum Beispiel passe ich auf, wann ich meine Brille abnehme, denn wenn mich irgend jemand erkennen würde, gäbe es ein Drama. Wenn meine Eltern wüßten, daß ich als Statist arbeite, würden sie daraus eine Staatsaffäre machen. In gewissen Kreisen kann man sich solche Dinge einfach nicht erlauben.«

Niedergeschmettert schwieg der Statist.

10

»Sie ist amüsant«, sagte Patrick. »Ihr Vater ist Norweger, und sie ist Dichterin.«

»Was an ihr hübsch ist«, sagte der Chef, »ist ihre allgemeine Farbe.«

»Sie ist durchsichtig. Das ist ziemlich komisch, aber es scheint tatsächlich so.«

»Hat sie dir welche von ihren Versen aufgesagt?«

»Ja, der neueste ist die Geschichte von einem Schmetterling, und er und der Wind lieben sich.«

»Reizend!« sagte der Chef. »Freie Verse?«

»Ja...«

»Das ist aber ärgerlich...«

»Freie Verse müssen wirklich gut sein, aber das ist nicht jedem gegeben!«

»Werden sie uns am Montag noch brauchen?« fragte sich Patrick laut.

»Ich hoffe nicht«, sagte der Chef. »Ich muß in mein Büro gehen, ich werde noch rausfliegen!«

»Du müßtest mit ihnen drüber reden«, bemerkte Doddy.

»Eigentlich hatte Coco von zwei Tagen gesprochen.«
»Mit Montag werden es schon vier.«
»Auf alle Fälle müßtest du eine Zulage verlangen«, sagte Doddy. »Wenn wir in einem Nachtclub spielten, müßten wir weniger lange da sein und würden besser bezahlt.«
»Und mehr spielen müßten wir auch nicht!«
De Margouillat hatte gerade eine große Szene mit den vier Stars an ihrem Tisch beendet. Sie blieben einige Sekunden lang unbeweglich, und der Fotograf machte drei Aufnahmen; dann drängten sich die Bühnenarbeiter um die Apparate, um ein neues Bild aufzubauen.
Der Chef wappnete sich mit all seinem Mumm und ging auf ihn zu.
»Entschuldigen Sie, mein Herr«, sagte er, »aber – haben wir noch viele Szenen?«
»Aber ja!« sagte de Margouillat. »Mindestens zwei. Ihr müßt da sein, wenn Kiki in der Grotte singt, und auch beim Swing von Robert und Giselle...«
»Weil«, sagte der Chef, »es wahrscheinlich etwas schwieriger werden wird, meine ganzen Musiker am Montag ranzukriegen. Verstehen Sie, man hat uns zwei Tage gesagt. Jetzt sinds schon drei, und mit Montag werden es dann vier sein...«
»Ah, hören Sie«, sagte de Morgouillat, »einigen Sie sich da mit dem Produktionsleiter. Also mich geht das nichts an. Ich weiß über Ihre Abmachungen mit Pourrit nicht Bescheid. Gehen Sie zum Leiter.«
»Gut!« sagte der Chef.
Sie hatten alle acht am Montag absolut nichts anderes zu tun... außer ins Büro zu gehen, aber von Zeit zu Zeit hat man ja auch das Recht, krank zu sein.
»Sie sind nicht als Musiker hier, sondern als Statisten«, sagte der Leiter. »Ich kann Ihnen keine Zulage geben, denn Sie spielen fast nichts, und was Sie spielen, wird nicht wirklich für den Ton aufgenommen.«
»Aber wir müssen die ganze Zeit spielen«, bemerkte der Chef.

»Ich bin über die Tarife auf dem laufenden«, sagte der Produktionsleiter, »und ich weiß sehr wohl, daß Sie als Musiker wesentlich mehr verdienen würden, aber Coco Pourrit wird Ihnen doch gesagt haben, was Sie zu tun haben?«
»Ja«, sagte der Chef, »er hat zwei Tage gesagt, und wir sollten nur so tun, als ob wir spielten.«
»Oh, da irrt er aber«, sagte der Leiter.
»Na gut«, beendete der Chef, »ich werde mich bemühen, Ihnen für Montag acht Typen ranzuschaffen … aber ich verspreche Ihnen nichts.«
Er war nicht im allermindesten ärgerlich, aber er mußte einen kleinen Zwischenfall improvisieren, um sein Gesicht zu wahren.
»Ja«, sagte der Leiter, »lassen Sie sich doch nicht so hängen! Ich hoffe, daß jetzt alles geklärt ist. Haben wir uns verstanden?«
»Einverstanden«, sagte der Chef, als er fortging, mit versonnener Miene.
Nur Mercaptan konnte am Montagmorgen wirklich nicht kommen, aber man sah ihn kaum anders als von hinten, und der Major würde sicherlich sehr gerne an seiner Stelle kommen.
Der Chef drehte sich auf dem Absatz um und ging nochmal zum Produktionsleiter rein.
»Ich vergaß noch … Würde es Ihnen etwas ausmachen, wenn meine Frau mit ins Studio käme? Sie ist ein ganz klein wenig Journalistin, und sie würde gern bei den Dreharbeiten zu diesem Film zusehen.«
»Aber sicher, sie soll ruhig kommen!« sagte der Leiter. »Wir werden uns freuen, sie hier zu sehen, ich bitte Sie …«
Sie war schon seit Mittag da. Im Moment saß sie am Bühneneingang und beobachtete das Kommen und Gehen der Schauspieler und Bühnenarbeiter.
Der Statist strich um sie herum und ließ sich dann neben ihr nieder.

»Das geht gar nicht vorwärts«, sagte er.
»Ganz genau!« antwortete sie.
»In Billancourt ist das ganz anders«, versicherte der Statist.
»Ich weiß nicht«, sagte sie, »letztes Mal, als ich da war, sah es kaum besser aus. Wissen Sie, das ist überall dasselbe…«
»In anderen Berufen«, sagte der Statist, »ist die Arbeit regelmäßiger. Als ich aus der Schule kam…«
»Ist das lange her?«
»Schon sechs Jahre… Ich bin zu Dupompier gegangen, ich habe da aber nicht bleiben können, ich habe mich zu sehr gelangweilt, und dann war ich bei einem Börsenmakler, aber das war als Beruf ohne Reiz, und ich bin dann Laufbote geworden, aber nicht lange. Zu dem Zeitpunkt war es schwierig, Stellen zu finden…«
»Das glaube ich Ihnen!« sagte sie.
»Ich bin zufrieden, jetzt Statist zu sein, zufriedener gehts nicht«, sagte er ohne Überzeugung, »und Sie müssen diesen Beruf doch auch mögen.«
»Um die Wahrheit zu sagen, er würde mir nicht allzuviel Spaß machen, ich glaube, ich ziehe Tanzen vor…«
»Sie sind nicht…« und der Statist erbleichte.
»Ich bin die Frau vom Chef der Band«, sagte sie, »ich bin gekommen, um ihm bei den Dreharbeiten zuzusehen.«
Der Statist stand niedergeschlagen auf.
»Ich muß der einzige Statist in diesem Studio sein«, murmelte er. »Als ich noch Lebensmittel auslieferte…«
»Aber nein!« sagte sie, »es gibt noch viele andere. Außerdem werden Sie sicher noch weit kommen… Entschuldigen Sie, mein Mann ruft mich gerade… Es muß gleich 6 Uhr sein, übrigens. Bis Montag, hoffentlich…«

11

»Ich bin nicht sicher, ob du wirklich gebraucht wirst«, sagte der Chef, »aber auf alle Fälle, selbst wenn Vernon Didier mitbringt, kannst du dich ja amüsieren, indem du dir die Statistinnen und das Bühnenbild anschaust.«
Der Major nickte schweigend und deutete einen Luftsprung an, um seiner Zufriedenheit Ausdruck zu geben.
Sie überquerten den Fluß mithilfe der Brücke, gingen zweihundert Meter am Ufer entlang und erreichten die Studios.
»So«, sagte der Chef, »du brauchst nur herumzustromern und dich zu amüsieren. Laß dich schminken, wenn es dir Spaß macht.«
»Danke nein!« sagte der Major.
Und er verschwand in Richtung Bühne B, wobei er einen schützenden Dampf von undefinierbarer Natur um sich verbreitete.
Der ganze Morgen verging damit, eine kurze Szene in den Kasten zu kriegen, in deren Verlauf der Geschäftsführer des Lokals der Öffentlichkeit die »Sirene der tonerdigen Gewässer« präsentierte, im vorliegenden Falle Kiki Jacquot, die für diesen Anlaß mit einem dicken Grundierungsanstrich und zwei Pastillen auf den Spitzen der Brüste bekleidet war.
Der Geschäftsführer versteifte sich darauf, »erntodig« statt »tonerdig« zu sagen, und erzielte bei jeder Wiederholung einen beachtlichen Erfolg. Allmählich verlor er aber die Haltung und mußte korrekt aussprechen, und die Bühne leerte sich von Zuschauern.
Die Musiker beschäftigten sich, so gut sie konnten. Doddy machte Muriel vertrauliche Mitteilungen über ihr bemerkenswertes Hinterteil, Vernon und die andern jammten hinter der Bühne, zwischen Vorhängen und Gipsschutt.
Der Statist spielte einmal den Statisten, indem er an einem Tisch aus Korbgeflecht vor einem Glas Orangeade saß, das er in regelmäßigen Abständen zum Mund führte, jedesmal, wenn die Szene von neuem begonnen wurde.

Gegen 11 Uhr war sie im Kasten. Man drehte, und alle gingen mittagessen; sie hatten vor, die Arbeit am Nachmittag etwas früher wieder aufzunehmen.
Mercaptan war nicht da, wie erwartet. Der Chef hatte somit freie Verfügungsgewalt über Béatrice, aber er beging den Irrtum, sie nicht zu mißbrauchen, und so geschah es, daß sie am darauffolgenden Mittwoch mit Mercaptan schlief, am Vorabend von dessen Hochzeit. Keiner wird das jemals erfahren, denn die Statisterei endete an jenem Montagabend, während allerdings einige eine diesbezügliche Vorahnung hatten, denn Mercaptan hatte zum wiederholten Male versichert, 1) daß ihn das nicht interessiere, 2) daß er am Montag absolut nicht kommen könne. Nun sah man ihn aber um drei Uhr nachmittags auftauchen und den Kontakt wieder aufnehmen, und in dem Augenblick war man im Begriff zu drehen.
»Tut Rot rein!« befahl de Margouillat.
»Rot!« blaffte Scipion.
»Kamera ab!«
»Musik!«
Ihr bräuchtet den Swing aus Übersee, und das Paar Montlhéry-Descartes fing an, hemmungslos herumzuzappeln, wie es drei Jahre früher Mode gewesen war.
Didier, von Vernon mitgebracht, doubelte Mercaptan, und der Major, der nichts zu tun hatte, beeilte sich, zwei Dynamitladungen unter dem Klavier zu deponieren, dann montierte er den Feuerlöscher ab, dessen Flüssigkeit er durch Benzin austauschte, das er dem Tank des blauen Autos – Margouillats ganzer Stolz entnommen hatte.
Er vollendete diese Arbeit und schlief quer im Gang liegend ein.
»Mir scheint«, bemerkte das Scriptgirl in eben dem Moment, als die Szene wiederaufgenommen werden sollte, »daß sich einer dieser Herren gestern in leicht erigiertem Zustand befand.«

»Es muß darauf geachtet werden, genau die gleichen Positionen einzunehmen«, betonte Moreuil.
Man hielt Patrick also einen Stapel geeigneter Postkarten vor, und ein Bühnenarbeiter zog sie ihm wieder weg, als er den gewünschten Winkel erzielt hatte.
»Kamera ab!« befahl de Margouillat.
Die Atmosphäre dieses letzten Tages entwickelte sich besonders fiebrig. Die Befehle folgten sich auf dem Fuße, und es wurde in einem Höllentempo gefilmt.
Die Kamera entzündete sich also, woraus ein bezaubernder Brand hervorging, als man den Feuerlöscher in Gang setzte, aber niemand war dem Major böse, denn er war nicht gesehen worden. Der Statist verließ halb erstickt die Bühne und stolperte im Rauch umher. Er rannte und gelangte vor eine Garderobe, wo Sortex, mit einem herrlichen scharlachroten Morgenmantel bekleidet, in Ruhe eine Zigarette rauchte.
Er wagte, das Wort an ihn zu richten:
»Herr Sortex?«
»Was gibts denn, mein Alter?«
»Haben Sie, bevor Sie Star wurden, als Statist angefangen?«
»Aber nein, du weißt doch, daß ich Sänger war. Dies ist mein erster Film. Ärgerlich, dieser Beruf, selbst für mich, weißt du. Während für dich, ich verstehe schon, daß es dir stinkt. Du müßtest beim Gesang einsteigen. Ich bin sicher, daß du eine gute Stimme hast … aber man muß arbeiten.«
»Auf der Schule«, sagte der Statist, »habe ich ein bißchen gesungen.«
»Ach ja? … Das ist doch sehr gut. Mach weiter, los, verlier nicht den Mut … Entschuldige, ich muß jetzt zum Drehen.«
Er warf die Kippe hin und entfernte sich im Gang.
Der Statist irrte in Richtung Bühne und stolperte über den Körper des Majors. Dieser, schon halb erwacht durch den vorbeikommenden Sortex, rieb sich die Augen, setzte sich auf und schlang die Arme um die Knie, während sich der Statist neben ihm niederließ.

»Es brennt«, sagte er.
»Das ist gute Arbeit!« versicherte der Major.
»Heute abend ist Schluß«, fügte der Statist hinzu, »morgen kommen wir nicht wieder.«
Der Major antwortete nicht, sondern verursachte ein fürchterliches Geräusch, indem er das Lid von seinem Glasauge zog und es wieder hinunterklatschen ließ, so wie man es mit einem Strumpfband auf der Wade macht.
»Als ich«, sagte der Statist entschlossen, »bei Dupompier als Bürodiener eingestiegen bin, nachdem ich von der Schule abgegangen war, das ist jetzt sechs Jahre her, da bin ich nicht lange geblieben. Danach war ich bei einem Börsenmakler angestellt, und dann habe ich für einen Lebensmittelladen ausgeliefert. Nachher habe ich mich etwas damit beschäftigt vorzuführen…«
»Sie waren für die Bühne bestimmt!« bemerkte der Major.
»Nein«, sagte der Statist, »es ging um Bürsten und Bohnerwachs. Das hat mich ein Jahr über Wasser gehalten. Danach habe ich eine Stelle bei einem Schneider gefunden, der mir versprochen hatte, mir das Handwerk beizubringen. Er war widerlich, acht Tage später mußte ich wieder gehen, und dann habe ich Hunde in einem Zwinger versorgt…«
»Was halten Sie von Leghorn?« fragte der Major.
»Aber…« sagte der Statist.
»Das macht nichts«, versicherte der Major. »Fahren Sie fort.«
»Nach dem Zwinger«, sagte der Statist, »habe ich Abendkurse besucht. Tagsüber habe ich in einem Restaurant Gläser abgewaschen. Und dann habe ich immerhin eine kleine Erbschaft gemacht.«
»Ich auch!« sagte der Major. »Ich muß nach Bayonne fahren, um sie in Empfang zu nehmen. Ganz schön beschissen.«
»Aber ich habe alles ausgegeben«, beendete der Statist. »Und dann habe ich mich so durchgeschlagen, und mir ist es gelungen, diese Stelle als Statist zu bekommen. Ich bin«, fuhr er in trübem Ton fort, »äußerst glücklich, Statist zu sein.«

»Ich glaube nicht«, sagte der Major, »daß man einen idiotischeren, stupideren, dümmeren Beruf finden kann als den Statistenberuf, falls man nicht ein verbissener Kretin und ein ungebildetes Vieh ist – damit ist alles gesagt.«

»Sie sollten so etwas nicht sagen«, sagte der Statist niedergeschmettert. Dann fügte er mit letzter Hoffnung hinzu: »Es ist doch auch Ihr Beruf, nicht wahr?«

»Ich«, sagte der Major. »Ich? Der Major?«

Er brach in ein diabolisches Lachen aus.

»Und außerdem«, schloß er, »habe ich ein Glasauge und habe folglich kein einziges Wort von dem verstanden, was Sie mir gerade gesagt haben.«

Er stand wieder auf, schüttelte sich den Staub vom Arsch und steuerte dem Ausgang zu.

Der Statist blieb allein zurück. Er machte einige Schritte im Gang.

Am Samstag, vor dem großen Spiegel, tanzte der Drummer Menuett, wobei er seine Hose über die Strümpfe hochzog, und Béatrice zeigte ihm klassische Tanzfiguren an der Stange.

Der Statist lief immer noch und befand sich nun an einem Haufen Schutt, der vom vorherigen, demolierten Bühnenbild stammte. Da nahm er einen großen rostigen Nagel und aß ihn, und so starb er, in seinem zweiundzwanzigsten Jahr.

Faule Zeiten

Die Abberufung

1 Es war schönes Wetter. Er überquerte die 31. Straße, lief zwei Blocks weit, ging am roten Laden vorbei und betrat, zwanzig Meter weiter, das Erdgeschoß des Empire State Building durch eine Nebentür.

Er nahm den direkten Aufzug bis in den 110. Stock und beendete den Aufstieg zu Fuß über die Außentreppen aus Eisen, das würde ihm Zeit geben, um ein bißchen nachzudenken.

Er mußte darauf achten, weit genug zu springen, um nicht vom Wind gegen die Fassade geschleudert zu werden. Wenn er hingegen nicht zu weit sprang, könnte er es ausnutzen, im Vorbeikommen einen Blick bei den Leuten reinzuwerfen, das ist immer lustig. Vom 80. an war Gelegenheit, richtig in Schwung zu kommen.

Er zog aus seiner Tasche ein Päckchen Zigaretten, leerte von einer den Tabak aus und warf das leichte Papier. Der Wind war gut, es flog an der Fassade entlang. Sein Körper würde höchstens zwei Meter weit abweichen. Er sprang.

Die Luft sang in seinen Ohren, und er erinnerte sich an die Kneipe in der Nähe von Long Island, da, wo die Straße neben einem Haus im Jugendfrau-Stil einen Knick macht. In dem Moment, als der Bengel reinkam, trank er mit Winnie gerade eine Petrouscola, die Kleider schlotterten etwas um seinen kleinen muskulösen Körper, er hatte strohblonde Haare und helle Augen, war braungebrannt, gesund, nicht besonders frech. Er hatte sich vor eine Portion Eiscreme gesetzt, die höher war als er, und er hatte das Eis gegessen. Am Ende war aus seinem Glas ein Vogel herausgekommen, wie man ihn an diesem Ort selten findet, ein gelber Vogel mit einem großen gebogenen Schnabel, roten schwarzgeränderten Augen und mit dunkleren Federn an den Flügeln als am übrigen Körper.

Er sah die Krallen des Vogels wieder vor sich, braun und gelb geringelt. Die Leute in der Kneipe hatten Geld für den Sarg des Jungen gespendet. Ein netter Junge. Doch der 80. Stock näherte sich, und er öffnete die Augen.
Alle Fenster standen an diesem Sommertag offen, die Sonne erleuchtete mit voller Wucht den offenen Koffer, den offenen Schrank, die Wäschestapel, die man sich anschickte, von letzterem in ersteren zu überführen. Eine Abreise: die Möbel glänzten. In dieser Jahreszeit verließen die Leute die Stadt. Am Strand von Sacramento, Winnie im schwarzen Badeanzug, wie sie in eine süße Zitrone biß. Am Horizont näherte sich eine kleine Segelyacht, die von den anderen durch ihr blitzendes Weiß abstach. Man konnte schon die Musik von der Hotelbar wahrnehmen. Winnie wollte nicht tanzen, sie wartete darauf, völlig braun zu werden. Ihr Rücken glänzte ölglatt unter der Sonne, er liebte es, ihren entblößten Hals zu sehen. Normalerweise ließ sie die Haare auf die Schultern fallen. Ihr Hals war sehr fest. Seine Finger erinnerten sich an das Gefühl leichter Haare, die man nie schneidet, dünn wie die Haare in einem Katzenohr. Wenn man ganz langsam seine eigenen Haare hinter seinen eigenen Ohren reibt, hört man in seinem Kopf das Geräusch der Wellen auf ganz feinen Kieseln, noch nicht ganz Sand. Winnie liebte es, wenn man ihren Nacken von hinten zwischen Daumen und Zeigefinger nahm. Sie hob den Kopf und runzelte die Haut ihrer Schultern, und die Muskeln ihres Pos und ihrer Oberschenkel spannten sich. Die kleine weiße Yacht kam immer näher, dann verließ sie die Oberfläche des Meeres, stieg in flachem Winkel zum Himmel auf und verschwand hinter einer Wolke von genau der gleichen Farbe.

Der 70. Stock schwirrte von Gesprächen in Ledersesseln. Der Zigarettenrauch umgab ihn mit einem dichten Geruch. Das Büro von Winnies Vater verströmte den gleichen Dunst. Er würde ihn also kein einziges Wort sagen lassen. Sein eigener

Sohn war keiner von den Jungen, die abends tanzen gehen, anstatt die CVJM-Clubs zu besuchen. Sein Sohn arbeitete, er hatte sein Ingenieursstudium gemacht, und er hatte jetzt als Schlosser angefangen, und der Vater würde ihn in alle Werkstätten schicken, damit er den Beruf von Grund auf lernte und die Männer verstehen und befehligen könnte. Bei Winnie, leider, ein Vater kann sich halt nicht so, wie er möchte, um die Erziehung seiner Tochter kümmern, und ihre Mutter war noch zu jung, aber das ist kein Grund, denn sie flirtet gern, wie alle Mädchen ihres Alters, um... Haben Sie Geld? Sie leben schon zusammen... Das ist mir egal, das hat schon lang genug gewährt. Zum Glück bestraft das amerikanische Gesetz Dinge dieser Art, und Gottseidank habe ich genügend politischen Einfluß, um ein Ende zu machen mit... Verstehen Sie, ich weiß wirklich nicht, was Sie sich eigentlich einbilden!

Der Rauch seiner Zigarre, die er auf den Aschenbecher gelegt hatte, stieg hoch, während er sprach, und nahm in der Luft verspielte Formen an. Sie näherte sich seinem Hals, umfing ihn, zog zu, und Winnies Vater schien sie nicht zu sehen; und als das blau angelaufene Gesicht die Glasplatte des großen Schreibtisches berührte, floh er, denn man würde ihn sicher beschuldigen, ihn getötet zu haben. Und da war er nun und fiel immer weiter hinunter; der 60. Stock bot dem Auge nichts Interessantes: ein beigerosa Babyzimmer. Wenn seine Mutter ihn bestrafte, flüchtete er sich hierher, er öffnete die Schranktür ein wenig und schlüpfte hinein, zwischen die Kleider. Eine alte Pralinenschachtel aus Blech diente ihm als Versteck für seine Schätze. Er erinnerte sich an die orange und schwarze Farbe, mit einem orange Schwein, das tanzte und dabei in eine Flöte blies. Im Schrank ging es einem gut, außer weiter oben zwischen den aufgehängten Kleidern, man konnte nicht wissen, was da im Dunkeln leben mochte, aber beim geringsten Anzeichen von Gefahr genügte es, die Tür aufzustoßen. Er erinnert sich an eine Glaskugel in der

Schachtel, eine Kugel mit abwechselnd drei orange und drei blauen Spiralen, an das übrige erinnerte er sich nicht mehr. Einmal war er sehr wütend, er hatte seiner Mutter ein Kleid zerrissen, sie hängte welche bei ihm rein, weil sie in ihrem Schrank zuviele hatte, und sie hatte es nie mehr tragen können. Winnie lachte so viel, an ihrem ersten Tanzabend glaubte er, ihr Kleid sei zerrissen. Es war vom Knie zum Knöchel aufgeschlitzt, aber nur auf der linken Seite. Jedesmal, wenn sie dieses Bein vorschob, drehten sich die Köpfe der anderen Typen, um der Bewegung zu folgen. Wie gewöhnlich kam einer und forderte sie auf, immer wenn er zum Buffet gegangen war, um ihr ein Glas von irgendwas Starkem zu holen, und beim letzten Mal hatte seine Hose angefangen zu schrumpfen, bis sie sich in Luft aufgelöst hatte, und er hatte dagestanden, mit nackten Beinen, in Unterhosen, mit seinem kurzen Smoking, und dem grausamen Gelächter der ganzen Leute ausgesetzt, und er hatte sich, auf der Suche nach seinem Auto, in die Wand gebohrt. Und nur Winnie hatte nicht gelacht.

Im 50. ruhte die Hand der Frau mit den lackierten Fingernägeln auf dem Kragen des Jacketts mit dem grauen Rücken, und ihr Kopf sank nach rechts auf den weißen Arm, den die Hand beendete. Sie war brünett. Man sah nichts von ihrem Körper, der von dem des Mannes verdeckt war, außer einer Farblinie, das Kleid aus bedruckter Seide, hell auf blauem Grund. Die verkrampfte Hand kontrastierte mit der Hingabe des Kopfes und der Haarflut, die sich über den runden Arm ergoß. Seine Hände verkrampften sich auf Winnies Brüsten, klein, kaum hervorspringend, fleischig, angefüllt mit einer lebendigen Flüssigkeit, womit dieses Gefühl vergleichen, keine Frucht kann es hervorrufen, Früchte haben nicht die Abwesenheit eigener Temperatur, eine Frucht ist kalt, diese vollkommene Anpassung an die Hand, ihre etwas härtere Spitze fügte sich genau in die Wurzel des Zeige- und des Mittelfingers, in die kleine Höhlung seines Fleisches. Er mochte es, wenn sie unter seiner Hand lebten, er mochte es, einen sanften Druck von rechts nach links auszuüben, von den Fingerspitzen bis in die Handfläche, und seine gespreizten Fingerglieder tief in Winnies Fleisch einzuwühlen, bis er die Querverbindungen zu den Rippen spürte, bis er sie, als Vergeltung, in eine seiner Schultern hatte beißen lassen, die rechte, die linke, er behielt keine Narben zurück, sie brach das Spiel stets ab zugunsten sanfterer Liebkosungen, die in den Händen nicht jene unausweichliche Lust zurückließen, sie ganz zu umschlingen, in den geschlossenen Handflächen diese absurden Fleischvorsprünge verschwinden zu lassen, und in den Zähnen diese bittere Gier, endlos diese nie versehrte Geschmeidigkeit zu zermalmen, so wie man eine Orchidee zermalmen würde.

Vierzig. Zwei Männer, stehend, vor einem Schreibtisch. Dahinter ein anderer, er sah ihn von hinten, sitzend. Sie waren alle drei in blaues Kammgarn gekleidet, weiße Hemden, sie waren massiv, in den beigefarbenen Teppichboden eingewurzelt, dem Boden entsprungen, vor diesem Mahagonyschreibtisch, genauso gleichgültig, wie sie es vor einer verschlossenen Tür wären... seiner Tür... Vielleicht wartete man in diesem Augenblick auf ihn, er sah sie mit dem Fahrstuhl hochfahren, zwei Männer in blaues Kammgarn gekleidet, mit schwarzem Filz auf dem Kopf, gleichgültig, vielleicht eine Zigarette zwischen den Lippen. Sie würden klopfen, und er, im Badezimmer, würde das Glas und die Flasche abstellen, würde nervös das Glas auf der Glasplatte umstoßen - und würde sich sagen, nein, das ist gar nicht möglich, sie wissen es noch nicht - hatte man ihn gesehen? - und er würde im Zimmer kreisen, nicht wissen, was er tun sollte, den Männern im dunklen Anzug hinter der Türe öffnen oder versuchen, zu fliehen - und er umkreiste den Tisch und sah mit einem Schlage: zwecklos zu fliehen, Winnie blieb an allen Wänden zurück, auf den Möbeln, sie würden ganz sicher begreifen, da war das große Foto im Silberrahmen über dem Radio, Winnie mit weichen Haaren, ein Lächeln in den Augen – ihre Unterlippe war ein wenig voller als die andere, sie hatte runde, vorspringende und glatte Lippen, sie befeuchtete sie mit der Zungenspitze, bevor sie sich fotografieren ließ, um den strahlenden Glanz der Starfotos hinzukriegen – sie schminkte sich, zog das Rot über die Oberlippe, viel Rot, sorgfältig, ohne die andere Lippe zu berühren, und dann kniff sie den Mund zusammen, wobei sie ihn ein wenig nach innen zog, und die Oberlippe entlud sich über der anderen, ihr frischlackierter Mund wie eine Palmenbucht, und ihre Lippen gingen eine aus der anderen hervor, ergänzten sich zur Vollkommenheit, man bekam gleichzeitig Lust auf ihre Lippen und Angst, ihre Oberfläche zu ritzen, die in einem leuchtenden Punkt vereinigt waren. In diesem Moment sich mit leichten Küssen zufriedengeben, ein Schaum von Küssen, die kaum streiften, dann den flüchtigen und köstlichen Geschmack des parfümierten Lippenrots zu genießen – schließlich war es Zeit aufzustehen, alles, was recht ist, er würde sie später nochmal küssen – die zwei Männer, die vor seiner Tür warteten ... und durch das Fenster des 30. sah er auf einem Tisch eine kleine Statue eines Pferdes, ein hübsches kleines Pferd aus Gips auf einem Sockel, so weiß, daß es ganz nackt schien. Ein weißes Pferd. Er dagegen zog einen Paul Jones vor, er fühlte, wie er dumpf in seiner Bauchhöhle klopfte, seine wohltuenden Wellen aussandte – gerade eben noch Zeit, die Flasche zu leeren, bevor er über die andere Treppe entwischte. Die zwei Typen – waren sie überhaupt gekommen, die zwei Typen – mußten immer noch vor der Tür warten. Er war gut abgefüllt mit Paul Jones – guter Witz. Anklopfen? Vielleicht war das die Negerin, die das Zimmer putzte... Zwei Typen? Komischer Einfall. Die Nerven, es reicht, sie mit ein bißchen Alkohol zu beruhigen – angenehmer Spaziergang, Ankunft am Empire State – sich von oben runterstürzen. Aber keine Zeit verlieren – die Zeit ist etwas Wertvolles. Winnie war am Anfang mit Verspätung gekommen, das waren nur Küsse und Zärtlichkeiten ohne Bedeutung. Aber am vierten Tag wartete sie als erste, er hatte gefragt warum, verschmitzt, sie errötete, aber das, das hatte auch nicht lange gedauert, und eine Woche später war er es, der über die Antwort errötete. Und warum nicht so weitermachen, sie wollte ihn heiraten, er wollte auch gern, ihre Eltern konnten miteinander auskommen? Ganz gewiß nicht, als er in das Büro von Winnies Vater gekommen war, hatte der Zigarettenrauch ihn erdrosselt – aber die Polizei wollte es nicht glauben, war das die Negerin oder etwa die beiden Typen in den dunklen Anzügen, die vielleicht eine Zigarette rauchten, nachdem sie etwas White Horse getrunken hatten und in die Luft geschossen, um die Kühe scheu zu machen und sie dann mit einem Lasso wieder einzufangen, das eine goldene Spitze hatte.

Er vergaß, die Augen beim 20. zu öffnen und bemerkte es drei Stockwerke tiefer. Da war ein Tablett auf einem Tisch, und der Rauch floß senkrecht aus der Tülle der Kaffeekanne; also hielt er an, brachte seine Kleider in Ordnung, denn seine Jacke war ganz verdreht und umgeschlagen von den dreihundert Metern freien Falls; und er trat durch das offene Fenster ein. Er ließ sich in einen wabbligen Sessel aus grünem Leder fallen und wartete.

2 Das Radio summte gedämpft, ein Varieté-Programm. Die zurückgenommene und nach innen gekehrte Stimme der Frau schaffte es, eine alte Melodie wieder aufzufrischen. Es waren die gleichen Lieder wie früher, und die Tür öffnete sich, ein junges Mädchen trat ein.

Sie schien nicht überrascht, ihn zu sehen. Sie trug einen einfachen Pyjama aus gelber Seide, mit einem großartigen Kleid aus der gleichen Seide, vorn offen. Sie war etwas gebräunt,

aber nicht geschminkt, nicht besonders hübsch, aber sehr gut zurechtgemacht.
Sie setzte sich an den Tisch und goß sich Kaffee ein, dazu Milch, dann nahm sie ein Stück Kuchen.
»Wollen Sie welchen?« schlug sie vor.
»Gern.«
Er stand halb auf, um die volle Tasse zu nehmen, die sie ihm reichte, aus leichtem chinesischem Porzellan und kaum ausbalanciert unter dem Gewicht der Flüssigkeit.
»Ein Stück Kuchen?«
Er nahm an, begann, in langsamen Schlucken zu trinken und dabei die Rosinen des Kuchens zu zerkauen.
»Wo kommen Sie eigentlich her?«
Er stellte die leere Tasse auf das Tablett zurück.
»Von da oben.«
Er zeigte mit einer unbestimmten Geste auf das Fenster.
»Die Kaffeekanne hat mich angehalten, sie dampfte.«
Das Mädchen nickte.
Ganz gelb, dieses Mädchen. Gelb auch die Augen, gutgeschnittene Augen, etwas langgezogen an den Schläfen, vielleicht nur ihre Art, die Brauen zu zupfen. Wahrscheinlich. Bißchen großer Mund, dreieckiges Gesicht. Aber ein wundervoll gebauter Körper, wie eine Zeichnung aus einem Magazin, breite Schultern und hohe Brüste, mit Hüften – nacheinander zu genießen – und langen Beinen.
Der Paul Jones, dachte er. Sie ist nicht wirklich so. Das gibt es nicht.
»Haben Sie sich nicht gelangweilt, während der ganzen Zeit, die Sie zum Herkommen gebraucht haben?« fragte sie.
»Nein. Ich habe einen Haufen Dinge gesehen.«
»Sie haben einen Haufen Dinge welcher Art gesehen?«
»Erinnerungen…«, sagte er. »In den Zimmern, durch die geöffneten Fenster.«
»Es ist sehr heiß, alle Fenster stehen offen«, sagte sie mit einem Seufzer.

»Ich habe nur alle zehn Stockwerke hingeschaut, aber im 20. habe ich nicht hinsehen können. Ich ziehe das hier vor.«
»Da wohnt ein Pfarrer ... sehr jung, sehr groß und sehr stark... Können Sie sich den Typus vorstellen?«
»Wie können Sie denn das wissen?«
Sie brauchte einige Zeit, um ihm zu antworten. Ihre Finger mit den goldenen Fingernägeln rollten mechanisch die Seidenkordel ihres weiten gelben Kleides zusammen.
»Sie hätten«, fuhr sie fort, »beim Vorbeikommen vor dem offenen Fenster ein großes dunkles Holzkreuz an der hinteren Wand gesehen. Auf seinem Schreibtisch liegt eine große Bibel, und sein schwarzer Hut hängt in der Ecke an der Wand.«
»Ist das alles?« fragte er.
»Sie hätten zweifellos auch noch mehr gesehen...«
Wenn Weihnachten kam, veranstalteten seine Großeltern Feste auf dem Land. Das Auto wurde in der Garage neben dem seiner Großeltern geparkt, ein altes, bequemes und solides Auto, neben zwei Traktoren mit dreckstrotzenden Ketten, verkrustet mit brauner trockener Erde und mit Büscheln von verdorrtem Gras, die in den Stahlplattengelenken hängengeblieben waren. Zu diesen Anlässen buk Großmutter immer Maiskuchen, Reiskuchen, alle möglichen Kuchensorten, Krapfen, es gab auch Goldsirup, durchsichtig und etwas ölig, den man über die Kuchen goß, und gebratene Tiere, aber er wartete auf die Süßigkeiten. Am Ende des Abends wurde gemeinsam vor dem Kamin gesungen.
»Sie hätten den Pfarrer vielleicht gehört, wie er seinen Choral singen ließ«, sagte sie.
Er erinnerte sich gut an das Lied.
»Sicher«, stimmte das Mädchen zu. »Es ist ein sehr bekanntes Lied. Nicht besser und nicht schlechter als die anderen. Wie der Pfarrer.«
»Mir ist es lieber, das Fenster vom 20. war geschlossen«, sagte er.
»Normalerweise aber...«

Sie hielt inne.
»Sieht man einen Pfarrer, bevor man stirbt?« vervollständigte er.
»Oh«, sagte das Mädchen, »das nützt überhaupt nichts. Ich jedenfalls würde es nicht machen.«
»Wozu sind Pfarrer da?«
Er stellte sich die Frage halblaut selbst; vielleicht, damit man an Gott dachte. Gott interessiert sich nur für die Pfarrer und für die Leute, die Angst vor dem Sterben haben, nicht für die, die Angst vor dem Leben haben, nicht für die, die Angst vor anderen Menschen haben, in dunklen Anzügen, die bei einem ankommen und an die Tür klopfen und einen glauben machen, es sei die Negerin, oder die einen daran hindern, eine angebrochene Flasche Paul Jones auszutrinken. Gott nützt überhaupt nichts mehr, wenn es die Menschen sind, vor denen man Angst hat.
»Ich nehme an«, sagte das Mädchen, »daß gewisse Leute nicht ohne sie auskommen können. Sie sind jedenfalls bequem für die religiösen Leute.«
»Es muß doch nutzlos sein, einen Pfarrer zu sehen, wenn man freiwillig sterben will«, sagte er.
»Keiner will freiwillig sterben«, schloß das Mädchen. »Es gibt immer einen Toten und einen Lebenden, der einen dazu bringt. Deshalb braucht man die Toten und hebt sie in Kisten auf.«
»Das ist aber nicht selbstverständlich«, protestierte er.
»Erscheint Ihnen das nicht sonnenklar?« fragte sie sanft.
Er drückte sich etwas tiefer in den grünen Sessel.
»Ich hätte gern noch eine Tasse Kaffee«, sagte er.
Er hatte einen trockenen Hals. Keine Lust zu heulen, irgendetwas anderes, aber auch mit Tränen.
»Möchten Sie vielleicht etwas Stärkeres?« fragte das gelbe Mädchen.
»Ja. Das würde mir gefallen.«
Sie stand auf, ihr gelbes Kleid leuchtete in der Sonne, und sie

trat in den Schatten. Sie nahm aus einer Mahagoni-Bar eine Flasche Paul Jones.

»Sagen Sie halt!« sagte sie...

»So ist's genug!«

Er hielt sie mit einer bestimmten Geste an. Sie reichte ihm das Glas.

»Sie«, sagte er, »würden Sie beim Hinunterfallen in die Fenster hineinsehen?«

»Ich werde nicht hinsehen müssen«, sagte das Mädchen, »in jedem Stockwerk ist es das gleiche, und ich lebe in diesem Haus.«

»Es ist nicht das gleiche in jedem Stockwerk«, protestierte er, »ich habe unterschiedliche Räume gesehen, immer wenn ich die Augen öffnete.«

»Das war die Sonne, die Sie getäuscht hat.«

Sie setzte sich neben ihn auf den Ledersessel und betrachtete ihn.

»Die Stockwerke sind alle gleich«, sagte sie.

»Bis unten hin ist es das gleiche?«

»Bis unten hin.«

»Wollen Sie damit sagen, daß ich, wenn ich an einem anderen Stockwerk angehalten hätte, Sie auch vorgefunden hätte?«

»Ja.«

»Aber das war doch alles überhaupt nicht gleich... Es gab schöne Dinge, aber auch andere, grauenhafte... Hier ist es anders.«

»Es war das gleiche. Sie mußten hier anhalten.«

»Vielleicht täuscht mich die Sonne auch hier, in diesem Stockwerk«, sagte er.

»Sie kann Sie nicht täuschen, weil ich die gleiche Farbe habe wie sie.«

»Wenn das so ist«, sagte er, »dann dürfte ich Sie gar nicht sehen.«

»Sie würden mich nicht sehen, wenn ich flach wäre wie ein Blatt Papier«, sagte sie, »aber...«

Sie beendete ihren Satz nicht, und sie hatte ein ganz schwaches Lächeln auf dem Gesicht. Sie war ihm sehr nahe, und er konnte ihr Parfum riechen, grün auf ihren Armen und ihrem Körper, ein Parfum von Steppe und Heu, fliederfarbener an den Haaren, süßer und seltsamer auch, weniger natürlich. Er dachte an Winnie. Winnie war flacher, aber er kannte sie besser. Er liebte sie sogar.
»Die Sonne, das ist im Grunde des Lebens«, schloß er nach einem Augenblick.
»Ich ähnele der Sonne in diesem Kleid, nicht wahr?«
»Und wenn ich bliebe?« murmelte er.
»Hier?«
Sie hob die Augenbrauen.
»Hier«.
»Sie können nicht bleiben«, sagte sie einfach. »Es ist zu spät.«
Mit großer Mühe riß er sich hoch aus dem Sessel. Sie legte die Hand auf seinen Arm.
»Eine Sekunde«, sagte sie.
Er fühlte die Berührung zweier kühler Arme. Von nahem sah er diesmal die goldenen Augen, lichtgesprenkelt, die dreieckigen Wangen, die leuchtenden Zähne. Eine Sekunde lang kostete er den sanften Druck der kaum geöffneten Lippen, eine Sekunde lang spürte er an seinem Körper jenen Körper, der in glänzende Seide gehüllt war, und dann war er schon allein, schon entfernte er sich, sie lächelte von weitem, ein wenig traurig, sie würde sich schnell trösten, man sah es an den schon wieder hochgezogenen Ecken ihrer gelben Augen – er verließ das Zimmer, Bleiben war unmöglich – er mußte diesmal alles wieder von vorn beginnen, nicht mehr unterwegs anhalten. Er stieg wieder auf die Spitze des riesigen Gebäudes, stürzte sich ins Leere, und sein Kopf bildete eine rote Qualle auf dem Asphalt der Fifth Avenue.

Patrick versuchte verzweifelt, das Streichholz an der Wand anzuzünden, eine ideale Reibfläche, weil der Putz schon etwas abgeblättert war. Beim sechsten Versuch brach das Streichholz ab, und Patrick gab es auf, denn er beherrschte noch nicht die Kunst, sich beim Anzünden eines abgebrochenen Streichholzes die Finger zu verbrennen.

Ein Lied auf den Lippen, in dem der Name »Jesus« häufig vorkam, begab er sich in die Küche. Seine Eltern zogen es nämlich vor, die Streichhölzer in der Nähe des Gasherdes aufzubewahren und nicht im Spielzeugschrank, wogegen Patrick lediglich einen moralischen Protest anmelden konnte, denn er war nicht der Stärkere. Was den Namen »Jesus« anbelangt, so war das eine zusätzliche und gegenstandslose Anklage, eine Art von Vervollkommnung, denn niemand im Haus ging zur Messe.

Auf Zehenspitzen hob er den Deckel von der kleinen Blechbüchse und nahm eins von den kleinen Schwefelhölzchen heraus. Ein einziges auf einmal; man hat nicht in einem solchen Maße Veranlassung, auf sein Ziel loszugehen.

Dann ging er im umgekehrten Sinn den Weg von der Küche in den Salon zurück.

Als ich reinkam, hatte das Feuer die Vorhänge anständig erfaßt, sie brannten mit schöner, heller Flamme. Pat saß in der Mitte des Salons und fragte sich, ob es ihm wirklich Spaß machte. Als er meine teilnehmende Miene sah, entschied er sich, unter sich zu blicken.

»Hör zu«, sagte ich zu ihm. »Entweder amüsierst du dich und dann besteht auch kein Anlaß zum Heulen, oder es amüsiert dich nicht und dann weiß ich nicht, warum du das gemacht hast.«

»Es amüsiert mich nicht so«, sagte er, »aber ein Streichholz ist doch zum Anzünden da.«

Worauf er wie ein Kalb zu wimmern begann.
Um ihm zu beweisen, daß ich es nicht weiter tragisch nahm, schlug ich einen leichten Ton an.
»Mach dir nichts draus«, sagte ich. »Als ich sechs Jahre alt war, habe ich auch alte Benzinkanister angesteckt.«
»Ich hatte keine. So mußte ich eben das nehmen, was ich vorfand.«
»Komm ins Eßzimmer«, sagte ich, »und reden wir nicht mehr davon.«
»Mit kleinen Autos spielen«, sagte er begeistert. »Seit mindestens drei Tagen haben wir nicht mehr mit kleinen Autos gespielt.«
Wir gingen aus dem Salon, dessen Tür ich diskret abschloß. Die Vorhänge waren jetzt völlig verbrannt, das Feuer begann, sich in den Teppich zu fressen.
»Also los«, sagte ich. »Du nimmst die blauen und ich die roten.«
Er sah mich an, um sich zu vergewissern, daß ich nicht mehr ans Feuer dachte und erklärte befriedigt:
»Ich werde dir eine Tracht Prügel verpassen.«

Nach einer Stunde Autospielen und einer nicht endenwollenden Diskussion über die Zweckmäßigkeit einer Revanche, gelang es mir, ihn in sein Zimmer zu locken, wo, wie ich ihm versicherte, sein Malkasten ihn mit fieberhafter Ungeduld erwarte. Dann begab ich mich mit einem Laken in den Salon, um den Beginn der Feuersbrunst, die ich auf keinen fall tragisch nehmen wollte, zu ersticken.
Man sah nichts mehr, denn eine dicke, schwarze Rauchwolke verpestete die Atmosphäre. Ich wollte herausbekommen, ob sich der Geruch der brennenden Wolle gegenüber dem der schwelenden Tapete durchsetzte, aber ein Hustenanfall machte meinen Überlegungen ein Ende. Pustend und spuckend umwickelte ich meinen Kopf mit dem Laken, befreite mich jedoch gleich wieder davon, denn das Laken hatte gerade Feuer gefangen.

Rußgeflimmer schwirrte durch die Luft, und der Fußboden krachte und zischte. Fröhliche Flammen loderten umher, um auch das noch zu erfassen, was noch nicht brannte. Als ich fühlte, wie eine glühende Zunge sich in meinen Hosenboden bohrte, trat ich den Rückzug an und schloß die Tür. Auf dem Weg zurück ins Eßzimmer ging ich zum Zimmer meines Sohnes.

»Das brennt ganz schön«, sagte ich zu ihm. »Komm, wir rufen die Feuerwehr.«

Ich näherte mich dem Tischchen, auf dem das Telefon stand und wählte die Nummer 17.

»Hallo?« sagte ich.

»Hallo?« lautete die Antwort.

»Bei mir brennt es.«

»Adresse?«

Ich gab Länge, Breite und Höhe der Wohnung an.

»Gut«, hieß es, »ich verbinde Sie mit ihrer Feuerwehr.«

»Danke«, sagte ich.

Ich erhielt schnell die neue Verbindung und beglückwünschte mich, daß die Posteinrichtungen so bemerkenswert funktionierten, als sich eine heitere Stimme an mich wandte.

»Hallo?«

»Hallo?« sagte ich. »Die Feuerwehr?«

»Ein Feuerwehrmann«, war die Antwort.

»Bei mir brennt es«, sagte ich.

»Da haben Sie Glück«, antwortete der Feuerwehrmann. »Sollen wir einen Termin vereinbaren?«

»Können Sie nicht sofort kommen?« fragte ich.

»Unmöglich, Monsieur«, sagte er. »Wir sind im Augenblick überlastet, überall sind Feuersbrünste. Übermorgen um drei, das ist alles, was ich für Sie tun kann.«

»Einverstanden«, sagte ich. »Danke. Bis übermorgen.«

»Wiedersehen, Monsieur«, sagte er. »Lassen Sie Ihr Feuer nicht ausgehen.«

Ich rief Pat.

»Pack Deinen Koffer«, sagte ich zu ihm. »Wir werden für einige Jahre zu Tante Surinam ziehen.«
»Klasse!« rief Pat.
»Siehst du«, sagte ich zu ihm, »du hättest das Feuer nicht gerade heute legen sollen: die Feuerwehr kann erst in zwei Tagen kommen. Sonst hättest du diese Autos sehen können…«
»Hör mal«, sagte Pat, »sind Streichhölzer zum Anzünden da, ja oder nein?«
»Natürlich«, sagte ich. »Wozu sonst?«
»Der Kerl, der sie erfunden hat, muß ein ziemlicher Blödmann sein«, sagte Pat. »Mit einem Streichholz sollte man nicht *alles* anzünden können.«
»Du hast recht«, sagte ich.
»Endlich«, meinte er. »Es tut mir leid. Komm spielen. Diesmal nimmst du die blauen.«
»Wir spielen im Taxi weiter«, sagte ich. »Beeil dich.«

Der Pensionär

1 Zum Ausgang gelangte man auf einem Weg zwischen den Gebäuden des Kleinen Gymnasiums und einer hohen grauen Mauer, die den Hof des Großen umsäumte. Vor der Mauer wuchsen Bäume. Der Boden war mit Eisenschlacke bedeckt, die man nicht mit Wachsbohnen verwechseln darf, und auf ihr machten Nagelschuhe ein herrliches Knirschgeräusch.

Lagrige, Robert und Turpin (den man frei heraus Peinture nannte) gingen entschlossen zum Ausgang. Das hohe Torgitter des Kleinen Gymnasiums öffnete sich auf eines der Gäßchen mit moosbewachsenem Pflaster, das ein Wallgraben mit Platanen vom Boulevard de l'Impératrice trennt. Die Stunde des Pensionärs nahte, und man durfte ihn nicht verpassen.

Weniger abgebrühte Schüler fanden den Wallgraben für die Praxis des Dreiecks, des Lochs und anderer Übungen besonders geeignet, die bei den Anhängern des edlen Billardsports hoch im Kurs standen. Doch Lagrige, Robert und Peinture zogen allem ihren Pensionär vor.

Der Pensionär hatte einen geschnitzten Spazierstock, einen grünen Filzhut und einen alten schwarzen Mantel; er ging ganz gebückt und trug im Sommer wie im Winter einen häßlichen, verpißten Schal.

Als Mensch mit geregeltem Tagesablauf kam das Objekt ihres Eifers Punkt zehn vor zwölf Uhr mittags an dem Kleinen Gymnasium vorbei. Lagrige hatte als erster die anderen auf die Ähnlichkeit seines Schritts mit dem eines Indianers auf dem Kriegspfad aufmerksam gemacht. Man ließ ihn also drei Meter Vorsprung und richtete sich im Gänsemarsch nach ihm aus. Er ging den Boulevard de l'Impératrice entlang bis zu der Stelle, wo er die Avenue du Maréchal Dumou kreuzt. Dort verschwanden die drei nichtsdestoweniger nach rechts, um den Zug zwölfuhrfünfundzwanzig nicht zu verfehlen, und er entfernte sich nach links in unbekannter Richtung. Dem Pensionär folgen, bedeutete zu leben; zumal ja der Mann, der ein bißchen taub war, nicht unruhig wurde wegen der gesammelten Flüche und faulen Witze, die ihm Robert, Lagrige und Peinture, dessen wahrer Name Turpin war, großzügig zuteilwerden ließen.

2 Da große Entdeckungen oft die Frucht des Zufalls sind, war es ein Zufall, daß Lagrige am Donnerstag der Länge nach auf die Eisenschlacke fiel. Er riß sich ein wenig die Haut am Knie auf, es war nicht weiter schlimm, und er stand wieder auf, mit einem runden Kieselstein in der Hand, den er bei seinem Fall entdeckt hatte und der fast größer als eine Bauernmütze war; die man aber sicherlich wie einen Stein handhaben konnte. Er hielt ihn sorgfältig in seiner Hand verwahrt. Am selben Tag kam Robert auf die hübsche Idee, sich vorzustellen, daß der Buckel des Pensionärs aus Gummi war und wie ein Ball springen würde. Ehe Lagrige verstandesmäßig den Zusammenhang erfaßt hatte, der sich eröffnete, verließ der Kieselstein seine Hand und überraschte den Buckel voll mit einem ordentlichen Mattschlag.
Für den Pensionär war mehr Zeit zum Umdrehen nötig, als für die drei Sioux blieb, um sich hinter den Platanen zu verstecken, und es war ein hinreißendes Schauspiel, ihn mit entkräfteter Stimme den Himmel anrufen zu sehen, um ihn zum Zeugen seines Elends zu machen.
»Trotzdem«, flüsterte Robert ergriffen, »du übertreibst.«
»Denkste«, sagte Peinture, »er glaubt, daß es von einem Baum gefallen ist.«
Lagrige warf sich stolz in die Brust.
»Wie auch immer«, sagte er, »es macht nichts... sein Buckel ist ja nun mal aus Gummi.«

Die beiden anderen betrachteten ihn mit Bewunderung, und der Pensionär machte sich wieder brummend auf den Weg, wobei er sich von Zeit zu Zeit umdrehte. Das erhöhte den Spaß, weil sie jetzt gezwungen waren, ihm von Platane zu Platane laufend zu folgen.

3 Das Spiel wurde von Tag zu Tag perfekter. Peinture, Lagrige und Robert übertrafen einander an Scharfsinnigkeit. Während des Zeichenunterrichts von Vater Michon verfertigten sie mit viel Liebe vollendete Wurfgeschosse, die im Innern mit Behältern ausgerüstet waren, voll mit verschiedenen Flüssigkeiten: Tinte, mit Spucke vermischter Kreidestaub, in Wasser getauchte Pultsplitter. Den folgenden Dienstag ging Robert sogar soweit, daß er in eine besonders starke Bombe pinkelte, die gleich, nachdem sie erfunden worden war, Atombombe genannt wurde. Am Mittwoch brachte Peinture, um sich nicht lumpen zu lassen, einen Wurfpfeil mit, den man sorgfältig vergiftete, indem man ihn mit einem Absud aus zerstampften Asseln in Klebstoff beschmierte.
Als der Wurfpfeil ihn mitten in den Rücken traf, blieb der Pensionär ruckartig stehen und richtete sich fast gerade auf. Man wartete, um ihn wie eine alte Wildsau sich aufbäumen zu sehen, aber er gab keinen Muckser von sich und einen Augenblick später beugte er sich tiefer, senkte den Kopf und stürzte weg, ohne sich umzuwenden. Die Pfeilspitzen hinterließen einen kleinen blauen Fleck inmitten seines Buckels.

4 Am folgenden Morgen fühlten sich Robert und Lagrige deprimiert, denn, um es besser als Peinture zu machen, artete es zum Sport aus. Lagrige hatte indessen noch einen guten Einfall auf Lager. Mitten in der täglichen Verfolgung verließ er die Deckung der Bäume und begann, sich dem

Pensionär so dicht an die Ferse zu heften, daß er an ihm zu kleben schien. Dann blieb er plötzlich stehen, ließ ihn einige Schritte vorwärts gehen und gab seinen Kumpels Zeichen, nun aufzupassen.

»Trotzdem«, sagte Robert außer sich vor Neid, »er übertreibt…«

Peinture antwortete nichts. Er war eifersüchtig.

Lagrige nahm einen Anlauf, rannte und wie ein Schafsbock sprang er rittlings mit einem Satz auf den Buckel. Der Alte strauchelte und richtete sich wieder auf.

»Hü!« schrie Lagrige. »Nur zu, alter Gaul!«

Der Alte wendete sich so unerwartet um, daß Lagrige losließ und zu Boden fiel. Während er aufstand, nahm der Alte seine Hand aus der Tasche. Er hielt einen Fünfkugelrevolver alter Bauart, langsam und behutsam gab er die fünf Schuß aus nächster Nähe auf Lagrige ab. Beim dritten bewegte sich Lagrige noch, dann stürtzte er hin und blieb ganz und gar unbeweglich, seltsam verrenkt liegen.

Und dann pustete der alte Pensionär in den Lauf seines Revolvers und steckte ihn wieder ein. Robert und Peinture betrachteten erstaunt Lagrige und die seltsame, ganz schwarze Lache, die sich unter ihm in der Lendengegend bildete. Der Pensionär setzte seinen Weg fort; an der Kreuzung bog er links in die Avenue de Maréchal Dumou ein.

Zu dieser Ausgabe In der Zeit von 1944–1950 schrieb Boris Vian viele Novellen und Kurzgeschichten, in denen großenteils die Themen seiner Romane aufgegriffen, aber entweder verspielter, satirischer und auf eine Pointe hinzielend oder unversöhnlicher, entschiedener und lapidarer behandelt werden. In mehreren dieser Geschichten treten die besonders aus den Romanen »Aufruhr in den Andennen« und »Drehwurm, Swing und das Plankton« bekannten Personen auf, die Freunde und Musiker, mit denen der Autor damals in Jazzkellern, in Kabaretts und in Tanzschuppen auftrat, mit denen er Abenteuer erlebte und Parties feierte. Für Vian waren es »schöne«, »tolle« und »goldene« Zeiten (so wie man bei uns von den »goldenen« Zwanziger Jahren spricht), aber diese Jahre waren in Wirklichkeit »faul«, wie der Friede, der den Zweiten Weltkrieg beschloß.
In der 1946 bei Gallimard erschienenen Erstausgabe von »Der Schaum der Tage« ist als nächster Band des Autors »Faule Zeiten« (Les Lurettes fourrées) angekündigt, aber diese Novellensammlung, zu der Vian auch ein Vorwort entwarf, kam nicht bei Gallimard, sondern in neuer Zusammenstellung 1949 bei der Éditions du Scorpion heraus, unter dem Titel der ersten Erzählung des Bandes: »Die Ameisen« (Les Fourmis). Der Gattin seines Verlegers Jean d'Halluin, dem Inhaber der Éditions du Scorpion, sandte Vian ein Exemplar mit folgender Widmung: »Meine liebe Colette, das hier wurde geschrieben, um die Befürchtungen des Skorpions/die Schwarzwurzeln des Liebhabers (les Scorçons du Souppion) zu verwässern. Wenn du wirklich Ameisen in den Beinen hast, ruf mich an, damit ich zu dir eile und sie mit einem Hammerschlag töte. Ich küsse dich auf die Stirn. Boris Vian.«
Auf den ursprünglichen Titel »Faule Zeiten« wollte Vian auf keinen Fall verzichten, er beabsichtigte dann eine spätere Novellensammlung so zu nennen, in der die Geschichten »Die Abberufung«, »Die Feuerwehr« und »Der Pensionär« enthalten sein sollten. Sie wurden aber erst posthum in dieser Zusammenstellung von François Caradec in dem bei Jean-Jacques Pauvert 1962 herausgegebenen Vian-Band »Romans et nouvelles« veröffentlicht.
Die Textgrundlage der Übersetzungen und maßgeblich für die Reihenfolge des Abdrucks waren die oben erwähnten Erstveröffentlichungen in Buchform bei Éditions du Scorpion (Druckvermerk 5. Juli 1949) und bei Jean-Jacques Pauvert (Druckvermerk 5. Juni 1962). Sieben der insgesamt elf Erzählungen des Bandes »Die Ameisen« erschienen deutsch erstmals 1967 in der Reihe Quarthefte im Verlag Klaus Wagenbach, in der Übersetzung von Irmgard Hartig und Klaus Völker. Die restlichen vier und die weiteren, zu »Faule Zeiten« gehörigen Erzählungen übersetzten Frank Heibert und Klaus Völker.

Die Ameisen (Les Fourmis): Die Erzählung erschien erstmals in der Zeitschrift »Les Temps Modernes« (Nr. 9, Juni 1946), sie ist Sidney Bechet gewidmet, für »Didn't he ramble«. - Deutsch von Irmgard Hartig und Klaus Völker.

Die guten Schüler (Les bons Élèves): Das Manuskript der Erzählung, die ursprünglich »Die Stunde des Polyps« hieß, trägt das Datum 1. Juli 1946. Mit Arrelent und Poland sind Marcel Arland und Jean Paulhan gemeint, literarische Gegner Vians, die 1946 die Verleihung eines Literaturpreises an ihn verhinderten. – Deutsch von Irmgard Hartig und Klaus Völker.
Die Reise nach Khonostrov (Le Voyage à Khonostrov): Die Erzählung entstand im Februar 1947. – Deutsch von Irmgard Hartig und Klaus Völker.
Der Krebs (L'Écrevisse): Die Erzählung entstand im Juni 1946. Der Titel bezieht sich auf den berühmten amerikanischen Jazz-Hit »Crawfish«. Der Name der Titelfigur ist eine Anspielung auf den indianischen Jazzposaunisten Jack Teagarden. – Deutsch von Irmgard Hartig und Klaus Völker.
Der Klempner (Le Plombier): In einer 1964 erschienenen Anthologie wurde diese Geschichte auch unter dem Titel »Wie man ein Rohr verlegt« publiziert. – Deutsch von Klaus Völker.
Die verlassene Straße (La Route déserte): 1948 in der Zeitschrift »Nyza« erschienen. Ursprünglich hieß die Geschichte, die eine Travestie auf die Philosophie Simone Weils darstellt, »Der Grabstein«. – Deutsch von Irmgard Hartig und Klaus Völker.
Die toten Fische (Les Poissons morts): Erstdruck im Frühjahr 1947 in der Zeitschrift »L'Arbalète«, Nr. 12. – Deutsch von Irmgard Hartig und Klaus Völker.
Blues für eine schwarze Katze (Blues pour un chat noir): Der Titel ist die französische Übersetzung des »Black Cat Blues«. – Deutsch von Klaus Völker.
Der Nebel (Le Brouillard): Der Titel bezieht sich auf »In a Mist« von Bix Beiderbecke. – Deutsch von Irmgard Hartig und Klaus Völker.
Die blaue Gans (L'Oie bleue): Erstdruck in der Zeitschrift »La Rue« vom 5. Juli 1946, allerdings in einer etwas gekürzten Version. Die Erzählung ist dort »Johnny Hodges in Blue Goose« gewidmet. – Deutsch von Frank Heibert.
Der Statist (Le Figurant): Vian erzählt hier ziemlich unverschlüsselt Erlebnisse während der Dreharbeiten zu dem Film »Madame und ihr Flirt«, in dem er (Mitte 1945) als Jazzmusiker mitwirkte. In der Novelle heißt der Film »Madames Liebhaber«, und der Schlager »Sie haben keinen amerikanischen Rhythmus« ist geändert in »Il vous faudrait le swing d'Outre-Atlantique«. Der Regisseur des Films, Joseph de Margouillat, hieß in Wirklichkeit Jean de Marguenat, bei den Schauspielern Giselle Descartes, Robert Montlhéry und Sortex handelt es sich um Gisèle Pascal, Robert Dhéry und Andrex. Mit Patrick Vernon und Hubert de Vertville sind die Musiker Paul Vernon und Michel de Villers gemeint. Der Komponist der Musik zum Film, Coco Pourrit, war in Wirklichkeit Loulou Gasté. Unter ihren wirklichen Rufnamen Zozo und Doddy portraitiert Vian seine Freunde Georges d'Halluin (der Bruder des Verlegers der »Ameisen«) und Claude Léon. – Deutsch von Frank Heibert.
Die Abberufung (Le Rappel): Sehr wahrscheinlich Ende 1949 geschrieben. Zu Lebzeiten Vians nicht veröffentlicht. – Deutsch von Frank Heibert.
Die Feuerwehr (Les Pompiers): Der sechsjährige Held dieser Erzählung

trägt den Namen von Vians Sohn Patrick, der 1948 sechs Jahre alt war. Erstdruck im »Combat« vom 15. August 1948. – Deutsch von Klaus Völker.
Der Pensionär (Le Retraité): Das mit dem Datum 22. März 1949 versehene Manuskript der Erzählung hat den Titel »Pour sortir«. Erstdruck in der Zeitschrift »Dans le Train«, Nr. 9, Mai 1949. – Deutsch von Klaus Völker.

Klaus Völker

Boris Vian Geboren 1920 in Ville d'Avray. 1939 École Centrale des Arts et Manufactures in Angoulême. 1942 Ingenieursexamen. Begründet eine Amateurjazzband mit Claude Abadie. 1946/47 erscheinen seine ersten Romane, gefördert von Raymond Queneau und Jean-Paul Sartre. Bis 1947 Ingenieur; daneben und in den folgenden Jahren Schriftsteller, Jazztrompeter, Chansonnier, Schauspieler, Übersetzer und Leiter der Jazzplattenabteilung bei Philips. Starb 1959 in Paris.

Werke von Boris Vian
Verzeichnis der Erstausgaben

J'irai cracher sur vos tombes. Roman. Paris, 1946
Vercoquin et le plancton. Roman. Paris, 1946
L'Écume des jours. Roman. Paris, 1947
Les Morts ont tous la même peau. Roman. Suivi de *Les Chiens, le désir et la mort.* Paris, 1947
L'Automne à Pékin. Roman. Paris, 1947
Barnum's Digest. Poèmes. Paris, 1948
Et on tuera tous les affreux. Roman. Paris, 1948
Cantilènes en gelée. Poèmes. Limoges, 1949
Les Fourmis. Nouvelles. Paris, 1949
L'Herbe rouge. Roman. Paris, 1950
L'Équarrissage pour tous. Pièce. Suivi de *Le dernier des métiers.* Paris, 1950
Elles se rendent pas compte. Roman. Paris, 1950
L'Arrache-cœur. Roman. Paris, 1953
En avant la Zizique. Esquisse d'une classification des chansons. Paris, 1958
Fiesta. Opéra en un acte. Livret de Boris Vian; Musique de Darius Milhaud. Paris, 1958
Les Bâtisseurs d'Empire. Pièce. Paris, 1959
Zoneilles (avec Michel Arnaud et Raymond Queneau). Paris, 1961
Je voudrais pas crever. Poèmes. Paris, 1962
Le Goûter des généraux. Pièce. Paris, 1962
Textes et chansons. Paris, 1966
Trouble dans les Andains. Roman. Paris, 1966
Chroniques de Jazz. Paris, 1967
Le Loup-garou. Suivi de douze autres nouvelles. Paris, 1970
Théâtre inédit: Tête de méduse, Série blême, Le Chasseur français. Paris, 1971
Chroniques du Menteur. Paris, 1974
Manuel de Saint-Germain-des-Prés. Texte présenté et établi par Noël Arnaud. Iconographie rassemblée par d'Déé. Chêne. Paris 1974
Le Chevalier de neige. Paris, 1974
Le Dossier de l'affaire »J'irai cracher sur vos tombes«. Paris, 1974
Derrière la zizique. Paris, 1976
Petits Spectacles. Paris, 1977
Cinéma. Science-Fiction. Paris, 1978
Traité de civisme. Paris, 1979
Écrits pornographiques. Paris, 1980
Écrits sur le Jazz. Tome I. Jazz-Hot/Combat. Paris, 1981
Le Ratichon baigneur et autres nouvelles inédites. Paris, 1981
Autres Écrits sur le Jazz. Tome II. Paris, 1982
La Belle Époque (Variétés). Paris, 1982

Opéras. Paris, 1982
Chansons. Paris, 1984
Cents sonnets. Paris, 1984
Rue des ravissantes et dix-huit autres scénarios cinématographiques. Paris, 1989

BORIS VIAN

Der Schaum der Tage

Ein Roman, in dem der literarische Witz die Gesellschaft unterhält und untergräbt - der Kultroman über eine seltsame Liebe, voller sprachlicher Erfindungen und phantastischer Gegebenheiten.

Gebunden, 180 Seiten.

Der Deserteur

Dieser Band sammelt Chansons, Satiren und Erzählungen, mit Bildern aus Vians Leben und einer literarisch-biographischen Einführung.

Wagenbachs Taschenbuch 211, 144 Seiten.

Das rote Gras

In diesem Roman erforschen die Männer vergeblich sich selbst, und die Frauen stehen und liegen kopfschüttelnd daneben.

Wagenbachs Taschenbuch 233, 136 Seiten.

Ich werde auf eure Gräber spucken

Ein vollkommen verrückter Roman aus den alten verfickten Zeiten: Boris Vian in der Verkleidung eines schwarzen amerikanischen Krimi-Schriftstellers!

Wagenbachs Taschenbuch 240, 152 Seiten.

Wir werden alle Fiesen killen

Vom blutigen Anfänger zum Sex-and-Crime-Profi nimmt Rock Bailey seinen Weg und entlarvt Dr. Schutz, der in geheimen Laboratorien aus den schönsten Frauen und den standhaftesten Männern makellose Klons herstellt und damit schon etliche Fiese gekillt hat.

Wagenbachs Taschenbuch 242, 192 Seiten.

Aufruhr in den Andennen

Dieser Roman ist Boris Vians Erstling – er zeigt uns hier, wie fruchtbar die Liaison ungezügelter Phantasie mit einem frischen Ingenieursdiplom sein kann.

Wagenbachs Taschenbuch 243, 96 Seiten.

Tote haben alle dieselbe Haut

Eine witzige, böse Travestie auf den amerikanischen Krimi und seine machistischen, großmäuligen, prügelnden, saufenden Weiberhelden.

Wagenbachs Taschenbuch 244, 128 Seiten.

Liebe ist blind
Sämtliche Erzählungen 2

Wie zieht man einer Existentialistin die schwarze Hose aus und was bleibt dann von ihr übrig? Ist die Liebe im Freien ratsam oder eher nicht? Boris Vian beantwortet grundlegende Lebensfragen.

Wagenbachs Taschenbuch 248, 240 Seiten.

Drehwurm, Swing und das Plankton

Wie amüsiert man sich auf einer Party, auf der die begehrteste Frau unter besonderem Schutz eines Unteringenieurs steht, der soeben eine Vorstudie über Hebewerksenthärter angelegt hat? Für diesen ungleichen Kampf, in dem alle Mittel erlaubt sind, werden wirkungsvolle Taktiken und Geheimwaffen verraten.

Wagenbachs Taschenbuch 249, 184 Seiten.

Faule Zeiten
erschien als 6. Band der
Werke in Einzelausgaben

Wagenbachs Taschenbuch 247
Originalausgabe

Verlag Klaus Wagenbach, Ahornstraße 4, 10787 Berlin.
Umschlaggestaltung Rainer Groothuis unter Verwendung einer Zeichnung von Jens Bonnke. Gesetzt aus der Borgis Quadriga von der Offizin Götz Gorissen, Berlin. Gedruckt auf chlor- und säurefreiem Papier und gebunden durch Wagner, Nördlingen. Printed in Germany.
 ISBN 3 8031 2247 3